十万春花如梦里

SHI WAN

CHUN HUA

RU MENG LI

肖复兴 著

东方出版中心

图书在版编目(CIP)数据

十万春花如梦里 / 肖复兴著. —上海：东方出版
中心，2018.3（**2018.6 重印**）
  ISBN 978 - 7 - 5473 - 1247 - 6

  Ⅰ．①十⋯ Ⅱ．①肖⋯ Ⅲ．①散文集−中国−当代
Ⅳ．①I267

中国版本图书馆 CIP 数据核字（2018）第 022592 号

十万春花如梦里

出版发行：东方出版中心
地　　址：上海市仙霞路 345 号
电　　话：(021)62417400
邮政编码：200336
经　　销：全国新华书店
印　　刷：昆山市亭林印刷有限责任公司
开　　本：890×1240 毫米　1/32
字　　数：179 千字
印　　张：8.625
版　　次：2018 年 3 月第 1 版　2018 年 6 月第 2 次印刷
ISBN 978 - 7 - 5473 - 1247 - 6
定　　价：35.00 元

东方出版中心邮购部　电话：(021)52069798

目录

父亲和我

一

我对父亲最初的印象,是母亲去世之后第二年的清明节。那一年,我六岁。一清早,父亲便催促我和弟弟赶紧起床,跟着他走到前门大街。那时,我家住在西打磨厂老街,出街的西口就是前门楼子,路很近,很快就在前门火车站前的小广场上,坐上5路公共汽车,一直坐到广安门终点站。

那时广安门外是一片田野。我不知道前面是没有公共汽车了,还是父亲为了省钱没再坐。沿着田间的小路,父亲领着我和弟弟往前走。不知走了多远的路,反正记得我和弟弟已经累得不行了。那时,弟弟才三岁,实在走不动了。父亲抱起了弟弟,继续往前走。我只好咬着牙,跟在父亲的屁股后面走。开春的田地在翻浆,泥土松软,脚底上粘了一鞋底子的泥。记忆中的童年,清明节从来没下过雨,天总是湛蓝湛蓝的。在这样开阔的蓝天和返青发绿的田野背景下,父亲抱着弟弟,像一帧剪影,留给我童年难忘的印象。

　　一直走到了田野包围的一片坟地里，父亲放下弟弟，走到了一座坟前，从衣袋里掏出两张纸，然后扑通一下跪在坟前。突然矮下半截的父亲的这个举动，把我吓了一跳。

　　坟前立着一块不大的青石碑，那时我已经认识了几个字，一眼看见了碑的左下侧有一个"肖"字，一下子猜想到那上面刻的是父亲的名字，而碑的中间三个大字，我不认识，一直过了好几年，我才认识上面刻着我母亲的名字"宋辅泉"。又过了好几年，我才明白母亲名字的含义，我父亲的名字中有一个"泉"字，母亲的这个名字是父亲起的，是要母亲辅助父亲支撑这个家的意思。可是，母亲37岁就去世了。父亲比母亲大整整十岁，母亲去世的那一年，父亲47岁。

　　这个埋葬着我生身母亲的坟地，除了这块墓碑，再就是旁边不远有一条小溪，之外，我没有别的印象了。之所以记住了这条小溪，是因为给母亲上完坟后，父亲要带着我和弟弟到这条小溪边来捉蝌蚪。小溪里有很多摇着小尾巴的蝌蚪，黑亮黑亮的，映着春天的阳光，小精灵一样，晃人的眼睛。我和弟弟都盼望着赶紧上完坟，去小溪边捉蝌蚪。

　　那时候，我还不懂事。父亲每年清明都要到母亲的坟前来祭祀，还能理解；让我不可理解的是，父亲每一次来都要跪在母亲的坟前，掏出他事先写好的那两页纸，对着母亲的坟磨磨叨叨地念上老半天，就像老和尚念经一样，我听不清他念的是什么，只见他一边念一边已经是泪水纵横了。念完了这两页纸后，父亲掏出火柴盒，点着一支火柴，把这两页纸点燃。很快纸就变成了一股黑烟，在母亲的坟前缭绕，然后落下一团白灰，像父亲一样匍匐在碑前。

　　真的，那时候，我实在太不懂事，只盼望着父亲赶快把那两张纸念完、烧完，就可以带我和弟弟去小溪边捉蝌蚪了。

　　让我更不理解的是，除了清明节来为母亲上坟，到了中秋节前，父亲还要来为母亲再上一次坟。而且，父亲照样是跪在坟前，掏出两页写满密密麻麻小字的纸，念完后烧掉。我当时常想，那两页纸写的都是什么内容呢？每一次写的内容是一样的吗？却像是惯性动作一样，每一次来给母亲上坟，父亲都要写这样长的信，念给母亲听。母亲听得到吗？父亲怎么有这么多的话要对母亲说呢？

　　这样做打破了常人的习惯。因为一般人都是一年一次在清明节给亲人上坟，不会在中秋节再上第二次坟的。当然，长大以后我明白了，这说明父亲对母亲的感情很深。但是，在当时，中秋前后，青蛙已经绝迹，小溪边更没有蝌蚪可捉，又要走那么远的路，我和弟弟对母亲的思念常常被对父亲的抱怨所替代。特别让我不能理解的是，为了省钱，给母亲上坟回来的时候，父亲常常是带着我们从广安门上车坐到牛街这一站就提前下车，然后对我和弟弟说："你们是想继续坐车呢，还是走着回家？现在，咱们要是坐车坐到珠市口，一张车票是五分钱，要是不坐车，就用这五分的车票钱，到前面的菜市口，给你们买一包栗子吃。"那时候，满街都在卖糖炒栗子，香味四散，勾我和弟弟的馋虫。我和弟弟抵挡不住栗子的诱惑，选择不坐车，省下了这五分钱买栗子。

　　那时候，五分钱能买一包栗子，可是，常常不到珠市口栗子就吃完了。我和弟弟还想吃。父亲说："从珠市口坐车，坐到前门，一张车票也是五分钱,你们要是不坐车,就可以用这五分钱再买一包栗子。"我和弟弟当然又选择了栗子。就这样跟着父亲走回了家,天已经不知不觉黑了。父亲没有吃一口栗子。下一年中秋节前,父亲带我们去为母亲上坟,尽管知道要走那么远的路,一想到栗子,我和弟弟还是很愿意去。

现在想想,那时我和弟弟毕竟小,对母亲的印象是很模糊的,对母亲的感情远没有父亲对母亲的感情那样深。父亲之所以用这种方法带我们去为母亲上坟,是为让母亲的在天之灵看看我和弟弟。这其实是父亲对母亲的一份感情。只是,我不懂。我更不清楚,父亲和母亲是怎么相爱的,又是怎么结婚的,在那些个战火纷飞的日子里,又是怎么样一路颠簸从信阳到张家口最后来到北京的。清明的蝌蚪、中秋的栗子、小孩子的玩和馋,和大人之间的感情拉开了距离。一直到父亲去世之后我也并不了解父亲,更谈不上理解。似乎命中注定,我和父亲一直很隔膜,像是处于两个世界的人。童年我在母亲坟前对母亲那种迷迷糊糊又似是而非的感情,和父亲在坟前对母亲毫无掩饰而且是无法遏制的感情,只不过是我和父亲隔膜与距离的一种象征。

我只知道母亲是河南信阳人,从我家唯一存下来的她的照片可以看出她肤色白皙,个子很高,应该属于漂亮的女人。父亲是在那里工作时和母亲结的婚。那时,父亲在南京国民政府的财政局受训之后来到信阳工作。1947年,我出生后,父亲先到张家口,又紧接着到北京工作。父亲在北京安定下来,母亲抱着刚刚满月的我,带着我的姐姐随后投奔父亲。因为正是战乱时,张家口站人特别拥挤,母亲带着我们没有挤上火车,只好坐下一班的火车,火车开到南苑时停了下来,停了很久也没有开。一打听,原来上一班火车被炸药爆炸了。而正在前门火车站接站的父亲以为母亲和我们都在这列火车上,心急如焚。

很多年后,当姐姐对我讲起这件往事的时候,想象着当初的情景,我才多少理解了父亲对母亲的一份感情。战乱动荡的时局中,普通人之间的感情便显得那样揪人心肺,而容易相濡以沫、弥足情深,所谓聚散两依依。

母亲突然的离世对父亲的打击显然很大。那时,北京刚解放三年,日子刚安定下来不久。只是,我太小,难以理解一个人到中年的父亲的心情罢了。母亲去世不久,父亲就回老家为我和弟弟带回一个女人,便成了我和弟弟的继母。继母比父亲大两岁,比母亲大 12 岁。和身材高挑、面容清秀的母亲不同的是,继母缠足。

那时,我不懂得父亲为什么给我们找一个继母。我不懂得父亲所做的这一切都是为了幼小的我和弟弟。

1994 年,孙犁先生读完我的《母亲》一文,知道我小时候生母去世后父亲回老家又为我和弟弟带来一个继母的这段经历,来信说:"您的童年,无论如何,不能说是幸福的,使我伤感。"然后,又驰书一封特别说:"关于继母,我只听说过'后娘不好当'这句老话,以及'有了后娘就有了后爹'这句不全面的话。您的生母逝世后,您父亲就'回了一趟老家'。这完全是为了您和弟弟。到了老家经过和亲友们商议、物色,才找到一个既生过儿女、年岁又大的女人,这都是为了你们。如果是一个年轻的、还能生育的女人,那情况就很可能相反了。所以,令尊当时的心情是痛苦的。"

　　孙犁先生的信让我没有想到，因为从我写《母亲》这篇文章的时候一直到文章发表之后，都没有想到过一点点父亲当年那样做时内心真实的感情，而只是一味地埋怨父亲。孙犁先生的信提醒了我，也是委婉地批评了我。真的，对于父亲，我一直都并未理解，一直都是埋怨，一直都是觉得自己的痛苦多于父亲。也许，只有经历过太多沧桑的孙犁先生，对于哪怕再简单的生活才会涌出这样深刻的感喟吧，而我毕竟涉世未深。我不懂得一个人到中年的父亲选择一个比他年纪大的女人作为我和弟弟的新母亲，是为了我和弟弟。我不懂得孙犁先生所说的父亲"当时的心情是痛苦的"。

　　当时间和我一起变老的时候，童年时父亲带着我和弟弟为母亲上坟的那一幕便越发凸显。父亲跪在母亲的坟前为母亲读信的那一幕才越发让我心动。可惜，我从来不知道父亲在那两页纸上密密麻麻写的都是什么。但我可以想象得出来。想象得出来，又有什么用呢？人老了之后，才渐渐明白了一点人生，才和父亲有了一点点的接近，付出的却是几乎一辈子的代价。我才明白，在这个世界上，亲人之间离得最近，却也有可能离得最远。

二

　　在我的印象中，父亲胆子很小，一直到他去世都活得谨小慎微，有毒的不吃，犯法的不干，树上掉片树叶都要躲着，生怕砸着自己的脑袋。长大以后，当我知道父亲的这件事情之后，却对父亲的印象有所改变。

　　父亲很年轻的时候，独自一人离开家乡河北沧县，跑到天津去学织地毯。我的爷爷当过乡间的私塾先生，略有文化，他有两个孩子，一个是父亲，一个是父亲的哥哥。和一辈子守在乡下种田的哥哥不同，父亲在乡间读完初小，就想离开家乡，别人怎么劝都不行，他还是来到了天津。天津离沧县60公里地，是离沧县最近的大城市。沧县很多人都曾经到天津跑码头，这个传统一直延续至今，现在天津的街头还能碰到不少打工者操着沧县的口音。想想父亲只身一人跑到天津学织地毯的情景，很像如今那些北漂。尽管时代相隔了近百年，年轻人躁动的梦想和盲目的行为方式基本相似。那时候的父亲胆子并不小，性格里有很不安分的成分。

我一直在想，父亲为什么曾经会有这样不安分的性格？后来，为什么又将这种性格磨平乃至变得如此谨小慎微呢？

受我爷爷当私塾先生的影响，父亲读书的时候爱看一些杂书，特别是章回体的旧小说。我读小学的时候，晚上我和弟弟睡觉前，他常常讲《三侠演义》《施公案》《水浒传》《聊斋志异》里的一些故事给我们听，也不管我们听懂听不懂，爱听不爱听。他也喜欢沧县地区有名的文人纪晓岚的《阅微草堂笔记》，常讲一些他小时候听到的关于纪晓岚的民间传说。一直到现在我还记忆犹新，听他有声有色地说起纪晓岚小时候，有一位从南方来的大官，看见纪晓岚在田里放牛，大夏天的还穿着一件破棉袄，摇着一个破芭蕉扇，觉得很可笑，就随口说了句："穿冬衣，拿夏扇，胡闹春秋。"纪晓岚回了一句："到北地，说南语，不识东西。"讲完这个故事，父亲呵呵地笑，他故意将"识"说成"是"，然后又对我们讲这里一语双关的意思，讲这个对子里的对仗对得非常简单，又非常有趣。我和弟弟也觉得特别的好玩。父亲去世之后,整理他的极其简单的几件遗物,其中有一本旧书就是《阅微草堂笔记》。

父亲从来没有对我讲过这类文学书对于他的影响,他只是说自己从小喜欢读书,以此来教育我和弟弟要好好读书。所以只要是我买书,他从来都不反对,读小学一年级的时候,他为我买的第一本杂志是上海出的《小朋友》,那是一种很薄的画册。后来,我识字多了,他为我买《儿童时代》。再以后,他为我买《少年文艺》。这样三种杂志,成为我童年读书的三个台阶,应该说是父亲领着我一步步走上来的。

那时候,我家住的大院斜对门有一家邮局,是座两层小楼,据说前身是清末在北京成立的第一家邮电所。那里卖这些杂志。跟着父亲到邮局里买这些杂志成为我童年和少年时代最快乐的事情。我想我能写一些东西,最初应该是父亲在我的心里埋下的种子。父子两代人总有一些相似的东西,影子一样叠印在彼此的身上,是遗传的基因,也是潜移默化的结果,是上一辈人未曾实现的梦想不由自主地延续。

偶尔一次,父亲对我说,在部队行军的途中,要求轻装,必须得丢掉一些东西,他还带着这些旧书,舍不得扔掉。说这番话的时候,其实,父亲只是为了教育我要珍惜读书,没小心说秃噜了嘴,无形中透露出他的秘密。当时我在想,部队行军,这么说,他当过军人,什么军人? 共产党的,还是国民党的? 那时候,我也就刚读小学五年级,一下子心里警惕了起来。如果是共产党的军人,那就是八路军,或者是解放军了,是那时的骄傲,他应该早就扯旗放炮地告诉我们了,绝对不会耗到现在才说。所以,我猜想,父亲一定是国民党的军人了。

事实证明了我的猜想没有错。

我家有一个黄色的小牛皮箱,里面放着粮票、油票、布票等各种票据,还有就是父亲每月发来的工资,都是我家的"金银细软"。有一天,我打开这个小牛皮箱,翻到了箱子底,发现了一本厚厚的相册和一张硬皮纸的委任状。委任状上写着北京市政府任命父亲为北京市财务局科员,下面有市政府大印,还有当时北京市市长聂荣臻手写体签名的蓝色印章。这是北京和平解放之后,对于像我父亲这样的国民党政府留下的人员接收时的证明。更确凿的证据是那本相册,那是一本厚厚的道林纸印刷品,我打开相册,看见里面每一页都印着一排排穿着国民党军服的军官的蓝色照片。这样的国民党军服只有在电影里才见过,是那些杀人不眨眼的刽子手才穿的军服。我一下子愣在了那里,小小的心被万箭射穿。我几乎忽略掉了这本相册下面还压着四块袁大头银圆。

读中学之后,我才渐渐弄清楚了。父亲在天津学织地毯并没有多长的时间,他觉得这样一天天织下去没有什么前途,就投奔了在冯玉祥部队当军需官的一位亲戚(这位亲戚后来官居国民党少将,逝世于上海)。父亲不安分的心再一次蠢蠢欲动。因为他多少有一些文化,在部队里很快得到了提拔,最后当了一个少校军衔的军需官。抗战结束后的1945年,他从部队到南京国民政府受训,然后转业到地方的财务局,从信阳到张家口到北京。

国民党,还是一个少校军官。父亲曾经的身份,对于我简直像一枚炸弹,炸得我胆战心惊。

而这样的一个身份,如一块沉重的石头一直压在父亲的档案里和父亲的心里。

　　我读初一的时候，已经是 1960 年。新中国伊始的许多政治运动，如"三反""五反""反右"等，都已经轰轰烈烈地过去了。父亲都平安无事，实在是不容易。后来，我才发现父亲写的那些交代材料一摞一摞的，不知有多少。父亲对我也不隐瞒，就放在那里，任我随意看。很多时候也是故意放在那里让我看，好让我和他划清界限，怕影响我的进步和前程。不止一个父亲这样主动自愿地牺牲自己而成全自己的孩子。

　　那一摞又一摞的交代材料里，有他的历史，有他的人生。有一段时间，我非常好奇地翻看父亲的这些交代材料，有很多都是车轱辘话，不厌其烦地反复地讲，又要发自肺腑地深刻地讲。食不厌精、脍不厌细一般，不怕交代得琐碎，不怕检查得絮叨。父亲的字写得很小，又挤在一起，像火车站拥挤的人群，生怕挤不上车，眼睁睁地看着火车开跑，自己被无情地甩下。那些密密麻麻的钢笔字，有很多已经颜色变浅甚至模糊，不知道为什么让我想起父亲带我和弟弟给母亲上坟时，他写的那两张纸的信上密密麻麻的字迹。同样也是不厌其烦地讲的车轱辘话，同样也是发自肺腑深刻地讲的话，却是那样的不同。

　　读初三的时候，我 15 岁，退了少先队之后，要申请加入共青团，首先一条，就是要和家庭划清界限。于是，步父亲后尘，如同父亲写交代材料一样，我不知写了多少对家庭出身、对父亲历史认识的报告，交给团支部，接受组织一遍遍的审阅、一次次的考验。我才知道写这些材料不是一件简单的事情。尽管那时我的作文写得不错，但是这样的材料远比作文难写，总觉得写得枯燥，心很累。但是我并没有理解父亲写这些交代材料的时候真正的心情。那时,我只顾自己的心情,觉得有好多的委屈,埋怨自己为什么会摊上了这样一个父亲,却难以理解父亲的心情其实是更为复杂、更为疲惫不堪的。

想想有时候,为了表现出来和家庭划清界限,还要做出一些决绝的举动,对父亲的伤害,就更不知晓了。

记得有一次,我们大院里住着一个在新中国成立以前曾经当过舞女的女人,突然和我们大院油盐店的少掌柜生下一个私生女。从不多言多语的父亲,在家里和我妈妈悄悄地议论这事,说了句:"王婶也不容易,一个女人带着两个孩子,日子怎么过呀!"他没有想到他的话被我听到了,我当时就反驳他:"你站在什么立场上说话?还王婶王婶地叫着?"父亲立刻什么话也不说了,像霜打的茄子,蔫蔫地待在一旁。那时候,我不懂得上一辈人的历史,也不懂得生活的艰难,只知道阶级的立场,只知道要时时刻刻睁大眼睛,警惕着和父亲划清界限。

父亲的棱角就是这样渐渐被磨平的。年轻时候不安分,本来就是摇曳在风中的一株弱小的稗草,更禁不住一阵又一阵风雨的洗礼了。而在这一番番的风雨中,父亲所要经受的不仅来自时代和社会,也来自家庭,而在家庭中,主要是来自为了追求自己前途的我。

年轻的时候,谁没有过不安分的心思和性格呢?不安分,其实就是不安于现状,渴求一种新的生活。年轻的时候,谁不像一株迷途而不知返的蒲公英一样盲目而莽撞呢?我长大了以后,要去北大荒插队之前,曾经和父亲当年一样,没有和他商量就毅然决然地离开了家,父亲当时什么话也没有说,他知道说什么也没有用,眼瞅着我从小牛皮箱里拿走户口本,跑到派出所注销。我离开家到东北的那天,父亲只是走出了家门,站在屋门前的大槐树下,便止住脚步,连大院都没有走出来。他也没有对我说任何送别嘱咐的话,只是默默地看着我离开了家。那是 1968 年的 7 月,酷暑中的我拎着笨重的行李,淌下一脑门子的汗珠。父亲的身影留在槐树的阴影中。

现在想想,我就像父亲年轻时离开沧县老家跑到天津学织地毯一样,远方,总是比家更充满诱惑,以为人生的理想和前途在未知的前方。尽管成长的历史背景完全不同,父子各自的性格以及一生的轨迹总会有相同部分,命定一般地重合,就像父子的长相总会有相像的某一点或几点。

后来看北岛的《城门开》,书中最后一篇文章是《父亲》,文前有北岛的题诗:"你召唤我成为儿子,我追随你成为父亲。"文中写道:"直到我成为父亲……回望父亲的人生道路,我辨认出自己的足迹,亦步亦趋,交错重合——这一发现让我震惊。"读完这篇文章,我想起了我的父亲,眼泪禁不住打湿了眼睛。

三

父亲不善交往,也不愿意交往。每天骑着自行车,上班去,下班回,两点一线,连家门都不怎么出。只有退休之后,每天清晨天不亮就出家门,到天安门广场南面的花园练太极拳,才在大院里多了出出进进的次数。那时候,还没有建毛泽东纪念堂,那个位置一直往南到前门楼子是一片花园。从我家出来走十来分钟就到。他独自一人到那里练拳，面对花草树木和天安门与前门楼子，可以什么话也不用说。不知那时他的心里都想些什么，他从来没有对我讲过，我也从来没有问过。他像一个独行侠，其实，他的身上没有一点儿侠的气质，倒像一个瘦弱的教书先生，尽管他练的拳脚很正规，而且特意买了一双练功鞋，并在鞋帮上缝上两个带子系在脚脖子上，以免使劲踢腿时把鞋踢飞。

现在想想，自从退休后，那里是父亲唯一外出的地方，远避尘世，有花草树木相拥，那里是他的乐园，一直到他去世。

在我的印象中，父亲这一辈子似乎只有一个朋友，便是崔大叔。

崔大叔和父亲是一起在南京受训时候认识的，然后两人一起到信阳、张家口和北京，一直都在一个税务局工作。崔大叔和他的妻子都是河南信阳人，我的生母，就是崔大叔两口子做的媒，和父亲相识结的婚。崔大叔先到北京找到工作，然后邀请父亲前往北京。母亲带着我和姐姐从张家口来北京投奔父亲，起初没有住处，是先住在崔大叔家的。住了好长一段时间，父亲才在前门外西打磨厂的粤东会馆找到了房子后搬的家。有意思的是，父亲带着我们全家从崔大叔家搬出，崔大叔到我家庆祝父亲乔迁新居的那天晚上，两个人都喝多了，一个小偷溜进我家外屋，偷走父亲新买的一袋白面，扛在肩上，大摇大摆地走出我们大院，一路上还和街坊们打着招呼，以至于街坊们都以为小偷是我家的什么亲戚，成为父亲和崔大叔的笑谈。

只有和崔大叔在一起，父亲才会喝那么多的酒。一种新生活开始的兴奋，让他们两人都有些忘乎所以。

　　崔大叔是父亲唯一一个可以无话不谈的朋友。在我渐渐长大以后，父亲的话变得越来越少，几乎成了一个扎嘴的葫芦。因为，在那个阶级斗争的弦紧绷的时代里，他知道像他这样历史有"疖儿"的人，要谨防祸从口出。而且，因为和我越来越隔膜，父亲更是很少对旁人说起对我的评点。但是，我知道，他一定对我有他的看法，甚至意见和不满。只有一次春节在崔大叔家，父亲和崔大叔喝酒时说到了我，我听见一句："复兴呀，我看他将来当老师！"这让我有些奇怪，因为那时我还很小，刚上小学几年级，父亲怎么就一眼看穿断定我以后一定当一名老师呢？

　　每年过年的时候，父亲都要带着我和弟弟去崔大叔家拜年。除此之外，父亲没有带我们到任何一家去拜年，足见崔大叔对于父亲特别重要。记得最清楚的是每次去崔大叔家的路上，父亲都要教我见到崔大叔和崔大婶以及他家老奶奶的时候拜年问候的话。那时候，我的脸皮薄，特别害怕叫人，在路上一遍遍地重复着父亲教给我说的话，让这一路显得特别长。

　　其实，从我家到崔大叔家很近，过前门，从东南角到西北角走一条对角线，穿过天安门广场，再走几步就到了。崔大叔家就住在那里一个叫做花园大院的胡同里。这个名字很好听，让我一下就记住了，怎么也忘不了。崔大叔家的大院门前有一棵大槐树，总能够把老枝枯干慈祥地伸向我们。那院子是北京城并不多见的西式院落，高高的台阶上环绕着一个半圆形的西式洋房，特别带着有宽宽廊檐的走廊和雕花的石栏杆，以及走廊外面伸出的几长溜排雨筒，都是在别处少见的，更是大杂院里见不到的景观。崔大叔就住在正面最大的房子里，里面是一个非常宽阔的大厅，一边一间小房间,全部铺着木地板。那个大客厅是西式的,中国人一般住房拥挤,哪儿还会弄出一个这么宽敞的客厅来。以后,崔大叔的孩子多了,客厅的两边便搭上了两张床,让孩子们睡在那里了。那时,他家的老奶奶,也就是崔大叔的母亲还健在,就住在刚进房门的那一间小屋里。老奶奶总要对我说:"你爸你娘带着你,就住在我这屋子里,那时还没有你弟弟呢。"去一次,说一遍。

崔大叔人长得特别英俊,仪表堂堂,很高的个子,戴一副近视眼镜,知识分子的劲头很足,说话很开朗,特别爱笑。呵呵大笑的时候,仰着头,很潇洒的样子。在"文化大革命"期间,让我觉得他很有几分像当时正走红的乔冠华。特别是冬天,崔大叔爱穿一件呢子大衣,从远处那么一看,有些威风凛凛的样子,就更像乔冠华了。

很长一段时间里,我对崔大叔并不了解,父亲也从不对我说崔大叔的经历,只是每年要带我和弟弟去给崔大叔拜年。

小时候,我不懂事,只是觉得那一年去崔大叔家,他家好像有了一些变化,到底有什么变化我又说不清。后来,我仔细想了,是崔大叔没在家,以前每次去他都会在家的,而且都要烫上一壶酒陪父亲喝上几杯。为什么父亲带着我们特意去他家,他偏偏不在家呢?而且又是春节,难道他不放假吗?

后来,我发现父亲不仅仅是春节时带我们去,而是隔一段时间就去一次。奇怪的是每次去崔大叔都不在家,这在以前是绝对不可能出现的事情。这让我的疑惑越来越重,也越来越让我好奇。我问过父亲,父亲并不回答我,只是隔三岔五去崔大叔家,每次去都和崔大婶在一旁低声说着什么,老奶奶在一旁叹气,不时地咳嗽。

在我的记忆里,大概就是前后这时候,老奶奶去世了。以后再去崔大叔家,因缺少了崔大叔爽朗的笑声,也因缺少了老奶奶温和的话语声和一阵阵的咳嗽声,让我觉得这个家不仅缺少了生气,还笼罩着一些悲凉的气氛。那是我十岁左右的事情了,一切雾一样迷离得那样似是而非,那样的遥远而弥漫着轻轻的叹息。

一直到我读了高中以后,我才对崔大叔有了一些认识和理解,那种突然之间撞在心头的残酷现实,让我重新认识了崔大叔,也让我重新认识了父亲。在同一个西城区税务局里,崔大叔混得比父亲要好许多,他曾经当过部门的一个小官,而且是一名经济师。但是,出头的椽子先烂,混得好的容易遭人忌恨。1957年反右时,父亲侥幸逃脱,崔大叔却被当成右派发送到南口下放劳动,一般不允许回家。他和我父亲都是从旧社会里过来的人,在国民党的税务局干过事,加上他爱说,就这样莫名其妙地成了右派。

我私下里曾经涌出过这样奇怪的想法:是不是崔大叔人长得气派也是成为右派的一个理由呢?但我很快否定了自己的这个想法,因为在我小时候的印象里,在电影和小人书里那些国民党的人都是猥猥琐琐的,或者像项堃演的国民党一样阴险,起码不应该长得这样气宇轩昂。莫非崔大叔的相貌也可以打着红旗反红旗?我陷入了不得其解的迷茫中。

我记得那时父亲在拼命地写检查材料。在税务局里谁都知道他和崔大叔非同一般的关系。父亲谨小慎微,态度又极其恭顺,也就是他的性格帮助了他,才没有跟着崔大叔一起倒霉。父亲所能够做的就是在崔大叔劳动改造的日子里,多去几次崔大叔家,看望崔大婶一家。在我长大以后,回想这一切的时候,就像看一幅老照片,拂去少不更事和时光落满的尘埃之后,才渐渐地清晰起来。崔大叔应该是父亲唯一的朋友。在父亲坎坷的一生中,他唯一能够相信,并且能够给他雪中送炭的,只有崔大叔一个人。而在崔大叔蒙难的时候,他唯一能够做到的就是多去几次崔大叔家里看望。尽管父亲所做的这些如同一粒小小的石子投入河中,溅不起多大的水花,却是父亲平淡乃至平庸的一生中最富有光彩的举动了。起码父亲没有投井下石,将这一枚小小的石子砸向崔大叔。起码,在我看来是这样的。

崔大叔大概是由于劳动改造得好吧,没有过几年——也许是过了好多年,在小孩子的记忆里,时间的概念和大人是不同的,更何况是崔大叔劳动改造的那些艰难又不准回家的日子,一定就更显得漫长吧——便被摘下了右派的帽子,又重新回到税务局工作。再去他家的时候,又能够看见谈笑风生的崔大叔了,我们两家的聚会便又显得那样的愉快了,父亲和崔大叔多喝了两杯酒,都面涌酡颜了。也是,作为一般人家,图的还不就是一家子平平安安和团团圆圆?但是,他们两人再没有一次像那年父亲搬家后在我家喝多过。我想,他们或许年龄已经大了,再不是以前的时候了。

我从没有见过他们在一起交谈过去,不管是他们的伤怀往事,还是他们曾经的飞黄腾达,仿佛过去的一切并不存在。也许,他们是有意在我们这些孩子面前避讳,过去的一切毕竟沉重,他们不愿意让那黑蝙蝠的影子再压在我们这些孩子的身上。也许,他们都相知相解，一切便尽情融化在那一杯杯酒之中了，所谓"功名万里外，心事一杯中"吧？

　　"文化大革命"中，我去了北大荒，弟弟去了青海油田，崔大叔都是派了他的大女儿小玉来送我们，一直把我们送上了火车，我们在车窗里掉下了眼泪，小玉在车窗外也跟着哭。小玉的年龄和我一般大，但比我工作得早，她初中毕业就到了地安门商场当了一名售货员，那时候，崔大叔正在南口劳动改造。她早早地替家里分忧，担起了生活的担子。我和弟弟离开北京之前的那些日子里，小玉下了班后一趟趟往我家里跑的情景总让我忘不了。贫贱而屈辱的日子里，两代人的心便越发地紧密，让心酸中有了一点难得的慰藉。

　　我们离开北京没多久，小玉的两个妹妹分别去了内蒙古兵团和山西插队，最小的弟弟最后参军去了甘肃。和我家一样，她家也只剩下了崔大叔老两口。我们再见到他们，只有在回家探亲的时候了。走进花园大院，一种从来没有过的凄凉感油然而生。坐在客厅里，从来没有感到那样的空空荡荡，说话的回音在木地板上跳荡着，让我忍不住把话音放低。

　　那年的冬天，我从北大荒回来探亲，崔大婶看见我穿的棉裤笨重得很，棉花擀毡都臃在一起，便为我特意做了一条丝绵的棉裤，说我在北大荒那里天寒地冻的别冻坏了，闹成了寒腿可是一辈子的事。那棉裤做得特别好，由于里面絮的是丝绵，又喧腾又轻巧，针脚分外地细密。我接过来，感动得很，一再感谢她，并夸她的手艺好。她叹口气说："你的亲娘要是还活着，她比我做活儿好，还要细呢！"她说这番话的时候，我从她的眼睛里能够看到对往昔的一种回忆。

　　父亲去世的那一年，我还在北大荒插队，弟弟在青海油田，接到母亲打来的电报，我和弟弟星夜兼程往家里赶。我妈见到我时对我说，崔大叔和崔大婶听说父亲去世后，先来家里看望过了。他们担心老母亲一个人怎么应付这突然到来的一切。我到现在还清晰地记得崔大叔当时对我妈说过的话："老嫂子，有什么困难，需要我们做的事情，一定要说啊！"每逢想起崔大叔这话的时候，眼泪总会忍不住湿润了眼角。

　　弟弟回来后，我们一起去崔大叔家，见到他们两口子，我和弟弟忍不住要落泪，忽然才觉得父亲去世了，他们是我们唯一的亲人了。

　　以后，我结婚，生了孩子，都曾经特意到崔大叔家去，为的是让他们看看。他们是我的父母一辈子为数不多的朋友，现在，我们去看他们，也就等于让父母看见我们长大了，已经成家立业了吧。他们看见我们都很高兴，崔大叔连连对我们说："好！多好啊，多快呀，你们都大了！"崔大婶则一边抹着眼泪一边说："要是你亲娘活着，该多好啊！"

　　似乎是一眨眼的工夫，我们都长大成人了，而他们却都老了。从税务局退休后，崔大叔一直都没有闲着，因为有技艺在身，懂得税务，又懂得财务，许多地方都争着聘他去继续发挥余热。后来，他参加了民主党派，还曾经当过一段时间的区政协和人大的代表。崔大叔的晚年生活应该是充实的，也算是苦尽甜来，是命运对他的一种补偿吧。有时候，他会想起我的父亲，对我说："你父亲是个好人，他要是还活着，该多好啊！"我站在他的身边，不知该说些什么。我知道,他是看着我长大的,由于母亲去世得早,父亲也去世了,算一算时间,我和他接触的时间比父母都要长许多。在他经历的动荡而磨难的一生中,他比我们这一代饱尝了更多的艰辛,但比我们更乐观地看待一切,并始终把他的关爱给予我和弟弟,默默替代着父亲承担那一份责任,默默诉说着父亲的那一份心情。虽然大多的时候他并不说什么,但我能够感受到这种关爱,就像是风,看不到,摸不着,却总是无时无地不在吹拂着我的脸庞。我常常会记得这种感动。

我应该感谢父亲,是他让我拥有了这样一位长辈,在父亲不在的时候替代了父亲的位置。我想,这应该是父亲做人的一种回报吧。

四

我小时候亲眼看到父亲有三件宝贝。这三件宝贝都挂在我家的墙上。

一件是一块瑞士英格牌的老怀表。父亲从来没有揣在怀里过,一直挂在墙上当挂钟用。那时候,家里没有钟表,就用它来看时间。我和弟弟小时候常常会爬上椅子,踮着脚尖把老怀表摘下来,放在耳朵边听它滴滴答答的响声,觉得特别好玩。

一件是一幅陆润庠的字,字写的什么内容,我一点儿印象都没有了,只是听父亲讲过陆润庠是清大学士,当过吏部尚书,是皇上溥仪的老师。另一件是郎世宁画的狗,这个人是意大利人,跑到中国来,专门待在宫廷里画画。他画的狗是工笔画,装裱成立轴,有些旧损,画面已经起皱了,颜色也已经发暗,但狗身上的绒毛根根毕现，像真的一样，背景有树，枝叶茂密，画得很精细。

我不知道这两幅字画父亲是怎样得来的，是什么时候得来的，从字画陈旧且保存不好的样子看，再从父亲喜爱又熟悉的样子看，应该年头不短了。

我猜想父亲并不是为附庸风雅或真的喜欢字画。他只是喜欢两幅字画的名气。值钱，使得这两幅字画的名气在父亲的眼睛里更形象化。父亲就是一个俗人。在一面墙皮暗淡甚至有些脱落的墙上挂这样的字画多少显得有些不伦不类。不过这种不伦不类让父亲心里暗暗自得。在税务局里所有 20 级的每月拿 70 元工资而且始终也没有增长的同一类职员里，父亲是得意的，起码他拥有陆润庠、郎世宁，还有另一位，就是他的老乡：纪晓岚。

墙上的这三件宝贝常常是父亲向我和弟弟炫耀他学问的教材，同时也是父亲借此教育我和弟弟的机会。父亲教育我们的理论就是人生在世要有本事，所谓艺不压身。不管什么本事都行，就是得有本事，像陆润庠不当官了，写一手好字，照样可以活得挺好；像郎世宁画一手好画，在意大利行，跑到中国来也行。父亲常会由此说出好多名人，比如同样靠一张嘴练出本事，陆春龄吹笛子，侯宝林说相声，都成为雄霸一方的能人。本事有大有小，小本事有小本事的场地，大本事有大本事的场地，就怕什么本事都没有，只有人家吃肉你喝汤了。

在我小的时候，父亲不像我长大以后不怎么爱说话，而是话很多，用我妈的话说是一套一套的，也不怕人家烦。

父亲的教育理论中这种成名成家的思想很严重。我大一点儿的时候曾经当面反驳过他，他并不以为然，相反问我："不是成名成家,而是说本事大,对国家的贡献就大。你说说,到底是一个科学家对国家贡献大,还是一个农民对国家贡献大?"我回答不上来,觉得他讲的也有些道理。一个科学家造原子弹成功,当然对国家的贡献比只种出几百斤几千斤粮食的一个农民要大。但是在我长大以后,还是把小时候听到父亲的这些言论当成反面材料写进我入团的思想汇报里,在那些思想汇报里我对父亲进行了批判。

现在回想起来,父亲的这些言论一方面潜移默化地激励了我的学习,一方面又成为我入团进步的垫脚石。父亲的这些话一方面成为开放在我学习上的花朵,一方面又成为笼罩在我思想上的乌云。在那个年代里,我的内心其实是有些分裂的。在这样的分裂中,对父亲的亲情被蚕食;把父亲的教育理论作为批判的靶子,常常冷冰冰地矗立在面前,可以随时为我所用。

父亲教育我和弟弟的另一个理论也曾经潜移默化地影响着我,那就是他常说的本事是刻苦练出来的。那时他常说的口头语,一个是要想人前显贵,就得背后受罪;一个是吃得苦中苦,才能享得福中福;一个是小时候吃窝头尖,长大以后做大官。

如果我的考试得了99分,父亲就会问我:"你们班上有考100分的吗?"我说有,父亲就会说:"那你就得问问自己,为什么人家考了100分,你怎么就没有考100分? 一定是哪些地方复习得不够,功夫没下到家! 你就得再刻苦!"

父亲教育我和弟弟的方法就是不厌其烦。父亲的脾气很好,是个慢性子,砸姜磨蒜,一个道理、一句话反复讲。有时候我和弟弟都躺下睡觉了,他还站在床边一遍又一遍地讲,我和弟弟都睡着了他还在讲，发现了之后才不得不停下了嘴巴，替我们关上灯，走出了屋子。

弟弟不怎么爱学习，就爱踢足球，父亲不像说我一样说他，觉得说也没有用，便由着弟弟的性子。弟弟磨父亲给他买一双回力牌球鞋，那是那个年代里最好的球鞋，一双鞋的价钱比一双普通的力士鞋贵好多。父亲咬咬牙还是给他买了一双。这对父亲来说是不容易的，在我和弟弟的眼里，他从来以抠门儿而著称，很难让他从衣袋里掏出钱来。我读中学的时候，他每月只给我三元钱，买公共汽车月票就要两元，我便只剩下可怜巴巴的一元钱。过春节的时候，弟弟要买鞭炮，他会说："你买鞭炮，自己拿着想去点鞭炮，还害怕，你放炮，别人在一旁听响，所以，傻小子才买鞭炮放。"他有他花钱的逻辑和说辞，我和弟弟常在背后说他是"要饭的打官司，没得吃，总有的说"。

父亲从王府井北口八面槽的力生体育用品商店买回一双白色高帮回力牌球鞋，弟弟像得了宝，穿在脚上到处显摆。父亲对他说："给你买了这双鞋，是要你好好练习踢足球，不管学什么，既然学就一定把它学好！"对于我和弟弟，在我们渐渐大了以后，父亲采取的教育策略也相应进行了调整和改变，他不再说那些大道理和口头语。说得好听一些，他是因材施教；说得通俗一些，就是什么虫就让它爬什么树。他认定了弟弟不是学习的料，既然喜欢踢球，就让他好好踢球吧，兴许也能踢出一片新天地。

弟弟鸡啄米似的点头听父亲的说教，心里想着的是这双回力牌球鞋终于得到手了。父亲并不懂得弟弟买这双回力牌球鞋其实不是真的为了踢足球，而是为了显摆。这种高帮的回力牌球鞋有一层厚厚的蓝色海绵,适合打篮球,没有人会用它踢足球,弟弟也舍不得穿着它去踢足球。他只是每天到学校上学时穿上它去臭美,觉得只有穿上了它,才像是个练体育的。

初一的时候,弟弟没有辜负父亲给他买的那双回力牌球鞋,终于参加了先农坛业体校的少年足球队。弟弟从业体校回来,很兴奋地对父亲说:"教练说了,我们练得好的,初中毕业就可以直接升入北京青年二队。"父亲听了很高兴,鼓励他:"把足球踢好,也是本事,你看人家张宏根、史万春、年维泗,就得好好练出人家一样的本事!"

我家墙上的陆润庠和郎世宁就这样成了父亲教育我和弟弟的药引子,可以引出无数的说法,变着花样说明他的教育理论。

在父亲的心里有一个小九九,一碗水没有端平,而是偏向我的。他觉得弟弟学习不成,而我的学习不错,把我培养上大学是他最大的希望。

20世纪60年代,我读初中。父亲突然病了。那正是全国闹天灾人祸的时候,连年的灾荒,粮食一下子紧张,我家又有弟弟和我两个正长身体的男孩子,粮食就更不够吃,每个人每月定量,在我家每顿饭要定量,要不到月底就揭不开锅。因此,我们每顿都吃不饱肚子。父亲和母亲都尽量省着吃,让我和弟弟吃,仍然解决不了问题。

有一天,父亲不知从哪里买来了好多豆腐渣,开始用豆腐渣包团子吃。团子是用棒子面包着馅的一种吃食,类似包子。开始的时候,掺一些菜在豆腐渣里,还好咽进肚子里。后来包的只是豆腐渣,那东西又粗又发酸,吃一顿两顿还行,天天吃真有些受不了。可是父亲却天天在吃豆腐渣，中午带的饭也是这玩意儿，最后吃得浑身浮肿，连脚面都肿得像水泡过一样。单位给了一些补助，是一点儿黄豆。但是这点儿黄豆已经远远解决不了父亲身体的严重欠缺。他开始半休。等他的身体稍稍恢复了以后，他的工作被调整了。但是，父亲一直没有对我们说，他是怕我们为他担心，也是怕自己的脸面不好看。直到有一天，我发现父亲下班回来没骑他的那辆自行车，才发现了问题。原来，父亲把这辆自行车推进委托行卖掉了。

父亲的那辆自行车，就像侯宝林说的相声里那辆除了铃不响哪儿都响的破老爷车，一直是父亲的坐骑。父亲上班的税务局是在西四牌楼，从我家坐公共汽车去一趟要五分钱的车票，来回一角钱，父亲的这个坐骑可以每天为父亲省下这一角钱。现在这个坐骑没有了，他要每天走着上下班了。

大约就在这个时候，姐姐来了一封写得很长的信，家里一下子平地起了风波。姐姐想把我接到呼和浩特她那里上学，这样，家里少了一个人的开销，特别是我读中学之后，又想要买书，花费就更大，姐姐想用这样的方法，帮助父亲解决一些困难。

我不知道自己的命运会有怎样的变化？我很想念姐姐，姐姐是我的生母去世之后不久离开的北京，到内蒙古去修那时刚刚开始建设的京包铁路线，为的是挣的工资多些，为父亲分担一些。姐姐走的那一年，才17岁多一点儿。如果能够到呼和浩特去，我就可以天天和姐姐在一起了。只是离开北京，离开熟悉的学校和同学，我又有些不舍得。而且到一个陌生的新学校去，又有些担忧，况且我们的学校是一所百年老校，是北京市的十大重点中学之一，姐姐帮助我选择的学校是他们铁路的子弟中学，教学质量肯定不如我们学校。我拿不定主意，就看父亲最后是怎么决定了。

父亲没有同意，他没有像我这样瞻前顾后，他以果断的态度给姐姐回了一封信，不容置疑地回绝了姐姐的好意。这对于一辈子优柔寡断的父亲而言，是唯一一次毅然决然的决定。或许，这是父亲性格的另一面，在年轻时军旅生涯中有所体现，只是那时还没有我，我不知道罢了。

父亲在给姐姐的信中说，他可以解决眼下的困难，他还是希望把我留在北京，以后在北京考大学，各方面的条件都会更好些。

姐姐没再坚持。其实，姐姐和父亲都是性格极其固执的人，如果不是固执，姐姐不会主意那么大，那么不听人劝，17岁时就独自一人跑到内蒙古，在风沙弥漫的京包铁路线上奔波了一生。当时，我猜想姐姐一定明白，在父亲的心里我的分量很重，亲眼看到我考上大学是父亲一直的期待。姐姐也一定明白父亲的想法，因为她只读了小学四年级便开始参加工作了，父亲一直笃信自己的教育水平，不会相信她，更不会放心把我交到她的手里。

在我长大以后，我的想法有了改变，我猜想除了对姐姐的不信任和希望亲眼看到我上大学之外，他的心里一定在想，已经把一个女儿送到塞外了，不能再把一个儿子也送到塞外。在父亲的眼里和懂得的历史中，尽管呼和浩特是一座城市，毕竟无法和首都北京相比，怎么说那里都是昭君出塞的地方。记得那一年春节，姐姐从呼和浩特回北京，父亲从床铺底下抽出他珍藏多年的一整张小羊皮，让患有关节炎的姐姐拿走，却把我留在北京。

我留在了北京。父亲继续步行从前门到西四上班。日子,似乎又恢复了平静。只是粮食依然不够吃,每月月底是最紧张的时候,面对两个正在长身体的男孩子,父亲和母亲常常面面相觑,一筹莫展。

没有过多久,我发现墙上的那块英格牌怀表也没有了。

又没过多久,墙上的陆润庠的字和郎世宁的画也都没有了。

我知道它们都被父亲卖给了委托行。那时,我妈吐血,为给我妈治病,也为治他自己的浮肿,要买一些黑市上的高价食品,父亲不得不卖掉了他仅有的三件宝贝。

我知道父亲是希望用这样的方法补我妈的身体,也挽救自己江河日下的身体来尽快恢复原来的工作。

可是这三件宝贝没有挽救得了父亲的身体。他的身体状况下滑得厉害,而且黄鼠狼单咬病鸭子,他又患上了高血压。税务局让他提前退休了。那一年,他57岁,离退休年龄还有三年。

退休那一天,我去税务局接父亲,顺便帮助他拿一些东西。我才发现他被调整的工作不再是税务局,而是税务局下属的第三产业,生产胶木产品的一个小工厂。在税务局旁边胡同里的一个昏暗的车间里,我找到了父亲,他正系着围裙,戴着一副白线手套挑胶木做的什么电源开关。听见同事叫他的名字,他抬起头来看见了我,站了起来,和同事打过招呼之后,和我一起走出车间。我能感到车间里几乎所有的人的目光都落在我和父亲的身上。我不清楚那些目光的含义,是替父亲惋惜、悲伤,还是有些幸灾乐祸?

那一天,我和父亲从西四一直走到前门,一路上我和父亲什么话也没有说，就这么默默地走在车水马龙的大街上，想象着从新中国成立以后他一直是骑着自行车上班下班来往在这条大街上的。现在工作没有了，自行车也没有了。我知道父亲的心里一定很痛苦，他一定没有想到他自己会以这样的一种方式告别了工作，提前进入了拿国家养老金的人的行列。他一定不甘心且很无奈。

我一直在想，按照父亲的教育理论，他这一辈子算作是有本事的呢，还是没有本事的呢？如果说没有本事，父亲是凭着初小的文化水平，靠着自己的努力，从国民政府到共产党开国以来，一直担当起这一份工作的。如果说有本事，他最后却沦落到做胶木电源开关的地步，和他原来所学所干的工作相去甚远。他是被身体打败的呢，还是由于身体的原因而被单位借此顺坡赶驴一样赶下了山？父亲从来没有和我谈论过这些，而在那个年代我也没有能力思考这一切。相反，我觉得让父亲提前退休是组织对他的格外照顾。

很久以后，也就是父亲去世之后，税务局的工会派来一位老人来家里进行慰问。因为这个老人在税务局工作的年头很长，曾经和父亲一起共事，对父亲有所了解。他对我说起父亲，说父亲脾气倔，工作认死理，父亲去人家单位收税的时候据理力争，虽然得罪人，但是总能把税给收上来。他的话给我留下的印象很深，但不知为什么，删繁就简，最后没有了收税，只剩下了得罪人。

父亲退休以后，开始练习气功和太极拳。他做事有定力和恒心。那时候，因为父亲提前退休，每月只能拿百分之六十的工资，42元钱，家里的生活一下子变得更加艰难，便把原来的三间住房让出一间，节省一些房租，家里就剩下两间屋子。清晨，是父亲练太极拳的时候；晚上，是父亲练气功的时候，雷打不动。无论什么情况，他都能坚持，特别是晚上，即使我和弟弟在外屋复习功课或说笑打闹有多吵多乱，他都会一个人在里屋练气功，站桩一动不动。

父亲的举动让我很受触动。不仅是他的耐心和坚持，而且是由于他的提前退休让家里的日子变得艰难。我本想读高中将来考大学的，但在初中即将毕业的时候把这个念头打消了，想考一所中专或师范学校，因为上学可以免去学费，又能管吃住，能够帮助家里解决一点儿困难。父亲知道后，坚决不同意，说是砸锅卖铁也要供我上大学。他说："你弟弟不爱读书也就算了，你学习成绩一直不错，绝不能因为我耽误了你！"

这时候我姐姐知道了，便每月从她的工资中寄来30元，说是补齐父亲退休前的工资，一定要我读高中、考大学。

我如愿考上了理想的高中，父亲多日阴云笼罩的脸上露出了笑容。

读高中的时候，我迷上了文学。我常常在星期天逛旧书店。那时候，北京几家有名的旧书店，琉璃厂、东安市场、隆福寺、西单商场……我都去过。西四的旧书店也是我常去的地方。父亲曾经工作过的税务局就在书店旁边。路过它的大门的时候让我想起父亲，想起父亲退休的那一天我来接父亲的情景，心里总会涌出一种酸楚的感觉。我都会暗暗地想：一定好好地读书，考上一个好大学，为父亲的脸面争光。

我儿子读高中的时候，我曾经带着他到西四去过一趟，西四牌楼早就没有了,书店还在,过西四新华书店不远,税务局也还在,大门依旧。我指着这扇大门对我的儿子说:"你爷爷以前就在这里工作。"

五

初三毕业的那年暑假,一天晚上,我已经躺在床上睡下了。父亲走进来,轻轻地把我叫醒。睁开惺忪的睡眼,望着父亲,不知有什么事情,都已经这么晚了。父亲只是很平淡地说了句:"外面有人找你。"就又走出房间。

我大了以后,父亲不再像我小时候那样砸姜磨蒜一样絮絮叨叨地教育我,他知道我不怎么爱听,和我讲话越来越少。初三那一年,我正在积极地争取入团,和他更是注意划清阶级界限。父亲显然感觉得出来,更是明显地和我拉开距离,不想让自己当成我批判的靶子,当然,更不想影响我的进步。因此,他和我讲话的时候显得十分犹豫,不知该说什么才好。最后索性少说或者不说。

我穿好衣服,走出家门,看见门口站着一个女同学。起初没有认出是谁,定睛一看,是我的小学同学小奇。她笑着和我打招呼。她是四年级的时候从南京来到北京,转到我们学校的。我们同年级不同班。第一次见面的情景在她向我挥手打招呼的瞬间闪现。我们学校有几张乒乓球台子,课间十分钟是同学们抢占台子的时候,每人打两个球,谁输谁下台,让另一个同学上来打。那时候,我乒乓球打得不错,常常能占着台子打好多个回合。那一天,上来的同学劈头盖脸就抽了我一板球,让我猝不及防,我忍不住叫了声:"够厉害的呀!"抬头一看,是个女同学,就是小奇。

小学毕业后我们考入不同的中学,初中三年再也没有见过面。突然间,她出现在我家的门前。这让我感到奇怪,也让我感到惊喜。看她明显长高了许多,亭亭玉立的,是少女最漂亮的样子。

她是来我们大院找她的一个同学,没有找到,忽然想起我也住在这个院子里,便来找我。但那一夜,我们聊得很愉快。坐在我家旁边的老槐树下,她谈兴甚浓,五十多年过去了,谈的别的什么都记不得了,唯独记得的是她说暑假跟她妈妈一起回了一趟南京,看到了流星雨。我当时连流星雨这个词都没有听说过,很好奇地问她什么是流星雨。她很得意地向我描述流星雨的壮观。那一夜,月亮很好,星光璀璨,我望着夜空,想象着她描述的壮观夜空,有些发呆,对她刮目相看。

谈不上阔别重逢,但是少年时期的三年,正是人的模样、身材和心理、生理迅速变化的三年,时间过得很快,回想起来却显得很长。意外的重逢,让我们彼此都有一种异样的感觉。我们就是这样接上火,令我们都没有想到的是,我们的友谊从那一夜蔓延到整个青春期:高中三年,"文化大革命"两年,一直到我们分别到北大荒插队,整整五年的时间,从 16 岁到 21 岁。

从那个夜晚开始,几乎每个星期天的下午她都会到我家找我,我们坐在我家外屋那张破旧的方桌前聊天,天马行空,海阔天空,好像有说不完的话,窄小的房间被一波又一波的话语涨满。一直到黄昏时分,她才会起身告别。那时,她考上北京航空学院附中,住校,每星期回家一次,她要在晚饭前返回学校。我送她走出家门，因为我家住在大院最里面，一路要逶迤走过一条长长的甬道，几乎所有人家的窗前都会有人好奇地望着我们两人，那眼光芒刺般落在我们的身上。我和她都会低着头，把脚步加快，可那甬道却显得像是几何题上加长的延长线。我害怕那样的时刻，又渴望那样的时刻。落在身上的目光既像芒刺，也像花开。

我送她到前门 22 路公共汽车站，看着她坐上车远去。每个星期天的下午由于她的到来变得格外美好而让我期待。那个时候，我沉浸在少男少女朦胧的情感梦幻中，忽略了周围的世界，尤其忽略了身边父亲和母亲的存在。

所有这一切，父亲是看在眼睛里的，他当然明白自己的儿子正在发生什么事情，又在经历着什么事情。以他过来人的眼光看，他当然知道应该在这个时候提醒我一些什么。因为他知道，小奇的家就住在我们同一条街上，和我们大院相距不远，也是一个很深的大院。但是那个大院和我们大院完全不同，从外表就可以看得出来，它是拉花水泥墙、红漆木大门，门的上方有一个浮雕大大的五角星。这便和我所居住的那种广亮式带门簪和门墩的黑色老门老会馆拉开了不止一个时代的距离。

其实这一点我是知道的，每天上学下学都要路过那里。但是当时的我对这一点却根本忽略不计。对于父亲而言，这一点是表面，却是直通本质的。因为居住在那个大院里的人全部都是解放北京城之后进城的解放军的军官或复员军人和他们的家属。那个被称作乡村饭店的大院是新中国成立之后拆除了那里的破旧房屋后新盖起来的，从新老年限看和我们的老会馆相距有一两百年的历史。在父亲的眼里，这样的距离是不可逾越的。不可逾越,从各自居住的不同的大院就已经命定,地理里有无法更易的历史,地理里有难以摆脱的现实。我发现每一次我送小奇到前门再回到家,父亲都欲言又止。从那时我的年龄和阅历来讲,我无法明白父亲曾经沧海的忧虑。我和父亲也隔着一道无法逾越历史与地理的距离。

有一天,弟弟忽然问我:"小奇的爸爸是老红军,真的吗?"那时,我还真不知道这个事实。我觉得老红军是在电影《万水千山》里,在小说《七根火柴》里,从没有想过老红军就在自己的身边。弟弟的问题让我有些意外,我问他从哪儿听说的,他说是父亲和妈妈说话时听到的。当时,我不清楚父亲对母亲讲这个事时的心理。后来,在我长大以后,我清楚了,我和小奇越走越近的时候,父亲的忧虑也越来越重。特别是在北大荒插队的时候,生产队的头头在整我的时候,当着全队人叫道:"如果是蒋介石反攻大陆,肖复兴是咱们大兴岛第一个打着白旗迎接蒋介石的人,因为他的父亲就是一个国民党!"

两个父亲,两个党,一个共产党,一个国民党。

后来,我问过小奇这个问题。她说是,但是她并没有觉得她父亲老红军的身份对自己是多么大的荣耀。她只是说当时她父亲在江西老家,十几岁,没有饭吃,饿得不行了,路过的红军给了他一块红苕吃,他就跟着人家参加了红军。她说的是那样轻描淡写。在当时所谓高干子女中,她极其平易,对我一直十分友好,充满温暖的友情,即使是以后"文化大革命"格外讲究出身的时候,她也从来没有像一些干部子女那样趾高气扬、居高临下。那时候,我喜欢文学,她喜欢物理,我梦想当一名作家,她梦想当一名科学家。她对我的欣赏,给我的鼓励,表露于我的友谊和感情,伴随我度过青春期。

　　说心里话,我对她一直充满似是而非的感情,那真的是人生中最纯真而美好的感情。每个星期天她的到来成为我最欢乐的事情;每个星期见不到她的日子,我会给她写信,她也会给我写信。整整高中三年,我们的通信有厚厚的一摞。我把它们夹在日记本里,胀得日记本快要撑破了肚子。父亲看到了这一切,但是他从来没有看过其中一封信。

　　寒暑假的时候,小奇来我家找我的次数会多些。有时候我们会聊到很晚,送她走出我们大院的大门了,我们站在大门口外的街头还接着在聊,恋恋不舍,谁也不肯说再见。那时候,不知道我们怎么总会有说不完的话,长长的流水一般汩汩不断,扯出一个线头就能引出无数条大路小道,逶迤迷离,曲径通幽,能够到达未知却充满魅力的很远的地方。

　　路灯昏暗,夜风习习,街上已经没有一个行人,安静得像是睡着了一样。只有我们两人还在聊,一直到不得不分手。望着她向她家住的大院里走去的背影消失在夜雾中,我回身迈上台阶要回我们大院的时候,才蓦然心惊,忽然想到大门这时候要关上了。因为每天晚上都会有人负责关上大门。那样的话可就麻烦了,门道很长,院子很深,想叫开大门不是件容易的事情。很有可能我得在大门外站一宿了。

　　当我走到大门前,抱着侥幸的心理想试一试,兴许没有关上。没有想到,刚刚轻轻一推大门就开了。我庆幸自己的好运气,大门真的还没有关闭。我走进大门,更没有想到的是父亲就站在大门后面的阴影里。我的心里漾起一阵感动。但是我没有说话,父亲也没有说话,就转身往院里走。我跟在父亲的背后,走在长长的甬道上,只听见我和父亲咚咚的脚步声。月光把父亲瘦削的身影拉得很长。

很多个夜晚,我和小奇在街头聊到很晚,回来生怕大院的大门被关闭的时候,总能够轻轻地就把大门推开,看见父亲站在门后的阴影里。

那一幕的情景定格在我的青春时代,成为一幅永不褪色的画面。在我也当上了父亲之后,我曾经想,并不是每一个父亲都能做到这样的。其实对于我和小奇的交往,父亲内心是担忧的,甚至是不赞成的。因为在那讲究阶级讲究出身的年代,共产党和国民党的水火不容,注定了他们后代的命运的结局。年轻的我吃凉不管酸,父亲却已是老眼看尽南北人。

只是,他不说什么,任我任性地往前走。因为他不知道该如何说,他怕说不好引起我的误解,伤害我的自尊心,更引起我对他的批判。更重要的是,他知道说了也不起什么作用。两代不同生活经历与成长背景的人,代沟是无法填平弥合的。那些个深夜为我守候在院门后面的父亲,当时,我不会明白他这样复杂的心理。只有我现在到了比父亲当时年龄还要大的时候,才会在蓦然回首中看清一些父亲对孩子疼爱交加又小心翼翼的心理波动的涟漪。

六

"文化大革命"爆发的那一年,我高三毕业,正准备迎接高考。几乎是在一夜之间,上大学的梦想破灭了。这对于我和父亲无疑是最大的打击。只是突然降临的大风暴席卷我们而去，让我们无暇顾及在风雨中落花流水的个人梦想，它们显得那样的无足轻重，又那样的无可奈何。在"老子英雄儿好汉，老子反动儿混蛋"的疯狂肆虐下，父亲国民党少校军需官的历史一下子格外突显，像刻在父亲的脸上，也像刻在我的脸上的一块罪恶的红字一样，让我和父亲都抬不起头来。

那时候，我从心里怨恨父亲当时为什么不在天津就学织地毯学到底，起码现在我的出身可以算作工人。在"文化大革命"的年代，可以算是"红五类"。现在，我却沦为了"黑五类"。

所谓的"红八月"中，到处都在抄家，到处都在批斗。身穿绿军装、手挥武装带、臂戴红袖章、被领袖在天安门城楼上接见的红卫兵们在耀武扬威。在我们学校里，校长高万春不忍红卫兵的毒打，被逼跳楼自杀。在从学校回家的一路上，很多大院的门口贴着墨汁淋淋的大字报，说是"庙小神通大，池浅王八多"，叫喊着把什么坏人揪出来示众。好像每个院子里都有坏人，不止一个，各式各样，五花八门。我们大院里最先被揪出来的人是以前当过地主的后院主人，紧接着是当过舞女的王婶。我的心紧攥着，生怕哪一天，在大院外的墙上贴出揪出父亲的大字报。每天从学校回家，我先要紧张地看看院门口的墙，没有父亲的大字报，才稍稍安心。那一面墙，成为我的晴雨表。

我猜想，那时候，父亲的心里一定比我还要紧张。

为了表现积极，父亲主动上交了小牛皮箱里那四块银圆。除此之外，他没有什么可以上交的了。那本南京受训时印有他身穿国军制服的相册，早被他毁掉了。

"红八月"终于过去了，父亲没有被揪出来批斗。我心里的一块石头落了地，便和班上当红卫兵的同学一起冒充红卫兵去大串联了。当我从广州、衡阳、株洲，然后经过韶山和南京一路归来的时候，发现父亲和母亲正在院子里忙乎着接待红卫兵的事情。那时候，很多外地的红卫兵串联到北京，住在我们大院各家里。

在我离开家这些天里，父亲做了两件事，让我格外地吃惊。一件是居然教会我妈背诵了毛泽东"老三篇"中的《为人民服务》。要知道，我妈是大字不识呀，能够全文一字不差地背诵《为人民服务》，与其说是我妈的奇迹，不如说是父亲的奇迹。在那个疯狂的年代里，什么样的事情都有可能发生。

另一件是在我家的柜子和窗台之间，用火筷子在两根很粗的竹子上扎上了眼儿，然后连上几块木板，做成了书架，我的一些书本可以放在前后两层。那时我珍贵的藏书有泰戈尔文集中的两本，还有就是从1919年到60年代所有的《儿童文学》选集。这些书一直放在地上一个鞋盒子里，现在终于有了摆放它们的书架了。弟弟告诉我，这是他和父亲一起做的，竹子是南方来的红卫兵到北京串联时留下来的，被父亲废物利用。

一直到现在，我都觉得这是父亲做的最古怪的一件事情，完全和他谨小慎微的性格不符。

这是我家的第一个书架。我有些惊讶，在那个"读书无用，革命唯此为大"的年代里，父亲居然还有心做书架，惦记着我的书，而且敢于把这些书放在书架上。这是他在"文化大革命"中的得意之作。他从来相信艺不压身，到什么时候读书都是要的，更何况这些书确实也不是什么"封资修"。也许，这是父亲为我做这个简陋书架的心理依据。

　　这样平静的日子很快就到头了。秋天刚到的时候，我们大院里突然揪斗出一位工程师，被说是反动权威。这是院子里新搬来的一个"街道革委会"的"积极分子"干的。所谓街道积极分子，在那时是一种特别的称谓，更是一种特别的身份。她们大多是家庭妇女，并不是街道居委会（"文化大革命"一来叫"街道革委会"）的正式工作人员，但因为家庭出身好，又积极为街道居委会跑前跑后干些宣传、收费或节日里站岗巡逻的事，被聘为街道积极分子。这些积极分子中，有不少是热心公益事业的人，但也有不少借此狐假虎威或谋取私利的人。这个"积极分子"就是人们忌恨的狐假虎威者。当天下午她找来的一帮红卫兵在我们大院里开批斗会。她来到我家，找到父亲，要求父亲下午参加大会，并且准备发言批判。我看见父亲在认真地写批判稿，写了好长的时间，密密麻麻的，足足写了有两页纸。其实，父亲和工程师平常没有什么来往，甚至连说话都很少，他对工程师的了解有限，真不知道那批判稿都写了些什么东西。

　　下午批判会在我们大院的后院开，那里房前有宽宽的廊檐和几级台阶，正好当作舞台。批判会开始的时候，父亲第一个走上台发言，他身穿一身整齐的制服，激动地抖动着手中那两页纸，像是受惊的鸟止不住纷飞的羽毛。然后我听见他的声音，那声音特别让我吃惊，突然的高八度，一下子非常尖利。我从来没有听见父亲这样说过话，平常他说话都是细声细语，怎么会突然变成了这样声嘶力竭呢？我知道，他是想表现自己，以划清界限的姿态，想拼命地站在革命阵营这方面来。可是他的声音太刺耳了。我有些替他脸红,没有听完他的批判发言,便悄悄地溜出了大院。

父亲这样异常的表现并没有能够保住自己。他是被那个街道"积极分子"给耍了。第二天清早,我出门要去学校,看见大门口外面那面墙上贴出了大字报,只有一张纸,但我一眼就看见了父亲的名字,国民党和少校军需官的字样是那样的醒目,像飞奔而来的箭镞一样,直射入我的眼睛里。父亲步了工程师的后尘,这一天下午,还是在我们大院,要开父亲的批斗会。

我害怕这个街道"积极分子"像找父亲一样,来家里找我写批判父亲的发言稿,然后让我登台发言批判父亲。一整天我都没敢回家。我记得特别清楚,上午我去学校,虽然在复课闹革命,但上课没有什么内容,下午就没事了。下午,我坐上 5 路公共汽车,从前门坐到广安门终点站,再从终点站坐回到前门,来回不停地坐,一直坐到天完全黑了下来,才像丧家犬一样悻悻地溜回大院,回到家里。父亲看到我回来,没有说话,他在找税务局工厂发的劳动手套。我猜想,明天他将和我们大院的工程师、地主和舞女一起去街道接受劳动改造了。整整一个晚上,谁都没有说话,一盏 15 瓦的昏黄的灯下,全家静悄悄的,气氛凝滞了一样,非常压抑。

我不知道对于这一连两天批斗会上的遭遇,父亲是怎么看的,我从来没有和父亲交流过。我只知道我自己那时的心情非常复杂和慌乱。我第一次看到了人心的险恶,对那个"积极分子"嗤之以鼻。我也第一次看到了父亲的另一面,居然为了保护自己可以这样声嘶力竭。同时,我也是第一面对自己,害怕父亲被批斗,其实是害怕自己的身份进一步下跌。这样的胆怯无力面对眼前发生的一切,只有选择逃避。

也就是从那时候开始，我成了"文化大革命"的逍遥派，彻底逃离了所谓的革命的漩涡，就像鲁迅批评柔石的小说《二月》中的主人公肖涧秋时说的那样："衣襟上溅了一点水花，就落荒而逃。"开始我躲在一边，后来又跑到呼和浩特的姐姐家，偏于一隅，埋头在读书之中，尽可能找能找到的书读。而父亲则开始在街道修防空洞，每天干搬砖、砌洞这种年轻人干的力气活。想想，那一年父亲已经 61 岁了。

第二年的年底，弟弟忍受不了这样压抑的气氛，先报名去了青海油田。又过了一年的夏天，我也离开北京，去了北大荒。弟弟和我走的时候，父亲都没有送，也没有分别时的嘱咐，只是走出了屋门，看着我们走远，连挥挥手都没有，显得那样麻木。

很久以后，我和弟弟谈起这些往事的时候，才觉得真正麻木的是我们。为了自己，我们那样毅然决然地选择了离开家，而且想离得越远越好，所谓是"眼不见心不烦"，企图寻找世外桃源，想躲个清静，而把年老多病的父母毫无顾忌地丢在一旁，丝毫都没有想过应该和他们患难与共，帮助他们度过他们的余生残年。年轻时的我们被所谓革命的风鼓胀得身心膨胀，自私和胆怯如蛇一样悄悄地爬出心头，在一点点地蚕食着人性中对父母的亲情。

在那场疾风骤雨的"革命"中，父亲就是一条落水狗，可以被人任意欺凌。他过去国民党少校军需官的身份就是他的原罪。庆幸的是父亲从来都是不多言多语，逆来顺受、任劳任怨地修防空洞，工余的时候还负责为这些戴罪劳动者读报。所以他没有被遣送回老家，总算保住了他的老窝。但是，最后他付出的代价是交出他的房子。在我离开北京的第二年，那个街道"积极分子"对

父亲说，你们的孩子都走了，用不着住那么大的房子，应该把房子
交给工人出身的人住。父亲老老实实地交出了房子，住进了对门
院子里两小间矮小的东房里。而那个批斗了父亲和工程师的街
道"积极分子"无理地占据了工程师家一间宽敞的正房，给自己的
女儿做了婚房。她的女儿嫁给了一个海军军官，似乎更为她虎上
添翼，越发威风起来。

　　离开北京两年后的夏天，我第一次从北大荒回北京探亲。走
进陌生的大院，来到父亲信中说的家门前，我一阵心酸。我第一
眼看到的是家中玻璃窗前的窗帘，这是母亲用碎布一点一点拼接
起来的。打开门，被风吹动的那块像小孩裤子布一样的破窗帘让
我脸红。在我不在家的日子里，父母受人欺负，被赶出自己的家
门，日子过得这样狼狈不堪。

　　那时候，父亲还在修防空洞，母亲把父亲叫回家。父亲看见
我一脸被霜打的样子，很清楚我想的是什么，对我说："没被扫地
出门赶回老家就是万幸。窝还在，你们回来探亲，还有个家。"他
轻描淡写的话却让我心里不是滋味。说着，父亲让母亲赶紧拿出
瓜子和花生给我吃。母亲从床下拿出一个笸箩，里面盛满了葵花
子和带皮的花生。那时候，只有过春节每户才可以买到半斤花生
和瓜子。父母不舍得吃，将春节买的花生瓜子一直留到现在。都
已经过去半年了，瓜子和花生放得都有些味儿，但我还是装作挺
好吃的样子咽进肚子里。

　　第二天，父亲又去修防空洞了。现在，父亲参与修的这个防
空洞还在，成为可以供人们参观的人防工程，长而宽敞的防空洞
成为前门地区的一道景观。父亲却早已经不在了。那个防空洞

的洞口就在街道办事处旁边，每逢路过它的时候，我都会想起父亲，也会想起批斗过父亲和我们大院工程师及舞女的那个街道"积极分子"。人生的遭际在历史的跌宕中有阴差阳错的选择；人心的险恶在时代的动荡中有不由自主的表现，像排泄粪便一样忍无可忍。前者更多是出于个人生计的选择；后者则更多是人性潘多拉盒子的乍开。我相信，每个人的心里都不会鲜花一片，只是有的人不让或者少让心里藏着的魔鬼出来，而有的人愿意让魔鬼趁机出来兴风作浪，浑水摸鱼。在那个时代，后者会活得放得开，容易如鱼得水，甚至活色生香；前者会活得谨小慎微，甚至压抑，夹着尾部做人，却总能让人踩住尾巴。父亲显然属于前者。

七

　　一年多以后，也就是 1972 年的冬天，我再次从北大荒回北京探亲。可能是一年多前回家时那个破窗帘对我的刺激太深，这一次回家，我想应该为父母做一点儿什么。

　　那时候，我的思想还处于阶级斗争理论的笼罩下，尽管已经松动，但脑子里还有阶级斗争这根弦，就像风筝还被线拽着。因此，我的这个念头其实也是在矛盾中时起时伏。有时候我会想，毕竟父亲当过国民党的少校军需官，国民党是共产党的敌人，即使父亲被改造好，已经不会站在敌对的阵营里，但也不属于无产阶级阵营里的呀。有时候我又会想，父亲真的就是在电影和小说中看到过的那种凶神恶煞的国民党吗？怎么看都不像。从我记事开始，父亲都是唯唯诺诺的，见谁都客客气气，走路都怕踩死蚂蚁，街坊们对他一直很友好。即使"文化大革命"开始，即使沦落到修防空洞了,除了那些街道"积极分子"直呼过他的名字,街坊们见到他仍客气地叫他肖先生。不过,我想国民党是很狡猾的,很会伪装的,也许这只是父亲的一种伪装出来的假象。

这是当时我真实的心理活动,按下葫芦起了瓢,自己跟自己较劲、打架。

我回到家之后,弟弟先给我寄了点儿钱,那时他在青海油田当工人,有高原补助,工资高。弟弟来信说,让我用这钱给父亲买点儿好酒喝。我和弟弟都知道,父亲一辈子就爱喝点儿小酒。父亲的酒量不大,可能年轻的时候酒量大些,这时候一天只在晚上喝一次,八钱的小酒杯,他能喝一杯,却只喝半杯浅尝辄止。一瓶二锅头可以喝半个月。父亲喝酒有自己的规矩,就是不管天冷天热,都得把酒烫上。他的理论是冷酒伤身。记得我和弟弟小的时候,父亲每次喝酒,都要把酒烫在开水碗里,烫好了,先不喝,而是把酒往桌子上倒上一点儿,然后划着一根火柴,在酒上一点,酒立刻燃烧起一团淡蓝色的火焰,蛇一样蠕动着,特别好看。然后,他会用筷子蘸一点儿酒,让我和弟弟一人尝一口,常常惹得我妈说他,小孩子家的,喝什么酒。我和弟弟被酒辣得大叫,父亲端着酒杯呵呵地笑。那是一家子最开心的画面了。

弟弟在我之前回北京探过一次亲。那时,他买来了好多瓶名酒给父亲喝,看到父亲难得高兴,喝得酡颜四起,便让我照方抓药,告诉我到哪里能买到这些名酒。拿着弟弟寄来的钱,我到弟弟指定的商店买回来好几瓶名酒,有五粮液、古井贡、竹叶青、西凤、汾酒,还有一瓶三花酒。这后一种酒是我自作主张买来的,当时看到三花酒出产地是桂林,早就在贺敬之的诗中知道桂林山水甲天下，一直很向往，虽然没有去过，买一瓶酒回来尝尝，也像是去过了那里一样。

回到家，我找到几个酒杯，把每一种酒倒上一点儿，分别用开水烫好，让父亲都尝尝。看到父亲坐在桌旁，望着一杯杯的酒在灯下泛着光，他的眼睛里也放着光，像小孩子一样的兴奋，然后，他依次端起酒杯，眯缝上眼睛，每杯抿上一小口，美滋滋地品味着。那一刻，真有点儿六根剪净，万念俱灭，所有的体悟都融化在这一杯杯酒中了。

他抿完三花酒，特别对我说："这种酒我从来没有喝过。"我问他味道怎么样？他说不错，比五粮液柔和，有股甜味儿。我就又给他倒上一杯三花酒，也给自己倒上一杯，然后和他碰碰杯，一饮而尽。他对我说，酒哪有这么喝的，得慢慢品。我看着他慢慢品着，忘却了曾经发达或耻辱或悲凉的一切。

那情景让我感到父亲就是一个俗人，简直就像一个农民，一点都不像小说和电影里看到过的国民党坏蛋。

他已经被共产党改造好了。我在心里这样安慰自己说，让自己找到一种重新看待并对待父亲的依据。或许在那一刻，无法泯灭的亲情还是无可救药地占了上风，一种千古至今绵延存在无法剔除的人性中柔软的东西，让再冰冷的石头也能熔化了吧。

那时候，电影院里正在上演朝鲜电影《卖花姑娘》。对于一演再演的《地道战》之类的老电影，这是一部新电影，演员演得好，里面的歌唱得也好听，特别叫座。我到大栅栏的大观楼电影院买了三张电影票，请父母一起看这部电影。我妈没有显出多么的高兴，父亲却很兴奋。他已经好多年没有看过电影了。这部《卖花姑娘》，他在报纸上看过介绍，知道是一部很好看的电影，心里很期待。

我第一次看电影还是没有上学的时候，是父亲带着我在长安街上的首都电影院看的，是他们税务局包场发的电影票，看的是《虎穴追踪》。而我第一次带父亲看电影是父亲老的时候了。这一年，父亲 67 岁了。

坐在电影院里，看着父亲的侧影，忽然想起往事，心里有些愧疚。记得好几年前，大概是 1961 年年初的寒假，也是在这个大观楼电影院，那时它被改造成北京唯一一座立体宽银幕电影院。那时演的电影是《魔术师的奇遇》。因为不仅是宽银幕，还是立体电影，进电影院后，要先发一副特殊的眼镜，看电影的效果才是立体的，如果是水流就真的像是向你流过来一样，浪花能够溅湿你的衣服似的，所以特别吸引人。排队买电影票的人非常多，我和弟弟一起去买票，长长的队伍像长蛇一样，都排到门框胡同了。可是，我和弟弟没有为父母买票。

年轻的时候，真的有很多幼稚和自私，表面上说是为了革命，其实心里想着的是自己，甚至可以是和自己没有任何关系、八竿子都打不着的人，比如那时叫喊着要解放全世界三分之二受苦受难的人民，却很少想到关心一下身边的父母。尤其是对于当过国民党少校军官的父亲，更是理所当然地冷落在一旁。我没有觉得这样做有什么不妥，相反觉得是阶级立场应有的表现。

年轻的时候，有时真的非常可笑。现在来看，《卖花姑娘》是一部很会煽情的电影，卖花姑娘悲惨的身世和故事让很多人感动，当时电影院里嘤嘤的哭声一片，有人甚至说，看《卖花姑娘》之前,得带一条手绢。那天,我擦完眼泪之后,瞥了一眼坐在身边的父亲,忽然发现他也在掉眼泪,在用手不停地擦着眼角。我心里在想,他是一个国民党呀,怎么国民党也会为贫苦的百姓掉眼泪呢?当时的我就是这样可笑。那一年,我已经25岁了,却比小孩子还要可笑。

隔了几天,我就要回北大荒了。我想在离开北京之前,带父母看一次京剧。因为我知道父亲很爱看戏,小时候,他常常带我到鲜鱼口的大众剧场看评戏。我看的第一个评戏《豆汁记》就是父亲带我看的。只是那时,除了样板戏,没有什么戏可演。我便在离家不远的肉市胡同里的广和剧场买了三张《红灯记》的京剧票。

看戏的那天晚上,天下起了大雪。鹅毛般的大雪没有阻挡父亲看戏的热情,他和我妈相互搀扶着,跟着我来到了剧场。我特别早些带他们出来,是想带他们先去离广和楼一步之遥的全聚德吃顿烤鸭。我和弟弟每次回京探亲的时候,都会去全聚德吃烤鸭打牙祭解馋,却没有一次带父母去吃过,顶多带回一点儿吃剩下的烤鸭片。因为心里的愧疚,很多以前自己的不是便都像沉在水底的鱼一样,一条条地浮出了水面,每条鱼都张着嘴,在咬噬着我的心。

马上就要离开北京了,心里的这种希望弥补的愧疚越发沉重。真的,那是我有生以来第一次对父母涌出来的愧疚之情。特别是看到父母一天天变老,这种滋味更不好受,更折磨自己的心。我出生的时候,父亲年龄很大,已经是42岁了。我的后妈比他大两岁,比我的生母大12岁,那一年已经69岁了。他们真的老了。两个儿子都在那么远的地方,一个在北大荒,一个在柴达木,遥远得让我觉得像是一声长长的叹息。

我所能够做的,就只有这一场《红灯记》和这一顿烤鸭了。

那一天的大雪下的时间很长,一直到戏散了,雪还在下。纷纷扬扬的雪花中,父母相互搀扶着,一身雪花,蹒跚在西打磨厂街上的情景,成了一幅画,总会在我的眼前晃动。那画面让我感到更多的是心酸。因为我这一辈子只为父亲做过这样一件稍稍可以让他感到有些安慰的事情。在之前二十五年的时光里,我没有为他做过一件事情,相反,却做过很多和他毅然决然划清阶级界限的无情事情。父亲好像从来不是作为我的生身父亲存在于我的生活中,而是作为敌对的阶级,作为一个我需要铁面无私地审判的政治符号,存在于我写过的那些申请入团的思想汇报中。

落地无声的大雪掩盖了街道上的坑坑洼洼和落叶、垃圾、泥污等。那一刻,眼前的一切,平坦、洁白得像一个童话里的世界。

那时候,我读过并背诵过苏轼的诗句:“人生到处知何似,应似飞鸿踏雪泥;泥上偶然留指爪,鸿飞那复计东西。”但是,我那时并没有读懂。现在想来,我和父亲,谁是飞鸿,谁又是雪泥呢? 在25 岁以前的很长一段时间内,我是把父亲视为雪泥的,他被当时的时代和社会无情地踏在泥中,也是被我无情地踏在泥中。而我却把自己看作是飞鸿,要去远方展翅飞翔。那时候,语录里说的是:“广阔天地,大有作为。”后来很长一段时间里,歌里唱的是:“雄鹰展翅飞,哪怕风雨狂。”

八

第二年,也就是 1973 年的夏天,我再一次从北大荒回北京探亲。那时我已经有了女朋友，正在恋爱。她是天津知青，和我前后脚从北大荒回来探亲，我们两人商量好了，等我回到北京之后，她从天津来我家一次，然后我们一起去呼和浩特看我姐姐，再去天津到她家看看，最后一起乘火车回北大荒。这样的行程安排是想让双方家长都看看，就像定亲一样，事情就这样定下来了。那时候的爱情，简单得不带任何杂质，纯净得像没有污染过的蓝天白云。

女朋友从天津动身的时候，我和很多一起到北大荒插队又正好一起回北京探亲的知青到北京火车站接她。人很多，阵势很是浩大。女朋友下了火车，吓了一跳，没有想到居然这么兴师动众。我心里很清楚，这些伙伴是为我好，生怕女朋友第一次来我家，看到房子那么寒酸，一下子失落，无所适从。

这一列队伍浩浩荡荡地簇拥着我的女朋友走进我家大院，来到我家门前的时候，我注意到，尽管我的女朋友早有思想准备，但眼前所出现的破败和凋零还是让她大吃一惊。不过她是个懂事而且善解人意的人，并没有把内心的惊讶表现出来，露出的依然是常见的笑容。那一年她23岁，正是一个女人最好的年华。

那么多人簇拥着一个年轻的姑娘，我家那两间小房根本无法挤得下。大家都站在院子里说说笑笑，引来了街坊四邻好奇的目光。我家来的这些人中，主角是谁，很快就被他们捕捉到，聚光灯一样的目光都集中在我的女朋友身上。我看她倒是没有被这聚光灯照得有什么异样，依然和大家亲热地聊着天。

让我多少有些奇怪的是，家里只有我妈在家。我问我妈我爸哪儿去了？她告诉我，给你买东西去了，这就回来！正说着，父亲拎着一网兜水果,已经走进院子,看到这一帮人,和大家打着招呼,大家立刻都闪到一边,像忽然抖开的一幅扇面,亮出中间一个空场,把我的女朋友亮了出来。

这是父亲和她第一次见面,也是唯一一次见面。我已经忘记了这样唯一的见面具体是什么情景了。在一片嘈乱中,我只记得父亲没有进屋,就在院里的自来水龙头前接了一盆水,把网兜里的水果倒进盆中洗了起来,然后让大家吃水果。不知道为什么,那天见面的这个情景让我记忆犹新,至今回忆起来还像是发生在昨天一样。我记得那样清楚,父亲买的水果不多,几个桃、几个梨,还有两串葡萄。而且我清晰地记得,一串是玫瑰香紫葡萄,一串是马奶子白葡萄。

我无法解释清楚,为什么这么多年过去了,这些水果,特别是那一串紫葡萄和一串白葡萄,还会如此水灵灵地出现在我记忆中?

现在想来,可能因为这是父亲留给我最后的一点印象了。尽管当初我无法预测未来,根本不会想到这已经是父亲留给我的最后印象。但是,生命的轨迹总会神不知鬼不觉地显现在父子的亲情之中,在命运的冥冥之中。那是一种生命的感应,即使你当时迟钝的没有察觉,但那已经像一粒种子悄悄地落入你的生命中,落入你的记忆中,在以后的日子里生根发芽,忽然有一天让你触目惊心而叹为观止。

非常奇怪,在梦中我常梦见我母亲,却很少梦见过父亲。大前年夏天,我在美国儿子家小住,一天夜里,居然梦见了父亲,这几乎是父亲去世之后唯一一次和他在梦中相见。父亲的样子很清楚，与我童年少年和二十多岁见到他时一个样子。穿着一身粗衣粗裤，紧紧地握着我的手，在跟我说着什么。但是，说的什么话，我一句也听不清。我很想听他究竟在说些什么，却怎么也听不清，很是着急。梦做到这儿，我醒了。屋外雷雨大作，而楼上一岁半的小孙子正在哇哇啼哭。

很多天，这个梦一直萦绕在我的脑海里，我百思不得其解。我不明白这个梦昭示着什么。父亲究竟在和我说什么呢？是埋怨我当年对他无情的批判，还是述说当年辛酸中难得的温馨？抑或是嘱咐我他的处世箴言……

同时，为什么那一夜突然雷鸣电闪？而恰恰那个时候，小孙子也醒了，不停地在啼哭？或者这是生命的又一个循环吧，纵使我的儿子都没有见过他的祖父，小孙子就更无法见到他的曾祖父了。但是血脉的延续、生命的轮回、基因的遗传是命定的。无论是我，是我的儿子，还是小孙子，我们都生活在他的影子里，生活在他的足迹中。所有的不幸也好，幸运也好；所有的错误也好，正确也好；所有的醒悟也好，愧疚也好，我们都一起经历过，并在那雷鸣电闪中给我们以醒目的警示。

只是那一夜的梦以及对梦的认知，我再无法对父亲诉说。

我知道，其实父亲一直在我心里，不仅是一个念想、一个回忆，更是一根刺，刺痛我的心，永远无法从心头拔出。

就是那个夏天我带我的女朋友回家深深地刺激了他。作为父亲，他既高兴也痛苦。他当然希望儿子有女朋友，但是他知道，他的儿子有了女朋友，就会在北大荒结婚成家，再也回不来了。当时，对于未来，他是悲观的。"文化大革命"不知道何时才能到头，而他的身体已经每况愈下。

其实那时候知青返城之风，已经起于青萍之末，先行者开始通过走后门参军或办理困退病退回到了北京。只是这一切对于父亲而言，显得那样遥不可及。他没有这个能力了，因为他自顾不暇。偏偏这时候，我姐姐给父亲写来一封信，说别人家的孩子都已经从农村返回城里，你们老两口身边无一个子女，是符合知青返城的政策的，你应该去街道办事处问问。就是街道办事处的"积极分子"整的他，一提起街道办事处，他就心里发酸，打哆嗦。

姐姐的信是压垮父亲的最后一根稻草。拿着姐姐的这封信，他不知道找谁去诉说、去求教，只能憋在心里，负担越来越重。我离开北京一个多月之后，正是秋收的日子，我正在地里收豆子，黄昏的时候，一封电报传到我的手里。父亲脑溢血去世。清早，他照例去天安门前的那个小花园练太极拳，突然一个跟头倒下，就再也没有起来。北大荒甩手无边的原野上，血红的落日正在迅速地下坠，很快，我的眼前就是一片黑暗。

我和弟弟，还有姐姐星夜兼程赶回北京。父亲躺在同仁医院的太平间里，眼睛还没有合上。他是死不瞑目呀。姐姐用手轻轻地合上了他的双眼。

父亲的一生就这样结束了。我不知道该如何评价他的一生。我只知道，在他的一生中，起码有二十多年是屈辱的，在这些屈辱中，有许多是时代和历史使然，却也有一些是我添加给他的。我无法请求他原谅，也无法原谅自己。

父亲没有什么遗物。只是在他的床铺褥子底下，压着几张报纸和一本《儿童画报》。那时我已经开始发表文章，这几张报纸上有我发表在当地的散文,那本画报上有我写的一首儿童诗,配了十几幅图。这或许是他生命最后日子里唯一的安慰。

在看我家那个装宝贝的小牛皮箱子时,我发现了姐姐写给父亲的那封信,放在箱子的最上面。在箱子的最底部有厚厚的一摞子信。我翻看一看,竟然是我去北大荒之前没有带走的小奇写给我的信,是整整高中三年写给我的所有的信。

望着这一切,我无言以对,眼前泪水如雾,一片模糊。

不到半年之后,我从北大荒回北京,在一所中学里当高中语文老师。命运,真的让父亲一语成谶,我到底还是当了老师。第一天上班,找到那所偏僻的学校的时候,我在心里对父亲说,你为什么就不能再坚持一下呢? 你为什么就不能等我回来呢?

又过了两年,"四人帮"被粉碎了。一切并不像想象的那样好,但也不像想象的那样坏。在时代的变迁中,在生命的轮回中,曾经被风雨压弯的再弱小的草芥,也可以重新伸展起了腰身,然后回黄转绿。

有一天,下班回到家,一位漂亮的年轻女警察也前后脚地来到我家。我很奇怪,为什么警察突然光临? 对于一个曾经长期担惊受怕的家庭而言,警察的出现让这个家的气氛一下子凝固。我看见我妈有些惊讶,以为出了什么事情。我让女警察坐在我家唯一的椅子上,她很和蔼地问我:"'文化大革命'中,您家是不是上交过四块银圆?"我点点头,那是父亲干了好多年少校军需官留下的唯一财产。她接着说:"现在清理'文化大革命'中上交的这些东西。要落实政策归还原物,没有原物的,要照价赔偿。您家呢,这四块银圆,要给您四块钱。"说着,她从包里掏出四块钱,并让我在签收单上签字。

这四块钱,连同父亲去世后税务局给予的抚恤金和补发的半年工资 500 元,我一直存在家附近崇真观的银行里,那里离家很近,父亲一抬脚就到,他在世的时候,如果有钱,也是存在那个银行里的。一直到多年以后,崇真观被拆,银行被搬走,我才把这钱取出转存别的银行。我不敢花这个钱,这是父亲为我留下的唯一的财产。虽然不多,却带有他生命的温热。

粉碎"四人帮"后一年多,即 1978 年的春节,我和我的女朋友结婚。我们没有举办婚礼,只是请了几个朋友,姐姐派来她的女儿,晚上的时候,我们一起在家中和我妈吃了顿饭。白天,我到街上买了一点儿菜和两瓶酒,其中一瓶是三花酒。那曾经是父亲爱喝的一种酒,他说这酒很柔和,有股子甜味儿。

有这瓶酒摆在桌上,父亲好像也在了。

母 亲

十年来,我写过许多篇有关普通人的报告文学。我自认为与他们血脉相连,心像磁针一样指向他们。可是我却从来没有想到我可以,也应该写写母亲她老人家。为什么? 为什么?

是的,她比我写的报告文学中那些普通人更普通、更平凡,就像一滴雨、一片雪、一粒灰尘,渗进泥土里,飘在空气中,看不见,不会被人注意。人啊,总是容易把眼睛盯在别处,而忽视眼前的、身边的,于是便也最容易失去弥足珍贵的。

我常责备自己:为什么现在才想起来写写她老人家呢? 前些日子,她那样突然地离开人世,竟没有留下一句话! 人的一生中可以有爱、恨、金钱、地位与声名,但和死亡比起来,一切都微不足道。一生中的内疚、悔恨和种种闪失都可以重新弥补,唯独死不能重来。现在再来写写相较生命来说苍白无力的文字,又有什么用呢?

但我仍然想写。因为她老人家总浮现在我的眼前,在好几个月白风清的夜晚托梦给我。面对冥冥世界中她老人家的在天之灵,我愈发觉得我以往写的所有普通人的报告文学渊源都来自她老人家。没有她，便没有我的一切。对比她，我所写的那些东西都可以毫不足惜地付之一炬。

她就是我的母亲。

一

她不是我的亲生母亲。

1952年，我的生母也是突然去世。死时，才37岁。办完丧事，爸爸让姐姐照料我和弟弟，自己回了一趟老家。我不到5岁，弟弟才1岁多一点儿。我们俩朝姐姐哭着闹着要妈妈！

爸爸回来的时候，给我们带回来了她。爸爸指着她对我和弟弟说："快，叫妈妈！"

弟弟吓得躲在姐姐身后，我噘着小嘴，任爸爸怎么说，就是不吭声。

"不叫就不叫吧！"她说着，伸出手要摸摸我的头，我拧着脖子闪开，就是不让她摸。

我偷偷打量着她：缠着小脚，没有我妈漂亮、个高，而且年龄显得也大。现在算一算，那一年她已经49岁了。她有两个闺女，老大已经出嫁，小的带在身边，一起住进了我们拥挤的家。

后妈，这就是我们的后妈？

弟弟小，还不懂事，我却已经懂事了，首先想起了那无数人唱过的凄凉小调："小白菜呀，地里黄呀，两三岁呀，没有娘呀……"我弄不清鼓胀着一种什么心绪，总是用一种异样的、忐忑不安的眼光，偷偷看她和她的那个女儿。

不久，姐姐去内蒙古修京包线了。她还不满17岁。临走前，她带我和弟弟在劝业场里的照相馆照了张相片。我们还穿着孝服，穿着姐姐新为我们买的白力士鞋。姐姐走了，我和弟弟都哭了。我们把失去母亲后越发对母亲依恋的那份感情都涌向姐姐。为了减轻家中添丁进口的负担，唯一的亲姐姐走了。她来了。我们又有妈妈了。

姐姐走后，她要搂着我和弟弟睡觉。我们谁也不干，仿佛觉得她的手上、胳膊上长着刺。爸爸说我太不懂事，她不说什么。在我的印象中，她进我家来一直很少讲话，像个扎嘴的葫芦。出出进进大院，对街坊总是和和气气，从不对街坊们投来的芒刺般好奇或挑剔的目光表示任何不快。"唉！后娘呀……"隐隐听到街坊们传来的感叹，我心里系着沉沉的石头。我真恨爸爸，为什么非要给我和弟弟找一个后娘来！

对门街坊毕大妈在胡同口摆着一个小摊，卖些泥人呀、糖豆呀、酸枣面之类的。一次路过小摊，她和毕大妈打个招呼，便问我："你想买什么？"

我瞟瞟小摊，又瞟瞟她，还没说话，跟在她身边的亲生女儿伸出手指着小摊先说了："妈！我要买这个！"

她打下女儿的手，冲我说："复兴，你要买什么？"

我指着摊上的铁蚕豆，她便从毕大妈手中接过一小包铁蚕豆；我又指着摊上的酸枣面，她便又从毕大妈手中接过一小包酸枣面；我再指着小泥人、风车、羊羹……越指越多。我是存心。那时，我小小的心竟像筛子眼儿一样多，用这故意的刁难试探一位新当后娘的心。

她为难地冲毕大妈摇摇头："我没带这么多钱！"

我却嚷着,非要买不成。这么一闹,招来好多人看着我们。她非常尴尬。我却莫名其妙地得意,似乎小试锋芒,我以胜利而告终。

过了些日子,她的大女儿从天津来了。大姐长得很像她,待我和弟弟很好。我们一起玩时有说有笑也很热闹,大姐挺高兴。临走前整理东西,她往大姐包袱卷里放进几支彩线,让我一眼看见了。这是我娘的线!我娘活着的时候绣花用的,凭什么拿走?第二天大姐要走时找这几支彩线,怎么也找不着了。"怪了!我昨儿个明明把线塞进去了呀!咋没了呢?"她翻遍包袱,一阵阵皱眉头。她不知道彩线是我故意藏起来了。

送完大姐回天津,爸爸从床铺褥子下面发现了彩线,一猜就是我干的好事,生气地说我:"你真不懂事,藏线干什么?"

我不知怎么搞的,委屈地哭起来:"是我娘的嘛!就不给!就不给!"

她哄着我,劝着爸爸:"别数落孩子了!兴是我糊涂了,忘了把线放在这儿了。"我得理似的哭得更凶了。

咳!小时候,我是多么不懂事啊!

二

几年过去了。我家里屋的墙上依然挂着我亲娘的照片。那是我娘死后,姐姐特意放大了两张 12 寸的照片,一张她带到内蒙古,一张挂在这里。我和弟弟都先后上学了,同学们常来家里玩。爸爸的同事和院里的街坊有时也会光顾,进屋首先都会望见这张照片。因为照片确实很大,在并不大的墙上很显眼。同学们小,常好奇地问:"这是谁呀?"大人们从来不问,眼睛却总要瞅瞅我们,再瞅瞅她。我很讨厌那目光。那目光里的含义让人闹不清。

随着年龄一天天增长,我的心里盛满过多复杂的情感。我对自己的亲姐姐越发依恋,也常常望着墙上亲娘的照片发呆,想念着妈妈,幻想着妈妈又活过来同我们重新在一起的情景。有时会莫名其妙地对她发脾气。她从不在意,更不曾打过我和弟弟一个手指头,任我们向她要性子,拉扯她的衣角,街坊四邻都看在眼里。

许多次,爸爸和她商量:"要么,把相片摘下来吧?"

她眯缝着眼睛瞧瞧那比真人头还大的照片,摇摇头。

于是,我娘的照片便一直挂在墙上,慈祥地瞧着我们,也瞧着她。头一次,我对她产生一种说不出的好感。但"妈妈"一时还叫不出口。

那时候,没有现在变形金刚之类花样翻新的玩具,陪伴我和弟弟度过整个童年的只有大院里的两棵枣树,我们可以在秋天枣红的时候爬上树摘枣,也可以顺便跳上房顶追跑着玩耍。再有便是弹玻璃球、拍洋片了。我不大爱拍洋片,拍得手怪疼的;爱玩弹球,将球弹进挖好的一个个小坑里,很有点儿像现在的高尔夫球、门球的味道。玩得高兴了,便入迷得什么都不顾了,仿佛世界都融进小小透明的玻璃球里了。一次,我竟忘乎所以将球搁进嘴里,看到旁的小孩子没我弹得准时兴奋地叫起来,"咕噜"一下把球吞进肚子里。孩子们惊呆了,一个孩子恐惧地说:"球吃进肚皮里要死人的!"我一听吓坏了,哇哇哭起来。哭声把她拽出屋,一见我惊慌失措的样子,忙问:"怎么啦?"我说:"我把球吃进肚子里了!"说着我又哭了起来。她很镇静,没再讲话,只是快步走到我身边,蹲下身子一把解开我的裤带,然后用一种我从未听到过的、带有命令的口吻说:"快屙屎,把球屙出来就没事了!"我吓得已经没魂了,提着裤子刚要往厕所跑,被她一把拽住:"别上茅房,赶紧就在这儿屙!"我头一次乖乖地听了她的话,顺从地脱下裤子,蹲下来屙屎。小孩们看见了,不住地笑。她一扬手,像赶小鸡一样把他们赶走:"都回家去,有啥好笑的!"

这一刻,她不慌不乱,很有主意。我一下子有了主心骨,觉得死已经被她推走了,便憋足劲屙屎。谁知,偏偏没屎。任凭憋得满脸通红就是屙不出来。她也蹲着,一边看看我的屁股,一边看看我:"别急!"说着用手帮我揉着肚子:"这会儿球也不能那么快就到了屁股这儿,刚进肚儿,它得慢慢走。我帮你擀擀肚子!"我不知道她为什么一直把揉肚子叫擀肚子,但她擀得确实舒服,以后我一肚子疼就愿意叫她擀。她不光擀肚子这块,还非得叫我翻过身擀后背。她说就像烙饼得翻个儿一样,只有两面擀才管用。这时候,我第一次感受到她那骨节粗大的手的温暖和力量。不知擀了多半天,屎终于屙出来了。多臭的屎啊!她就那样一直蹲在我的旁边,望着那屎,直到看见屎里果真出现了那颗冒着热气的、圆鼓鼓的小球时,她高兴地站起来,走回家拿了张纸递给我:"没事了,擦擦屁股吧!"然后,她用土簸箕撮来炉灰撒在屎上,再一起撮走倒了。

孩子都不是省油的灯,大人的心操不完。我们大院门口对面是一家叫泰丰粮栈的大院。它气派大,门前有块挺平坦宽敞的水泥空场。那是孩子的乐园。我们没事便到那儿踢球、抖空竹,或者漫无目的地疯跑。一天上午，它那儿摆着个大车辘轳，两支胶皮轮子中间连着一根大铁轴。我们在公园玩过踏水车的玩具，便也一样双脚踩在铁轴上，双手扶着墙，踩着辘轳不住地转，玩得好开心。我忘了小孩能有多大劲呢？那大辘轳怎么会听我们摆布呢？它转着转着就不听话，开始往后滚。这一滚动，其他几个孩子都跳下去了，唯独我笨得一脚踩空，一个栽葱摔到地上，后脑勺结结实实砸在水泥地上，立刻晕了过去。

等我醒来时已经躺在医院里，身旁是她和同院的张大叔。张大叔告诉我："多亏了你妈呀！是她背着你往医院跑呀！我怕她背不动你，跟着来搭把手，她不让，就这么一直背着你。怕你得后遗症，求完大夫求护士的。你妈可真是个好人啊……"

她站在一边不说话，看我醒过来，俯下身来摸摸我的后脑勺，又摸摸我的脸。我不知怎么搞的，眼泪怎么也控制不住流了下来。

"还疼？"她立刻紧张地问我。

我摇摇头，眼泪却止不住。

"你刚才的样子真吓死人了！"张大叔说。

回家的时候，天早已黑了。从医院到家的路很长，还要穿过一条漆黑的小胡同，我一直伏在她的背上。我知道刚才她就是这样背着我，踩着小脚，跑了这么长的路往医院赶的。

以后许多天，她不管见爸爸还是见街坊，总是一个劲儿埋怨自己："都赖我，没看好孩子！千万可别落下病根儿呀……"好像一切过错不在那大车辘轳，不在那硬邦邦的水泥地，不在我那样调皮，而全在于她。一直到我活蹦乱跳一点儿事没有了，她才舒了一口气。

这就是我的童年、我的少年。除了上学,我们没有什么可玩的。爸爸忙,每天骑着那辆像侯宝林在相声里说的除铃不响哪儿都响的破自行车,从我家住的前门赶到西四牌楼上班,几乎每天两头不见太阳。她也忙,缝缝补补,做饭洗衣,在我的印象中,她一直像鸵鸟一样埋头在我家那个大瓦盆里洗衣服,似乎我们有永远洗不完的破衣烂衫。谁也顾不上我们,我们只有自己想办法玩,打发那些寂寞的光阴。

一次,我和弟弟捉到几只萤火虫,装进玻璃瓶里,晚上当灯玩。玩得正痛快呢,院里几个比我大的男孩子拦住我们,非要那萤火虫灯。他们仗着自己人高马大,常常蛮不讲理欺侮我和弟弟这没了亲娘的孩子。说实在的,那时我们怕他们,受了欺侮又不敢回家说,只好忍气吞声。这一次非要我们的萤火虫灯,真舍不得。他们毫不客气地一把夺走,弟弟上前抢,被他们一拳打在脸上,鼻子顿时流出血来。我和弟弟一见血都吓坏了。回家路过大院的自来水龙头,我接了点儿凉水,替弟弟把脸上的血擦净,悄悄嘱咐:"回家别说这事!"

弟弟点点头,回家就忘了。我知道他委屈。爸爸是个息事宁人的老实人,这回也急了,拉着弟弟要找人家告状。她拦住了爸爸:"算了!"

我挺奇怪,为什么算了?白白挨人家欺侮?

她不说话。弟弟哭。我噘着嘴。

晚上睡觉时,我听见她对爸爸说"街坊四邻都看着呢。我带好孩子,街坊们说不出话来,就没人敢欺侮咱孩子!"

当时,我能理解一个当后娘的心理吗?她就是这样一个人,一直到去世也没和任何人红过一次脸。她总是用她那善良而忠厚的心去证明一切,去赢得大家的心。以后,院里大孩子再欺侮我们,用不着她发话,那些好心的街坊大婶大娘便会毫不留情地替我们出气,把那些孩子的屁股揍得"啪啪"响。

这样一件事发生后,街坊们更是感叹地说:"就是亲娘又怎么样呢?"

那是她的小闺女长到18岁的时候。她一直怕人家说自己是后娘待孩子不好,凡事都向着我和弟弟。家里有点好吃的也要留给我们而不给自己的闺女。我们的小姐姐老实、听话,就像她自己一样。小姐姐上学晚,18岁这一年初中刚毕业。她叫小姐姐别再上学了,让小姐姐到内蒙古找我姐姐去。我姐姐给小姐姐介绍了个对象,闪电式便结了婚。一纸现在越发金贵的北京户口就这样让小姐姐毫不犹豫地抛到内蒙古京包线上一个风沙弥漫的小站。那一年我近十岁了,我知道她这样做为的是免去家庭的负担,为的是我和弟弟。

"早点儿寻个人家好!"她这样对女儿说,也这样对街坊们解释。

小姐姐临走时,她把闺女唯一一件像点儿样的棉大衣留了下来:"留给弟弟吧,你自己可以挣钱了,再买!"那是一件粗线呢的厚大衣,有个翻毛大领子,很暖和。它一直跟着我们,从我身上又穿到弟弟身上,一直到我们都长大了,再也用不着穿它了,她还是不舍得丢,留着它盖住院子里冬天储存的大白菜。她送自己的闺女去内蒙古时没讲什么话,只是挥挥手,然后一只手牵着弟弟,一只手领着我。当时,我懂得街坊们讲的话吗,"就是亲娘又怎么样呢?"我能理解作为一个母亲所做的牺牲吗?那是她身边唯一的财富啊!她送走了自己亲生的女儿,为的是两个并非亲生的儿子啊!

记得有一次,爸爸领我们全家到鲜鱼口的大众剧场看评戏。那戏名叫《芦花记》,是出讲后娘的戏。我不大明白爸爸为什么选择这出戏带我们来看。我一边看戏,一边偷偷地看坐在身旁的她。她并不那么喜欢看戏,也看不大懂,总得需要爸爸不时悄悄对她讲述一遍情节才行。我不清楚她看了这出演后娘的戏会有什么感触,我自己心里却倒海翻江,一下子滋味浓得搅不开。那后娘给孩子穿用芦花假充棉花却不能遮寒的棉衣,使我对后娘充满恐惧和厌恶。但坐在我身边的她是这样的人吗?不是!她不是!她是一位好人!她是宁肯自己穿芦花做的棉衣,也绝不会让我和弟弟穿的。我给自己的回答是那样肯定。

我不爱看评戏。从那出《芦花记》后,我再也没看过第二场评戏。

妈妈!我忘记了是从哪一天开始叫她妈妈了。但肯定是在看了这出评戏之后。

三

童年和少年,是永远回忆不完的,像是永远挖不平的大山。那时,我们因节节拔高而常常看不起目不识丁的母亲;常常会在不知不觉中忘记了她的存在。当一切过去了才会看清楚,过去的一切如同潮水退后的石粒一般,格外清晰地闪着光彩显露出来。

　　小学高年级，我的自尊心其实是虚荣心突然胀胀的，像爱面子的小姑娘。妈妈没文化，针线活儿做的也不拿手，针脚粗粗拉拉的。从她来以后，我和弟弟的衣服、鞋都是她来做。衣服做得像农村孩子穿的，虽然洗得干干净净，但我开始嫌那对襟小褂土；嫌那前面没有开口的抿裆裤太寒碜；嫌那踢死牛的棉鞋没有五眼可以系带……我开始磨妈妈磨爸爸给我买商店里卖的衣服穿。这居然没有伤了她的心，她反而高兴地说："孩子长大了，长大了！"然后，她带我们到前门外的大栅栏去买衣服。上了中学以后，她总是把钱给我，由我自己去挑着买。而她只是在衣服扣子掉了的时候帮我补上，衣服脏的时候埋头在那大瓦盆里不停地洗。

　　我甚至开始害怕学校开家长会，怕妈妈踩着小脚去，怕别人笑话我。我会千方百计地不要她去，让爸爸参加。如果实在没有办法，她必须去，我会在开会前羞得很，会后又会臊不答答的，仿佛很丢人。前后几天心都紧张得很，皱巴巴的，怎么也熨不平。其实她去学校开家长会的机会很少，但我仍然害怕，我实在不愿意她出现在我们学校里。那时我真够浑的。

　　一年暑假，我磨着要到内蒙古看姐姐。爸爸被我磨得没办法，只好答应了。听说学校开张证明，便可以买张半价的学生火车票。爸爸去了趟学校，碰壁而归。校长说学生只有去探望父母才可以买半价学生票，看姐姐不行。我知道那位脸总是像刷着糨糊一样绷得紧紧的校长，他说出的话从来都是钉天的星。我们谁见了他都像耗子见了猫一样，躲得远远的。

　　妈妈说："我去试试！"

　　我不抱什么希望。果然她也是碰壁而归。不过她不是就此罢休，而是接着再去，接着碰壁。我记不清她究竟几进几出学校了。总之，一天晚上，她去学校很晚没回家，爸爸着急了，让我去找。我跑到学校，所有办公室都黑洞洞的，只有校长室里亮着灯。我走近校长室，没敢进去。平日，我从没有进过一次校长室。只有那些违反校规、犯了错误的同学才会被叫进去挨训。我趴在门口听听里面有什么动静。没有，什么动静也没有。莫非没人？妈妈不在这里？再听听，还是没有一点儿声响。我趴在窗户缝瞅了瞅，校长在，妈妈也在。两人演的是什么哑剧？

　　我不敢进去，也不敢走，坐在门口的石阶上等。不知过了多半天，校长的声音吓了我一跳："大妈！我算服了您了！给您，证明！我可是还没吃饭呢！"接着就听见椅子响和脚步声，吓得我赶紧兔子一样跑走，一直跑出学校大门。我站在离校门口不远的一盏路灯下等妈妈出来。我老远就看见她手里攥着一张纸，不用说，那就是证明。

　　她走过来，我叫了一声："妈！"愣愣的，吓了她一跳，一见是我，把证明递给我："明儿赶紧买火车票去吧！"

　　回家的路上，我问她："您用什么法子开的证明呀？"我觉得她能把那么厉害的校长磨得好说话了，一定有高招。

　　她微微一笑："哪儿有啥法子！我磨姜捣蒜就是一句话：'复兴就这么一个亲姐姐，除了姐姐还探啥亲？'不给开探亲证明哪个理？校长不给开，我就不走。他学问大，拿我一个老婆子有啥法子！"

　　"妈！您还真行！"

　　说这话，我的脸好红。我不是最怕妈妈去学校吗？好像她会给我丢多大脸一样。可是，今天要不是她去学校，证明能开回来吗？

　　虚荣心伴我长大。当浅薄的虚荣一天天减少，我才像虫子蜕皮一样渐渐长大成人。而那时候，我懂得多少呢？在我心的天平上，一头是妈妈，一头却是姐姐。尽管妈妈为我付出了那样多，我依然有时忘记了妈妈的情意，而把天平倾斜在姐姐的一边。莫非是血脉中种种遗传因子在作怪吗？还是心中藏有太多的自私？

　　大约六年级那一年，我做了一件错事。姐姐逢年过节都要往家里寄点儿钱。那一次，姐姐寄来 30 元。爸爸把钱放进一个牛皮小箱里。那个箱子是我家最宝贵的东西，所有的金银细软都装在里面。那时所谓的金银细软，无非是爸爸每月领来的 70 元工资，全家的粮票、油票、布票之类。我一直顽固地认为：姐姐寄来的钱就是给我和弟弟的。如果没有我和弟弟，她是不会寄钱来的。爸爸上班后，我趁妈妈不在家的时候，走近那棕色的小牛皮箱。箱子上只有一个铜吊镣，没有锁头，轻轻一掀，箱盖就打开了。我记得挺清楚，五元一张的票子共六张躺在箱里，我抽走一张跑出了屋。那时，我迷上了文学，尤其是古典诗词。我从同学手里借了一本《千家诗》，全都抄了下来，觉得不过瘾，想再看看新的才解气。手中拿着一张五元钱"卡卡"直响的票子，我径直跑往大栅栏的新华书店。那时五元钱真经花，我买了一本《宋词选》、一本《杜甫诗选》、一本《李白诗选》，还剩一块多零钱。捧着这三本书，我像个得胜回朝的将军一样得意洋洋地回到家，一看家里没人，把书放下便跑到出租小人书的书铺，用剩下的钱美美地借了一摞书。我忘记了那时五元钱对于一个每月只有 70 元收入的家庭意味着什么。那并不是一个小数字。

我正读得津津有味,爸爸突然走进书铺。我这才意识到天已经暗了下来。爸爸一脸怒气,叫我立刻跟他回家。一路上,他走在前面,我跟在后面,活像犯了错的小狗,耷拉着耳朵垂着尾巴。我知道大事不好。果然,刚进家门,爸爸便忍不住,把我一把按在床上,抄起鞋底子狠狠地打在我的屁股上。爸爸什么话也不讲。我不哭,也没有叫。我和爸爸都心照不宣,我心里却在喊:"姐姐!姐姐!你寄来的钱是给谁的?是给我的!我的!"

这是我生平头一次挨打,也是唯一一次。

妈妈就站在旁边。她一句话也没说,就那么看着,不上来劝一劝,一直看着爸爸打完了我为止。

吃饭时,谁也不说话,默默地吃,只听见嚼饭的声音,显得很响。妈妈先吃完饭,给爸爸准备明天上班带的饭,其实我天天看得见,但仿佛这一天才看清楚:只是两个窝头,一点儿炒土豆片而已。爸爸每天就吃这个。大冬天,无论刮多大风、下多大雪,爸爸也要骑车去,不肯花五分钱坐车,我却像大爷一样把五元钱大把大把地花。我忽然感到很对不起爸爸,觉得是我错了,我活该挨打。妈妈不劝也是对的,为的是让我长个记性。

饭后,爸爸叮嘱妈妈:"明儿买把锁,把小箱子锁上!"

第二天,那个棕色小皮箱没有上锁。

第三天,妈妈仍然没有锁上它。

在以后的岁月里,那箱子始终没有上锁。为此,我永远感谢妈妈。那是一位母亲对一个犯错误孩子的信任。对于儿子,只有母亲才会把自己的一切向儿子敞开着……

四

　　我上初中的时候,正赶上三年自然灾害。那时,弟弟上小学三年级。我们正在长身体、要饭量的根节儿。一下子家里的粮食出奇地紧张,我们的肚子出奇地大,像是无底洞,塞进多少东西也没有饱的感觉。

　　星期天,爸爸对我们说:"今天带你们去个好地方!"

　　爸爸、妈妈领着我们兄弟俩来到天坛城根底下。妈妈一下神采焕发,蹲下来挖了两棵野菜。原来是挖野菜来了!爸爸口中念念有词:"野菜更有营养!"我和弟弟谁也不信,都觉得那玩意很苦。挖野菜,妈妈是行家。她在农村待过好多年,逃过荒、要过饭,闹饥荒的岁月就是靠吃野菜过来的。她很得意地告诉我和弟弟这叫什么菜、那叫什么菜,那样子很像老师指着黑板告诉我们什么是正确答案。后来,我写小说时要写一段有关野菜的具体名字时问她,她依然眼睛一亮,得意地告诉我什么是苘菜、马齿苋、曲公菜、苦苦菜、老瓜筋、洋狗子菜、牛舌头棵……

　　就是这些名目繁多味道却苦涩的野菜,在妈妈和爸爸的肚子里充饥。那时,从天坛城根挖来的野菜被妈妈做成菜团子(用玉米面包着野菜做馅的食品),大多被她和爸爸咽下,而馒头和米饭都留给我和弟弟吃。野菜到底是野菜,就在灾荒眼瞅着快要过去的时候,爸爸、妈妈却病倒了。

　　先是爸爸患上了高血压,由于饥饿,全身浮肿,脚面像被水泡过发酵一般,连鞋都穿不进去。他上不了班,只好提前退休,每月拿 60％的工资,全家只有靠爸爸的 42 元钱过日子了。紧接着,妈妈也病了,那么硬朗的身子骨也倒下了。

我永远不会忘记那一夜。

那时,我初三毕业,弟弟小学毕业,正要毕业考试之际。一天半夜里,我被里屋妈妈的一阵咳嗽惊醒,睁眼看见里屋的灯亮着。爸爸和妈妈正悄悄说着话。我听出来是妈妈吐血了。我再也睡不着,用被子捂着脸偷偷地哭了,又不敢哭出声,怕惊动弟弟和他们。我知道,这一切都是因为我们。我们这些孩子有什么用!我们就像趴在他们身上的蚂蟥在不停吸吮着他们的血呀!我们快长大了,他们的血也快被吸干了。

第二天上午,我对他们讲:"爸!妈!我不想上高中了,想报中专!"那时,上中专吃饭不用花钱,每月还能有点助学金。

爸爸一听挺吃惊:"为什么?你一定得上高中,家里砸锅卖铁也要供你!"爸爸知道我初中几年都是优良奖章获得者,盼我上高中、上大学。

妈妈坐在一旁不说话,只是不断地咳。她每咳一声,都像鞭子抽打在我的心上。那一刻,我真想扑在她的怀里大哭一场。

爸爸又说:"你听见了吗?一定要上高中!"他见我不答话,生气地一再逼我答应。

我急了,流着泪嚷了句:"妈都吐血了,我不上!"

这话让他们都一惊。妈妈把我叫到她身边,说:"你听谁瞎嘞嘞?我没——!"

"您甭骗我了!昨夜里你们的话我都听见了!"

她本来就不会讲瞎话,让我这么一说更不会遮掩了:"妈妈没事！我以前身子骨好，你放心！上学可是一辈子的事。妈妈一辈子没文化，你可要……"她说着有生以来最多的一次话。她说得不连贯，讲不出什么道理，但我都明白。

"你快别惹你爸生气，你爸有高血压。听见不？就点点头说你上高中！"

她说着，望着我。我望着她蜡黄的脸上皱纹一道道的，心里不禁一阵阵抽搐。

"你快答应吧！"她急得掉出眼泪。

我不忍心她这样悲伤地近乎哀求一样对我说话，只好点了点头。

当天，爸爸把这事写信告诉了姐姐。就是从那个月起，姐姐每月寄来30元钱，一直寄到我到北大荒插队。我知道我只能上高中，只能好好学习，比别人下更大的苦功夫学！

爸爸一辈子只有两件值钱的东西：一件是那辆破自行车；另一件是一块比他年纪还要老的老怀表。他卖掉了这两样东西，给妈妈抓来中药。我卖掉了集起来的一本邮集，又卖掉几本书，换来一些钱，交到妈妈的手中。我想让妈妈的病快点儿好起来，心想妈妈会为我这孝顺而高兴的。谁知她听说我卖了书，什么话也没说，眼泪就落了下来。弄得我不知怎么回事，一个劲儿问："妈，您怎么啦？"

"你真不懂事啊！真不懂事！我为了什么？你说！你怎么能卖书呢？"

我讲不出一句话。妈妈，你病成这样子，想的还是要我读书！

"你答应我以后再也不干这傻事了！"

我只好点点头。

我升入高中。就在高一这一年下乡劳动中，我上吐下泻病倒了。同学赶着小驴车连夜把我送到长途汽车站。我回到家后几天高烧不退，昏迷不醒，可吓坏了爸爸、妈妈。一位邻居对妈妈说："孩子是魂儿丢了。你得快替孩子招招魂！"妈妈赶紧脱下鞋，用鞋底子拍着门槛，嘴里大声反复叫着："复兴，我的儿呀，你快回来吧！复兴，我的儿呀，你快回来吧！"然后不住叫我的名字："你答应啊！复兴，你答应啊！"

躺在床头迷迷糊糊听见她在叫我，我不应声。我当时刚刚加入共青团，又是学校堂堂的学生会主席，自以为很革命，怎么能信招魂这迷信的一套呢？我不应声，妈妈便用鞋底子使劲拍门槛，越发大声叫："复兴，你答应啊！"那声音越发充满着紧张和急迫，直到后来嗓子哑了、带着哭音了。她是那样虔诚地相信我的魂能被她招回。我的性子可真拧，或者说我的革命性可真坚定，妈妈就这样叫了我半宿，我硬是不应声。

弟弟在一旁急了，撺掇我："你快答应一声吧！"没办法，我只好有气无力地应了一声："呃！"妈妈长舒一口气，穿上鞋站起来走到我身边，说："总算把魂招回来了！没事了，你病快好了！"

病好之后，我说她："妈！大半夜的叫魂，多让人难为情。您可真迷信！"

她一笑："什么迷信不迷信！你病好了，我就信！"

这就是我的母亲！在所有人面前，我从来不讲她是后娘，也绝不允许别人讲。

我忽然想起这样一件事。那时，我在学校食堂吃午饭，负责打饭、分饭。我们班有个眼皮有块疤癞的同学,有一次非说我分给他的饭少了,横横地对我说:"怎么给我这么点儿? 你后娘待你也这样吧?"我气得浑身发抖,扔下盛馒头的簸箩,和他扭打了起来。我从来没和别人打过架,自小力气便弱。疤癞眼是个嘎杂子琉璃球的个别生,很会打架。我知道我打不过他,可还是要打。结果吃亏的当然是我,我被他打得鼻青脸肿。但他也没占什么便宜,开始时他毫无准备,我朝他的小肚子上结结实实打了好几拳。

回到家,见我狼狈的样子,妈妈吓坏了,忙问:"小祖宗,你这是怎么啦?"

"没什么!"我没告诉妈妈。但我觉得我值得,我为妈妈做了点什么,虽然也付出了点儿什么。

五

我是用爸爸的一条命从北大荒换回来的。

"文化大革命"中,我和弟弟分别到了北大荒和青海。那时我们热血沸腾,挥斥方遒,一心只顾指点江山,而把两个老人那样毅然决然、毫无情义地抛在家里,像抛在孤寂沙滩的断楫残桨。我们只顾自己年轻,却忘记了老人的年龄。1973 年秋天,我和弟弟回北京探亲,我刚刚返回北大荒不几日,而弟弟还在途中,电报便从家中拍出:父亲脑溢血突然病故在同仁医院。我们匆匆往家中赶,三个姐姐先赶到家。我进门第一眼便看见妈妈臂上戴着黑箍,异常刺目。死亡,是那样突然、那样无情、又是那样真实。我的心一下子紧缩起来。

妈妈很冷静。听到爸爸去世的消息,她孤零零一个人赶到同仁医院。我们都是她的儿女啊,却没有一个人在她的身边。在她最需要我们的时候,我们却远在天涯,只顾各奔自己的前程。

好心的街坊问她:"肖大妈,有没有孩子们的地址? 找出来,我们帮您打电报!"她从床铺褥子底下找出放好的一封封信。那是我们几个孩子这几年给家中寄来的所有的信。她看不懂一个字,却完完整整保存好;虽目不识丁,却能从笔迹中准确无误辨认出哪封是我、是弟弟、是姐姐们寄来的。街坊们告诉我:"你妈这老太太真是刚强的人,一滴眼泪都没掉,等着你们回来!"街坊就是按这些信封上的地址给我们几个孩子分别拍来电报。

清冷的家便只剩下妈妈一个人。我这时才发现她已经老了,头发花白,皱纹像菊花瓣布满瘦削的脸上。我算算她的年龄,这一年,她整整 70 岁了。年轻和壮年的时光一去不返,我们却以为她还不老,还可以奔波。我的心中可曾装有老人的位置? 我感到很内疚。父亲丧事料理妥当,姐姐、弟弟分别回去了,我留下没走。我决心一定要办回北京,决不让妈妈一个人茕茕孑立,守着孤灯冷壁生活!

我回到北京,开始了待业生涯。姐姐又开始每月寄来 30 元。弟弟也往家寄来钱。我和妈妈真正相依为命的日子是从这时候开始的。以往我并没有觉得我们的心贴得如此近,感到彼此是个依靠,是不可分离的。

当我像家中的男子汉一样要支撑这个家过日子了,才发现家里过冬的煤炉是一个小小圆孔小肚的炉子,早已经落后了十年甚至二十年。它无法封火,又无烟道,极易煤气中毒。院里没有一家再用这种老式简易炉子了。妈妈却还在用! 而我几次探亲,居然视而不见！我真是个不孝子！我骂自己。我想起自己刚刚到北大荒时正赶上大雨收割小麦，双腿陷入深深的沼泽中，便写信让家里给我买双高腰雨靴寄来。买新的，没那么多钱；买旧的，得到天桥旧货市场，妈妈走不了那么远的道。那时候我怎么就没有想到呢？是妈妈托街坊毕大妈的儿子到天桥旧货市场帮我买的。我连想也没想，接到雨靴便穿在脚上去战天斗地了。这年冬天，又写信向家里要条围脖，好抵御北大荒朔风如刀的"大烟泡"。这一回，毕大妈的儿子到吉林插队了，妈妈没有了"拐棍"，只好自己到王府井，爬上百货大楼，替我买了一条蓝围巾。我怎么就没有想到呢？她是踩着小脚走去的呀！这已经是她力不胜任的事情了。我接到围巾时，发现那是条女式围巾，连围都没围便送给了别人。我怎么就没想到那是妈妈眯缝着昏花的老眼挑了又挑，觉得这条围巾又长又厚，才特意买下的，为的是怕我冷呀！当时，我什么都没想，随手将围巾送给了人，只顾嚼着那围巾里包裹的一块块奶糖……

　　我实在不知道人生的滋味，不知道妈妈的心。妈妈细致的爱如同润物无声的春雨，却只打在我那粗糙、邦硬如同水泥板的心上，没有渗进，只是悄无声息地流走了……

　　我望着那已经铁锈斑斑、残破不全的煤炉，一股酸楚和歉疚拱上嗓子眼。我对妈妈说："妈，咱买个炉子去吧！"

　　"买什么呀！还能用！"

　　"不！买个吧！这炉子容易中煤气！"

　　大概是后一句话打动了妈妈，同意去买个炉子。实际上，她是怕我中煤气。莫非我的命就比她金贵吗？

我不知道那年头买炉子还要票,我也不知道妈妈找到街道办事处是怎样磨到了一张票。她和我从前门转到花市,就像如今买冰箱彩电一样,挑了这家又挑那家。那时,炉子确实是家中一个大物件。最后终于买到一个煤球、蜂窝煤两用炉。我和妈妈一人一只手抬着这个炉子,从花市抬到家里,足足得走两里多的路呢。妈妈竟然那么有劲儿,想想她老人家都是 70 岁的人了呀。我家中有史以来第一次冬天生起这样正规的炉子。那是我家第一件现代化的东西。红红的炉火苗冒起来,映着妈妈已经苍老的脸庞,她那样高兴,身旁有了我,她像是有了底气。我回家为妈妈做的第一件事,便是买这个炉子。且以新火试新茶,我和妈妈亲密的生活就是从这炉子开始的。

我的待业生涯并不长,大约半年过后,我在郊区一所中学教书,每月可以拿到薪水 42 元 5 角。我将这第一个月工资交给妈妈,她把钱放进那棕色牛皮箱里,就像当年爸爸每月将工资交给她由她放好一样。节省是一门学问,是一项只有在人生苦难中才会磨炼出来的本领。妈妈就有这种本领和学问。每月 42 元 5 角,两个人过日子并不富裕,她料理得有条有理。中午她自己从不起火做饭,只是用开水泡泡干馒头和米饭,就几根咸菜吃;每天只买 2 角钱肉,都是留到晚上我下班回家吃。而我当时却偏偏还在迷恋文学,还要从这紧巴巴的日子里挤出钱来买书、买稿纸。每次妈妈从那小皮箱里拿钱,她从不说什么。每次我问:"还有钱吗?"她总是说:"有!有!拿去买你的书吧!"仿佛那箱子是她的万宝箱,钱是取之不尽的。

我清楚:我的书一天天增多,家里的日子一天天紧巴巴,妈妈脸上的皱纹一天天加深。

一天傍晚下班回家,还没进家门,听见一阵婴儿的啼哭声从屋里传出。谁的小孩?我们家任何亲戚都不曾有这样小的孩子呀!家里出了什么事?我心里很不安。走进家门,看见妈妈正给躺在床上的一个婴儿换褥子。

"妈!这是谁家的孩子?"

"我给人家看的。"

妈妈抱起正在啼哭的孩子,一边拍着、哄着,一边对我说。

"谁叫您给人家看孩子?"

"每月 30 元钱,好不容易托人才找到这活的!"妈妈说着,显得挺激动。那时,每月增加 30 元,对我家来说差不多等于生活水平翻一番呢。她抱着孩子,像抱着一面旗,很有些自豪,"这孩子挺听话,不闹人!孩子他妈还挺愿意我给看……"

"不行!您把孩子送回去!"我粗暴地打断妈妈兴头上的话。生平头一次,我冲妈妈发这么大火,"现在就送回去!"

妈妈也急了,泥人还有个土性呢,冲我也叫道:"你还要吃人呀?"

"不行,您现在就把孩子送回去!"我不听妈妈那一套,铁嘴钢牙咬紧这一句话。我只觉得让年纪这么大的妈妈还在为生计操劳,太伤一个男子汉的尊严,让街坊四邻知道该多笑话我没出息、没能耐!

争吵之中,孩子哭得更响了。妈妈和我都在悄悄地擦眼角。最后,妈妈拧不过我,只好抱着孩子送回去了。她回来后,我们谁也不讲话。整整一晚上,小屋静得出奇。我心里很难受,很想找苒儿对妈妈讲几句什么,却一句也说不出。

第二天清早,妈妈为我准备好早饭,指着我鼻子说了句:"你这孩子呀,性子太犟!"昨天的事过去了。妈妈终归是妈妈。

傍晚下班回家,一进门,好家伙,家里简直变了样。床上、地上全是五颜六色的线团和绒布。本来不大的屋子,一下子被这些东西挤得更窄巴了。妈妈被这些彩色的线簇拥着,只露出半边身子,头发上沾满了毛线。

这一回,妈妈见我进屋就站起来拦落一身的毛线,先发制人:"这回你甭管!我一定得干!拆一斤毛线有×角钱(我忘记具体是几角钱了,只记得拆的毛线是为工厂擦机器的棉纱)。这点钱不多,每天也能添个菜!再说你爸一死,我也闷得慌,干点儿活也散散心。你不能不让我干!"

我还能说什么呢?妈妈的性子也够犟的!她从没上过一天班,没拿过一分钱工资。她一无所有,没有财富,没有文化,也没有了青春,正如现在那首歌里唱的:"脚下这地在走,身边那水在流,可我却总是一无所有。"她所有的只是一颗慈爱的心和一双永远勤劳不知累的大手。即使如今她老了,还将她那最后一缕绿荫遮挡我,将她最后一抹光辉洒向我。那些个小屋里弥漫着彩色棉纱的夜晚,给我们的家注满了温馨和愉悦。我就是这样坐在妈妈身旁,帮妈妈用废钢锯条拆着那彩色毛线。妈妈常笑我笨,拆得不如她快,不如她利索……

一次参加朋友的婚礼,招待我的喜糖里面有金纸包装的蛋形巧克力。说起来脸红,那时我还从未尝过巧克力。小时候,只有在过年时才能吃到硬块水果糖,最好的也只是牛奶糖。嚼着另一种味道的巧克力,我忽然想起还在灯下拆毛线的妈妈,她也从来没吃过这种糖呀!我偷偷拿了两块金纸巧克力,装进衣兜里。婚礼结束后回到家,我掏出那两块巧克力对妈妈说:"妈!我给您带来两块巧克力,您尝尝!"谁知衣兜紧靠身体,暖乎乎的身子早把巧克力暖化了。打开金纸只是一团黑乎乎、黏糊糊的东西了。我好扫兴。妈妈用舌头舔了舔,却安慰说:"恶苦!我不爱吃这东西……"

我一把揉烂这两块带金纸的巧克力,心里不住地发誓:我一定要让妈妈过上一个幸福的晚年。

六

妈妈病了。

谁也不会想到身体一直那么结实、心地那么宽敞的妈妈会突然发病,而且是精神病。

起初,我没有一点儿思想准备,一直不相信这残酷的现实。有时半夜,她蹑手蹑脚地走到我的床头,伏在我的耳边悄悄地说话,生怕别人听见:"你听见了吗?隔壁有人在嘀咕咱娘俩,要害咱娘俩!"我坐起来仔细听,哪有什么声响!我劝她快睡觉:"没有的事!"越说不信她的话,她越着急。一连几夜如此,弄得我心烦得很:"妈!您耳朵有毛病了吧?没人嘀咕,咱又没招人家,没人要害咱们,也没人敢害咱们!"她一听就急了,先压低嗓门:"我的小祖宗,你小点儿声,不怕人家听见!"然后生气地伸手捂住我的嘴。

"没有的事,您自个尽胡思乱想!"我也急,不知该怎么向她解释才好。越解释，她越生气："怎么，我的话你都不信？我这么大年纪了还能胡说八道？你呀，你甭信，你就等着人家来害你吧！"

我不知该怎么办才好。

突然，一天夜里，正飘着秋天凄苦的细雨，她又走到我床头，把我摇醒，说："快走！有人来害咱娘俩！"我把她扶到自己的床上，让她躺下，耐着性子说："妈！外面下雨了，您听差了吧！快睡吧！别想别的！"她不再说什么，我也就放心回屋睡去了。

没过一会儿，我听见房门悄悄打开了。我以为她是看看窗外屋檐下的火炉，怕炉子被雨浇灭了。可是，过了许久，再听不见门开的声音，我的心陡然紧张起来，忙爬起身来跑到屋外。夜色茫茫，冷雨霏霏，没有一个人影。妈妈到哪儿去了？我的心一下沉落进冰窖里，从来没有那么紧张。我这才意识到事情比我原来想的要坏。我没了主心骨，慌忙拍响街坊张大叔的家门，他的两个孩子一听立刻打着手电筒跑出来，和我兵分三路去寻找。"妈！"我冲着秋雨飘洒的夜空不住地大声呼喊。在北京城住了这么多年，我还从来没有这样开嗓门喊过。可是，除了细雨和微风掠过树叶的飒飒声外，没有妈妈的回声。我的心像秋雨一样凉，眼泪顺着雨水一起从脸上流下来。

就在我已经毫无希望往回家走时，忽然望见半路上有个人影坐在一个地坡上。走近一看，竟是妈妈！她的屁股底下垫着一个包袱卷。这显然是她早准备好的。我拉她回家。她不回。两位街坊赶来，说死说活，好不容易把她拽回了家。

街坊对我说："肖大妈这样子像是得了精神病呀！你得带她

去医院看看呀！"

那是我第一次来到安定医院——当时北京唯一一家精神病院。诊断结果：幻听式精神分裂。

我怎么也接受不了这残酷的现实。妈妈！您从不闹灾闹病，平日常说："你呀，身子骨还不抵我呢！"怎么会闹下这样的病呢？我开始苦苦寻找着答案，夜夜同妈妈一样睡不安稳。父亲去世后，谁能理解妈妈的心呢？她又从来不对任何人诉说自己的苦处，总是默默地忍着，将所有的苦嚼碎了，吞咽进肚里淤积着，直到淤积不了而喷发。老伴、老伴，人老了失去了患难与共的伴该是什么滋味？我才明白老伴这词的含义。而那一阵子，我光顾着忙，有时感到苦闷、孤独，常常跑到朋友家聊天，一聊聊到深夜才回家。有几次为了创作还跑到外地一去几个星期，把妈妈一个人甩在家中。她呢？她的苦闷、孤独，向谁诉说？我没有想到应该好好和她聊聊，让她把淤积在心里的苦楚倒出来。没有。她从不爱讲话，我便以为她没什么话要讲。我只顾自己了，像蚕一样只钻在自己织的茧里。我太自私了！我不知道她心里装的究竟是什么，才使她的神经再也承受不了重荷，像绷得太紧的琴弦一样断了……

我第一次感到自己并不了解妈妈。即使再老、再没文化、再忠厚老实的老人，也有自己的思想、情感。仅仅吃饱穿暖，并不是对老人最为挚切重要的关心和爱。

每天三次让妈妈吃药成了我最挠头的难事。她一直不承认自己有病，尤其反感说她是精神病，最反对我那次带她去安定医院。再让她去，她说死说活也不去，弄得我没辙，只好自己去医院挂号，把情况讲给大夫听，求人家把药开出，拿回家。见到药，她的话就是："吃哪家子药，没事乱花钱！"我递给她药，她一把扔到地上："我一辈子也没吃过什么药，身子骨不是好好的？"没办法，我把药辗成末放进糖水里，可她一喝还是能喝出来药味，便把杯子往旁边一放，再不喝一口。我只好再想新招，把药放在粥里，再加大量的糖，一定盖过药的苦味，在吃饭时让她把粥喝进去。她喝了。她还从来没喝过这么甜的粥，指着我鼻子说："你把卖糖的打死了？"

吃完这药，她总是昏昏睡，有时口水止不住地流。大夫讲这都是服药后的正常反应。我望着她那样子，揪心一样难受。她老了，确实老了。她像快耗完油的灯盏，摇曳着那样微弱的光，一切都是为了我们啊！在那些难熬的夜晚，我弄不清她究竟在想什么？她总是昏昏睡过之后，睁着被密密皱纹紧紧包围的昏花老眼瞅着我，一言不发地瞅着我……

这是她有生以来第二次吃药，第一次是那年吐血后。药力还真起作用，我见她的脸渐渐又红润起来。我以为她的身体又会像那次吐血后迅速恢复过来一样。我忽略了人已经老了十二三岁了呀，而且病也不一样：一个是累的病，一个却是心病呀！

一天下午，我正带着学生下厂劳动，校长突然给我挂来电话，要我立即回家，校长在家等我有要紧的事。我的心一下子提到嗓子眼。校长亲自找我，说明事情的严重性。又是要我立即回家，我马上想到了妈妈！我骑着自行车从郊外赶到家，屋里挤满了人，一时竟看不到妈妈在哪儿。校长迎了出来安慰我："刚才电话里没敢对你说，你妈妈刚才要跳河，你千万不要着急……"下面的话,我什么也听不清了,脑袋立刻炸开。我赶紧拨开人群,见到妈妈钻进被子躺在床上,脱下来放在地上的棉裤已经湿到腰。"妈!"我叫着,她睁开眼看看我,不讲话。街坊们开导她说:"肖大妈! 您看您儿子不是好好的没事? 您甭胡思乱想!"然后对我说:"你快给肖大妈找衣服换换吧!"

好心的街坊告诉我,我才知道妈妈的病复发了。依然是幻听,依然是恐惧,依然是觉得有人要害我,这一次是听见有人已经在半路上把我害了,她一下失去依靠,觉得无路可走,竟想寻短见。她走到河边,正是初冬,河水瘦得清浅,岸上有长长一段河堤。她穿着笨重的棉裤没有那么大的气力走下去,而是坐在堤上一点点蹭下去的。河边上遛弯的人不知她要干什么,待她蹭到河里时,才意识到不好,赶紧跳下去把她救了上来……

我帮妈妈换上一条新棉裤,看见她的腿那样细,细得像麻秆,骨骼都凸凸地显出格外明显。这么多年,我是第一次看见她的腿,居然这样瘦削得刺目,心里万箭穿透。妈妈! 您为什么要这样! 小屋里散发着湿棉裤带有河水的土腥味。那一夜,我总想着妈妈蹭到河水中的那一幕。那一刻,她的脑子里想的是什么? 她是否已经万念俱灰? 是否觉得另一个世界的父亲在召唤? 我至今不得而知。我再次责备自己的无能、自己对妈妈实在是缺少理解和关心,自己太大意了! 以为妈妈的病好转了,可这并不是一般的头疼脑热呀! 谁能够妙手回春,替妈妈把病治好? 我愿意献出自己的一切。

我再次把妈妈送到安定医院。

这次病好转后,我们娘俩谁也不再提这件事。那是一块伤疤,烙印在彼此的心上。每逢路过那条小河,我对它充满恐惧。我十分担心她病情再次复发,曾对妈妈说:"要不送您到天津大姐家住一阵日子吧!换换环境有好处!"她不说话,却果断而坚决地把手一摆:不同意。我便再也不提。我知道这是妈妈对我的信赖。我对她说:"那您得听我的,还得接着好好吃药!"她点点头。每次吃药,皱着眉头也吞下去,只是她要喝好多好多的水,那药就是在嗓子眼里转,迟迟才肯下去,那样子让我感到她像个小孩子。人老了,有时跟孩子一个样。

1978年11月,我考入中央戏剧学院。报到日期到了,我拖到最后一天。那天,我很晚才离开家。妈妈不说话,默默看着我收拾被褥、脸盆和书籍。她不大明白戏剧学院是怎么一回事,反正上大学总是件大事,打我小时候起上大学一直便是她和爸爸唯一的梦。我是吃完晚饭离开家的,她送我到家门口,倚在门旁冲我挥挥手。我驮上行李,骑上自行车便走了。天刚擦黑,新月升起,晚雾飘散,四周朦朦胧胧。风迎面打来,很冷,小刀片般直往脖领里钻。我骑了一会儿,不知是下意识,还是第六感官的提醒,回头看了看,竟一眼看见妈妈也走出家门和院子,拐到了马路上,向我迈紧了步子。我立刻涌出一股难以言说的感情。我知道,这一夜,我住进学院,她将孤零零守着两间小屋,听着冷风像走得太疲倦的旅人一样拍打着门窗,她会是一种什么心情?儿子再次为自己的前程去挤上大学的末班车,妈妈怎么办?我又像十年前为了自己的前程跑到北大荒一样,把妈妈再次甩在一边。只不过那次是知识不值钱而这次知识又值了钱,我像被风吹转的陀螺旋转着奔波。妈妈呢?她却一样孤寂地守候着,望着我陀螺般旋转着。

这一次，她将要苦苦地等待四年。等待什么？等待的是自己头发更花白、皱纹更深、身体更瘦削。我立刻跳下车，推着自行车向她走去。这一刻，我真想不上什么劳什子大学！她却向我摆着手，不让我折回。我走到她身边，她仍然不停地摆着手。她不说一句话，只是摆着手，那手背像枯树枝在寒冷的晚风中抖动。

到学院报到之后，我在宿舍里安置妥当。我睡在上层铺，天花板是那样近，似乎随时都有压下来的危险。我的心怎么也静不下来，像是被风吹得急速旋转的风车。望着窗外高高的白杨树枝不住摇动，我知道风越来越大了，便越发睡不安稳，赶紧跳下床跑出宿舍，骑上自行车一路飞快朝家中奔去。当我敲响房门时，听见妈妈叫了声："谁呀？"我应了声："是我。"屋里没开灯，只听见鞋拖地的声音，然后看见妈妈掀开窗帘的一角，露出皱纹密布像核桃皮一样的脸，仔细瞧瞧外面，认准确实是我，才将门打开。这时，我发现门被一根粗大的木头死死顶着。这一刻，我真想哭。我知道，她怕。人老了，最怕的是什么？不是吃，不是穿，不是钱，不是病……是孤独。

这一宿，我没有回学院去住，而是和妈妈又守了一夜。我的心再也放不下，那根粗木头时时像顶在我的胸口上。我经常隔三岔五地从学院跑回家，生怕出什么差错。妈妈看出我的担心，劝我不要这样三天打鱼两天晒网地上课，她说她没事，让我放心。我知道，总这样，我和她都得身心交瘁。我想把她送到天津大姐家，又怕她不去。再说人家也是一大家子人，对妈妈而言又是陌生的地方，她不愿去是可以理解的。但我实在怕我不在家时出什么意外。犹豫再三，我还是试探着对妈妈讲了。这一次出乎意料,她爽快地点点头,就像上次果断地摇头一样。我知道这都是为了我:在母亲的心中,只有儿子的事最重要,尤其是儿子的学业,是寄托她同父亲一并的期望。为了儿子,母亲能够作出一切牺牲。为了儿子,母亲她 75 岁高龄时又开始奔波,客居他方……

小屋锁上了门。我再回家时,小屋里是冰冷,是灰尘,是扑面而来的潮气。只要妈妈在,小屋便绝不是这样,小屋便充满生气、充满温暖、充满家的气息。哪怕我再晚回家,小屋里也总会亮着灯,远远就能望见,它摇曳着橘黄色的灯光,像一颗小小跳跃的心脏……

七

世上有一部书是永远写不完的,那便是母亲。

我不能再写下去了,那些喃喃自语,只能留给自己听,留给妈妈听。

四年后大学毕业,到天津去接妈妈,我同妻子做的第一件事是给她老人家买了件毛衣,订了一瓶牛奶。生活不会亏待善良的人,妈妈的病好了,好得那样彻底,以后再也没有犯过,大姐和我们一样为妈妈高兴。虽然她喝牛奶像喝药一样艰难,总嫌它味太冲,但那牛奶毕竟使她脸色渐渐红润、光泽起来。生活,像一只历尽艰辛的小船,重新张起曾经扑满风雨的风帆,家中重新亮起那盏橘黄色如同心脏跳动着的灯光。

这几年,我能写几本小书了。书里大都写的是像我母亲一样的普通人。我知道这是为他们、为自己,也为母亲。当街坊或朋友指着新出版的书上我的名字和照片高兴地向她夸赞让她辨认时,她会一扬头:"这不是复兴嘛!"然后又说:"写这些行子有什么用,怪费脑子的,一天一天坐在那儿不动地方地写!他身子骨还不抵我呢……"

谁能想到呢?就是这样一个硬朗的身子骨,再没犯过其他什么病的妈妈,竟会突然倒下去,再也没有起来!

她已经86岁,毕竟上年纪了。她不是铁打的金刚,身体内各个零件一天天老化、锈损。我知道这一天迟早要来,绝没想到会这样早,这样突然!头一天,她还把自己所有的衣服洗了,连袜子和脚巾都洗得干干净净,然后拣好新买的小白菜和一捆大葱,傍晚时站在窗前看着孙子练自行车,待我回家时高兴地告诉我:"小铁学会骑车了,骑得呼呼往前跑……"谁会想到呢?这竟会是她留给我最后的话语。第二天傍晚,她就突然倒在床上,任我再怎么呼喊"妈妈",却再也答应不了……

母亲去世的第二天清早,我走进她的房间,一眼看见床中间放着四个红香蕉苹果。那是妻子放上的。我不大明白为什么要放上这红苹果,却知道那床再不会有妈妈睡,再不会传来妈妈的鼾声了。我也知道那苹果是前两天我刚刚买来的,新上市的还挂着绿叶,妈妈还来不及尝上一口。我打开她的柜门,看见里面她的衣服一件件都洗得干干净净、叠得整整齐齐。仿佛她只是出去买菜,只是出一趟远门。她没有给孩子留下一点儿麻烦,哪怕是一件脏衣服、一条脏手绢都没有!在她人生灯盏的油将要耗尽之时,她想的依然是孩子们!孩子们!什么是母亲?这便是母亲!母亲!

而我们呢?我们做儿女的呢?我们是如何对待自己的父母

老人呢？尤其是如何对待像母亲一样忠厚、善良、从来不会讲话又从不多讲话的人呢？每个人的内心都是自己灵魂的审判官。我为此常常内疚，常常想想儿时种种不懂事、少年时的虚荣、对母亲看不起、长大成人后只顾奔自己的前程而把老人孤零零甩在家中，以及自己的自私和种种闪失……我知道，什么事情都会很快地过去，很快地被人遗忘。即使鲜血也会被岁月冲洗干净而不留一丝痕迹，在死亡的废墟上会重新长出青草，开出花朵，而忘记以往曾经发生过的一切。我也会吗？会忘记陪我度过三十七个年头，为我们尝尽酸甜苦辣的人生况味的母亲吗？不，我永远不会！我会永远记住她老人家的！

我将那些红香蕉苹果供奉在她的遗像前，一直没有动，一直到它们全部烂掉。

我的老家在河北沧县东花园村。三十七年前，妈妈便是从那来到北京，来到我们身边，把我们抚养成人，与我们相依为命的。在乡亲们的关怀和帮助下，我将她的骨灰连同父亲和我亲娘的一并下葬在家乡的祖辈中间。在坟前，我和弟弟跪在那充满黏性的黄土地上，一起将我们俩合写的一本刚刚出版不久的新书《啊，老三届》点燃。纷飞的纸灰黑蝴蝶一般在坟前飞舞着、飞舞着……

娘的四扇屏

　　这一次来呼和浩特姐姐家,发现客厅的墙上多了两幅国画,一幅童子和牛,一幅展翅的飞鹰,都裱成立轴,尤其是牵牛的两个古代童子,面容清纯,憨态可掬,很是不错。一问才知道是姐姐的大女儿退休之后上老年大学学画的。姐姐又说:"这点随咱娘,咱娘手就巧,能描会画。"说着她指指客厅的另一面墙,对我说:"你看,那就是咱娘绣的。"

　　我一看,墙上挂着四扇屏。屏中是四面四季内容的传统丝绣,一看年代就够久远了,缎面已经显旧,颜色有些暗淡。但是,丝线的质量很好,依然透着光泽,比一般的墨色和油画色还能保鲜。

　　春绣的是凤凰戏牡丹。牡丹的枝叶被风吹动,蜿蜒伸展自如,柔若无骨;有趣的是凤凰凌空展翅,多情又有些俏皮地伸着嘴,衔着牡丹上面探出的一根枝条,像是要用力把这一株牡丹都衔走,飞上天空。右上方用红丝线绣着两行小字:牡丹古人称花王。

　　夏绣的是映日荷花。绿绿的荷叶亭亭,粉红色的荷花格外婀娜，还横刺出一支绿莲蓬。荷花上有一只蜜蜂飞舞，水草中有一只螃蟹弄水，有意思的是最下面的浪花全绣成了红色。右上方也是用红丝线绣着两行小字：夏月荷花阵阵香。

秋绣的是菊花烹酒。没有酒，只有一大一小，一上一下，两朵金菊盛开，几瓣花骨朵点缀其间，颜色很是跳跃。上面还有一只蝴蝶在花叶间翻飞，下面有一只七星瓢虫，倒挂金钟般在花枝下，像荡秋千。最底下的水里有一条大眼睛的游鱼，有一只探出犄角的小蜗牛，充满童趣。左上方用墨绿色的丝线绣着两行小字：菊花烹酒月中香。

冬绣的是传统的喜鹊登梅。五瓣梅花绣成了粉红色、淡紫色和豆青色，点点未开的梅萼，红的、粉的，深浅不一，散落在疏枝之间，如小星星一样闪闪烁烁。喜鹊的长尾巴绣成紫色，翅膀黑色的羽毛下藏着几缕苹果绿，肚皮绣成了蛋青色。最下面的几块镂空的上水石则被完全抽象化，绣成五彩斑斓的绣球模样了。依然是为了左右对称，在左上方用墨绿色的丝线绣着两行小字：梅萼出放人咸爱。

绣得真是清秀可爱。心里暗想，或许是"出"字绣错了，应该是"初"字。我知道娘的文化水平不高，好多字是结婚以后父亲教她的。

我问姐姐："这个四扇屏，以前我来过你家那么多次，怎么从来没有见过？"

姐姐说，这也是前些日子她刚拿出来的，然后做了四个框，才挂在墙上的。然后，姐姐告诉我，这是娘做姑娘时候绣的呢。

姐姐从来称母亲做娘。或是母亲去世后，父亲从老家为我和弟弟娶回来继母的缘故吧，为了区别，我们都管继母叫妈，管生母叫娘。

我是第一次见到我娘的这个四扇屏。我娘死得早，37 岁就突然病故，那一年，我才 5 岁。我没有见过娘留下的任何遗物。在家里，只存有娘的一张照片，那是葬礼上的一幅遗照，成为联系我和娘生命与情感的唯一凭证。

说实在的，由于那时候年龄小，在我的脑海和记忆里，娘的印象是极其模糊的。突然见到这四扇屏，我心里有些激动，禁不住贴近墙面想仔细看，忽然有种感觉，好像不知是这面墙热，还是四扇屏有热度，一下子觉得有了一种温暖的感觉，好像就贴在娘的身边。

这面墙正对着阳台的玻璃窗，四扇屏上反光很厉害，跳跃着的光点晃着我泪花闪烁的眼睛，一时光斑碰撞在一起，斑驳迷离。春夏秋冬的风景仿佛晃动交错在一起，很多记忆蜂拥而至，随四季变幻而缤纷起来。而本来似是而非早已经模糊的娘的影子似乎也水落石出一般，在四扇屏上清晰地浮现出来。

从北京来呼和浩特之前，我已经在心里算过了，如果娘活着，今年整整 100 岁。我对姐姐说了这话之后，姐姐一愣，然后说："可不是怎么着，娘 20 岁生下的我。我今年都 80 了。"说完，姐姐又望望墙上的四扇屏。她没有想到娘的 100 岁，却正好赶上了娘的 100 岁。不是心里的情分，不是命运的缘分，又是什么？

多亏了姐姐的心细，将这个四扇屏珍藏了八十年。这八十年，不要说经历了抗战和内战战乱中的颠沛流离，就是"文化大革命"的"破四旧"运动，也够姐姐受的了。四扇屏是娘留下来唯一的遗物了。我才忽然发现,遗物对于人尤其是亲人的价值。它不仅是留给后人的一点仅存的念想,同时也是情感传递和复活的见证。

我想起去年夏天曾经读过徐渭的一首七绝诗,当时觉得写得好,抄了下来:"篋里残花色尚明,分明世事隔前生。坐来不觉西窗暗,飞尽寒梅雪未晴。"他是写给自己的亡妻的,他看到篋里妻子旧衣上的残花而心生的感受与感喟却和我此时的心情那样的相同。有时候,真的会有冥冥之中的心理感应,莫非去年此时,徐渭的诗就已经昭示了今天我要像他在偶然之间看到亡妻的遗物一样,在突然之间和娘的遗物相遇?让相隔世事的前生,特别在娘100岁的时候,和我有一个意外的邂逅?

只是,和姐姐相对而坐,面临的不是西窗,而是南窗;飞落的不是梅花和雪花,而是一春以来难得的细雨潇潇。

我想,娘一定在四扇屏上看着我们。那上面有她绣的牡丹、荷花、菊花和梅花,簇拥着她,也簇拥着我们。

姐姐

这个世界上最先让我感觉到至为圣洁而宽厚的爱，而值得好好活下去的，一个是母亲，一个是姐姐。

一

姐姐年轻时很漂亮，只是脾气不好，这一点儿随娘。在我和弟弟落生的时候，娘都把姐姐赶到远远的城外去，说她命硬，会冲了我们降生的喜气。我和弟弟都是姐姐抱大的，只要我们一哭，娘常常不问青红皂白地先把姐姐骂上一顿，或者打上几下。可以说为了我和弟弟，姐姐没少受气，脾气渐渐变得暴躁而格外拧。

可是，姐姐从来没对我和弟弟发过一次脾气。即使现在我们已经长大成人，在她眼里依然还像依偎在她怀中的小孩。

姐姐的脾气使得她主意格外大，什么事都敢自己做主。娘去世的那一年，她偷偷报名去了内蒙古。那时，正在修建的京包铁路线需要人，家里的生活也愈发拮据，娘去世后一大笔亏空，父亲瘦削的肩已力不可支。临行前，姐姐特地在大栅栏为我和弟弟买了双白力士鞋，算是再为娘戴一次孝，带我们到劝业场照了张照片。带着这张照片,姐姐走了,独自一人走向风沙弥漫的内蒙古,虽未有昭君出塞那样重大的责任,但一样心事重重地为了我们而离开了北京。我和弟弟过早尝到了离别的滋味,它使我们因过早品尝人生的苍凉而早熟。从此,火车站灯光凄迷的月台便和我们命运相交,无法分割。

那一年,姐姐17岁。

第二年,姐姐结婚了。她再一次自作主张让父亲很是惊奇却又很无奈。春节前夕,她和姐夫从内蒙古回到北京,然后回姐夫的家乡任丘。姐夫就是从那里怀揣着一本孙犁的《白洋淀纪事》参加革命的,他脾气很好,正好和姐姐成了鲜明的对比。

以后,我和弟弟便盼姐姐回来。因为每次姐姐回来,都会给我们带回许多好吃的、好玩的。我们还是不懂事的小馋猫呀! 记得三年自然灾害时期,姐姐到武汉出差,想买些香蕉带给我们,跑遍武汉三镇,只买回两挂芭蕉。那是我第一次吃芭蕉,短短的,粗粗的,口感虽没有香蕉细腻,却让我难忘。望着我和弟弟贪婪地吃着芭蕉的样子,姐姐悄悄落泪。那时,我不明白姐姐为什么要落泪。

那一次,姐姐和姐夫一起来北京,看见我和弟弟如狼似虎贪吃的样子,没说什么。正是我们长身体的时候,肚子却空空的像无底洞,父亲念叨着家里粮食总是不够吃。姐姐掏出一些全国粮票给父亲,第二天一清早便和姐夫早早去前门大街全聚德烤鸭店排队。那时,排队的人多得不亚于现在办出国签证。我不知道姐姐、姐夫排了多长时间的队,当我和弟弟放学回家时,见到桌上已经摆放着烤鸭和薄饼。那是我们第一次吃烤鸭,以为这是世界上最好吃的东西了。望着我们一嘴油一手油的可笑样子，姐姐苦涩地笑了。

盼望姐姐回家成了我和弟弟重要的生活内容。于是，我们尝到了思念的滋味。思念有时是很苦的，却让我们的情感丰富而成熟起来。

姐姐生了孩子以后，回家探亲的日子越来越少。她便常寄些钱来，父亲拿这些钱照样可以买各种各样的东西给我们，我却感到越发思念姐姐了。我们盼望姐姐归来已经不仅仅为了馋嘴，一股浓浓的依恋的情感已经长成枝繁叶茂的大树，即使无风，依然婆娑摇曳。

终于，又盼到姐姐回来了，领着她的女儿。好日子太不经过，像块糖，即使再精心地含着还是越化越小。渴望中的重逢也必有一别。姐姐说什么也不要我和弟弟送，因为姐姐来的第二天正是少先队宣传活动，我逃了活动挨了大队辅导员的批评。那一天中午，姐姐带我们到家附近的鲜鱼口联友照相馆。照相前，她没带眉笔，划着几根火柴，用火柴燃烧后的可怜的一点点如笔尖上点金一样的炭，分别在我和弟弟眉毛上描了描，想把我们打扮得漂亮些。照完相回到家整理好行装，我和弟弟送姐姐她们娘俩到大院门口，姐姐不让送了，执意自己上火车站，走了几步，回头看我们还站在那里，便招招手说："快回去上学吧！"我和弟弟谁也没动，谁也没说话，就那样呆呆站着，望着姐姐的身影消失在胡同尽头。当我们看到姐姐真的走了，一去不返，才感到那样悲怆，依依难舍又无可奈何。我和弟弟悄悄回到大院，一时不敢回家，伏在一棵丁香树旁默默地擦眼泪。

我们不知在那里站了多久，一直到一种梦一样的声音突然在耳边响起，抬头一看，竟不敢相信：姐姐领着女儿再次出现在我们的面前，仿佛她早已料到会有这样的场面一样。她摸摸我们的头说："我今儿不走了！你们快上学吧！"我们破涕为笑。那一天过得格外长！我真希望它能够永远"定格"！

二

在一次次分离与重逢中，我和弟弟长大了。1967年底，弟弟不满17岁，像姐姐当年赴内蒙古一样自作主张报名去青海支援"三线"建设，一腔"天涯何处无芳草"的慷慨豪壮。姐姐以为他去西宁一定要走京包线的，就在呼和浩特铁路站一连等了他三天。姐姐等不及了，一脚踏上火车直奔北京，弟弟却已走郑州直插陇海线，远走高飞了。姐姐不胜悲恸，把原本带给弟弟的棉衣给了我，又带我跑到前门买了顶皮帽，仿佛她已经有了我也要走的先见之明一样。我只是把她本来送弟弟的那一份挚爱与牵挂统统收下了。执手相对，无语凝噎，我才知道弟弟这次没有告别的离开，对姐姐的刺激是多么大。天涯羁旅，茫茫戈壁，会时时跳跃着姐姐一颗不安的心。

就在姐姐临走那天夜里，我隐隐听到一阵微微的哭泣声，睁眼一看，姐姐正伏在床上，为我赶缝一件棉坎肩。那是用她的一件外衣做面、衬衣做里的坎肩。泪花迷住她的眼，她不时要用手背擦擦，不时拆下缝歪的针脚重新抖起沾满棉絮的针线……

我不敢惊动她，藏在棉被里不敢动窝，眯着眼悄悄看她缝针、掉泪。一直到她缝完，轻轻地将棉坎肩放在我的枕边，转身要离去的时候，我怎么也忍不住了，一把伸出手紧紧抓住她的胳膊。我本以为我一定控制不住会大哭起来，可我竟一声没哭，只是一句话也说不出来，喉咙和胸腔里像有一股火在冲、在拱、在涌动……

我就是穿着姐姐亲手缝制的棉坎肩，带着她的棉衣、皮帽以及绵绵无尽的情意和牵挂，踏上北去的列车到北大荒的。那是弟弟走后不到一年的事。从此，我们姐仨一个东北、一个西北、一个内蒙古，离得那么远那么远，仿佛都到了天尽头。我知道以往月台凄迷灯光下含泪的别离，即使是痛苦的，也难再有了，而只会在我们各自迷蒙的梦中。

我和弟弟两个男子汉把业已年老的父亲孤零零甩在北京。当我们自以为革命是何等辉煌之际，我们家却正走向颓败。我以为红色海洋会荡涤出一片清纯和美好来，但世态炎凉与人心险恶是我万未料到的。就在我离开家不久，父亲被人赶至两间破旧、矮小的房子里，原因是我家走了我和弟弟两个大活人，用不着那么大的空间，外加父亲曾经参加过国民党。老实又胆小的父亲便把家乖乖迁徙到这两间小黑屋中。最可气的是窗前还有一个自来水龙头，全院人喝水洗刷全仰仗它，每天从早到晚的吵闹声使人无法休息，而且水洇得全屋地下潮漉漉的，爬满潮虫。

就在这一年元旦前夕，姐姐、姐夫来到北京开会。他们本可以住到招待所，可看到家颓败到这种模样，老人孤零零如风中残烛，便没有住在别处，而在这潮漉漉、黑漆漆的小屋过夜，陪伴、安慰着父亲孤寂的心。这就是我和弟弟甩给姐姐的家。那一夜，查户口的突然不期而至，是为了给父亲要要威风看的。姐姐首先爬起床,气愤得很。查户口的厉声问:"你是什么人?"姐姐嗓门一向很大:"我是他女儿。"又问姐夫:"你呢?"姐夫掏出工作证,不说一句话,他太清楚这些人的嘴脸,果然,他们客气地退去了。那工作证上写着中共党员、呼和浩特铁路局监委书记。

　　姐姐、姐夫走的那一天清早,买了许多元宵,煮熟吃时,姐姐、姐夫和父亲却谁也吃不下。元宵本该团圆之际吃,而我和弟弟却远走天涯。她回内蒙古后不时给父亲寄些钱来,其实那本该是我和弟弟的责任。姐姐也常给我和弟弟分别寄些衣物、食品,她把她的以及远逝的母爱一并密密缝进包裹之中。她只要我常常给她写信、寄照片。

　　当我有一次颇为自得地写信告诉她我能扛起 90 公斤重的大豆踩着颤悠悠三级跳板入囤时,姐姐吓坏了,写信告诉我她一夜未睡,叮嘱我一定小心,千万别跌下来,让她一辈子难得安宁。

　　又一次她看见我寄去的照片,穿着临走时她给我的那件已经破得不成样子的棉衣,上面还有我补的那针脚粗粗啦啦实在难看的补丁,腰扎一根草绳时,她哭了,哭得那样伤心,以至姐夫不知该怎么劝才好……

三

　　当我像只飞得疲倦的鸟又飞回北京,北京没有如当年扎旗放炮欢送我一样欢迎我。可怜巴巴的我像条乞讨的狗一样,连一份工作都没有,只好待业在家,才知道无论什么时候只有家才是憩息地。

　　从我回北京那一月起,姐姐每月寄来 30 元钱,一直寄到我考

入大学。似乎我理所应当从她那里领取这份"工资"。她已经有 3
个孩子，一大家子人。而那年我已经 27 岁！每月邮递员呼喊我
的名字，递给我这份寄款单时，我的手心都会发热发颤，仿佛长得
这么大了，我还是个嗷嗷待哺的孩子。脆薄的自尊与虚荣，常在
这几张票子前无地自容，又无法弥补。幸亏待业时间不长，一年
多后，我找到了工作，在郊区一所中学教书。我把消息写信告诉
姐姐，让她不要再寄钱给我，我已经有了每月 42 元 5 角的工资。
谁知，姐姐不仅依然按月寄来 30 元钱，还寄来一辆自行车，告诉
我："车是你姐夫的，你到郊区上班远，骑车方便些，也可以省点儿
汽车钱……"

　　我从火车货运站取出自行车，心一阵阵发紧。这辆银色的自
行车跟随姐夫十几年。我感到车上有姐姐和姐夫的殷殷心意，觉
得太对不起他们，不知要长到多大才不要他们再操心！

　　我盼望着姐姐能再来北京，机会却如北方的春雨般难得了。
有一次姐姐突然来到北京，这让我喜出望外。那是单位组织她到
北戴河疗养。她在铁路局房建段当管理员，平凡的工作，却坚持
天天不迟到、不请假、坚守岗位，因此年年评什么先进工作者都会
评上她。这次到北戴河便是对她的奖励。十几年没见面了，姐姐
明显老了许多，更让我惊奇的是大热天她还穿着棉毛裤。我问她
怎么啦？她说早就得了风湿性关节炎。其实，我们小时候，她的
腿就已经坏了，那时候我没注意罢了。我们长大了，姐姐老了，花
白的头发飘飞在两鬓。她把她的青春献给了内蒙古，也融入了我
和弟弟的血肉之躯！

　　我和弟弟都十分想念姐姐。想想以往都是她千里奔波来看

我们，这次，我大学毕业，弟弟考取研究生，我们打算利用暑假各自带着孩子专程去看望一下姐姐，用这突然的举动让姐姐高兴一下！是的，姐姐、姐夫异常高兴，看见了我们，又看见了和我们当年一般大的两个孩子，生命的延续让人感到生命的力量。临离开北京前，我特意买了两挂厄瓜多尔进口大香蕉，那曾是小时候姐姐和我们最爱吃的。我想让姐姐吃个够！谁知姐姐看着这样橙黄、硕大的香蕉，不舍得吃，非让我们吃。我和弟弟不吃，她又让两个孩子吃。两个孩子真懂事，也不吃。直至香蕉一个个变软、变黑，最后快要烂了，还是没人吃。没人吃，也让人高兴！姐姐只好先掰开一只香蕉送进嘴里："好！我先吃！都快吃吧，要不浪费了多可惜！"我从来没有吃过这样美味的香蕉！我想起小时候姐姐从武汉买回的那串芭蕉。人生的滋味真正品味到了，是我们以全部青春作为代价。

　　昭君墓就在呼和浩特近郊，姐姐在这里生活了这么长时间，却从来没有去过一次。我们撺掇姐姐去一次。她说："我老了，腿也不行，你们去吧！"一想到她的老关节炎腿，也就不再劝，我们去的兴头也不大，便带着孩子到城里附近的人民公园去玩。不想那天走出公园大门，天突然浓云四布，雷雨大作。塞外的豪雨莽撞如牛，铺天盖地而来，那阵势惊人，不知何时才能停下来。我们只好躲在走廊里避雨，待雨稍稍小下来，望望天依然沉沉的，索性不再等雨过天晴，领着孩子向公园门口跑去。刚跑到门口，就听前面传来呼唤我和弟弟的声音。真没有想到，是姐姐穿着雨衣，推着车，站在路旁招呼着我们，后车座上夹满雨具，不知她在这里等了多久！雨珠一串串从打湿的头发梢上滚下来，雨衣挡不住雨水的冲击,姐姐的衣服已经湿漉漉一片,裤子已经完全湿透,紧紧包裹在腿上……

　　姐姐! 无论风中、雨中,无论今天、明天,无论离你多近、多远,我会永远这样呼唤你,姐姐!

独草莓

　　姐姐家在呼和浩特，她住一楼，房前有块空地，种着一株香椿树、一株杏树，和一株苹果树。退休之后，姐姐把这块空地开辟成了菜园。翻土、播种、浇水、施肥……每天乐此不疲。姐姐一辈子在铁路局工作，年年劳动模范，局里新盖了高层楼，分给她新房，面积多出三十多平方米。她不去，舍不得她的这片菜园。孩子们都说她，如今，一平方米房子值多少钱？你那破菜园能值几个钱？却谁也拗不过她，只好随了她。

　　我已经好多年没有见到姐姐了。今年，是姐姐的 80 大寿，说什么也要来看看姐姐。想想六十三年前，1952 年，姐姐 17 岁，就只身一人来到内蒙古，修新建的京包线铁路。那时候，我才 5 岁，弟弟 2 岁，母亲突然逝去，姐姐是为了帮助父亲扛起家庭的担子，才选择来到了塞外。姐姐每月往家里寄 30 元钱，一直寄到我 21 岁到北大荒插队。那时候，姐姐每月的工资才有几十元钱呀。姐姐说起当年她要来内蒙古离开家时，我和弟弟舍不得她走，抱着她的大腿哭的情景，仿佛岁月没有流逝，一切都恍若眼前。

　　来到姐姐家，先看姐姐的菜园。菜园不大，却是她的天堂，那里种着她的宝贝。特别是姐夫前几年病逝之后，那里更是她打发时光消除寂寞的好场所。菜园被姐姐收拾得井井有条。丝瓜扁豆满架，倭瓜满地爬，小葱棵棵似剑，韭菜根根如阵，西红柿、黄瓜和青椒，在架子上红的红，青的青，弯的弯，尖的尖……忍不住想起中学里学过吴伯箫的课文《菜园小记》里说的，真的是姹紫嫣红。这么多的菜，吃不完，送给邻居，成了姐姐最开心的事情。

　　菜园旁，立着一个大水缸，每天洗米洗菜的水，姐姐从厨房里一桶一桶拎出来，穿过客厅和阳台，走进菜园，把水倒进水缸，备用浇菜。节省了一辈子的姐姐常被孩子们嘲笑。孩子们常劝她说现在菜好买，什么菜都有，就别整天忙乎这个了，好好养老不好吗？姐姐会说，劳动一辈子了，不干点活儿难受。想想，在风沙弥漫的京包铁路线上餐风饮露，这是她念了一辈子的经文，笃信难舍。再想想，人老了，其实不是享清闲，而是怕闲着，能有点儿事干，而且这事干着又是快乐的，便是养老的最好境界了。姐姐种的那些菜，便有她自己的心情浸透，有她往事的回忆，是孩子们都上班上学去之后孤独时的伙伴，她可以一边侍弄着它们，一边和它们说说话。

　　夸她的菜园，就像夸她的孩子一样让她高兴。我对她的菜园赞不绝口。姐姐指着菜园前面绿葱葱的植物，我没认出是什么。她对我说："这里原来种的是生菜和小水萝卜，今年闹虫子，我把它们都给拔了，改种了草莓。不知怎么闹的，也可能是我不会种这玩意儿，你看，一春天都过去了，只结了一个草莓。"

　　我跟着她走过去，伏下身子仔细看，才看见偌大的草莓丛中，果然只有一个草莓，个头儿不大，颜色却很红，小小的红宝石一样,孤独地藏在叶子下面,好像害羞似的怕人看见。

　　"孩子们看着它好玩,都想摘了吃,我没让摘。"姐姐说。我问她:"干嘛不摘? 时间久,回头再烂了,多可惜。"姐姐笑着说:"我心里盼望着有这么一个伴儿在这儿等着,兴许还能再结几个草莓!"

　　相见时难别亦难,和姐姐分手的日子到了,离开呼和浩特回北京的前一天的晚上,姐姐蒸的米饭,我炒的香椿鸡蛋,做的西红柿汤,菜都来自姐姐的菜园。晚饭后,姐姐出屋去了一趟菜园,然后又去了一趟厨房,背着手,笑眯眯地走到我的面前,像变戏法一样,还没等我猜,就伸出手张开来让我看,原来是那颗草莓。"你尝尝,看味儿怎么样?"姐姐对我说。

　　我接过草莓,小小的,鲜红鲜红的,还沾着刚刚冲洗过的水珠儿,真不忍心下嘴吃。姐姐催促着:"快尝尝!"我尝了一口,真甜,更难得的是,有一股在市场买的和采摘园里摘的少有的草莓味儿。这是一种久违的味儿。

今朝有酒

　　我家以往并没有嗜酒如命的人。细想一下，也就是父亲在世的时候爱喝两口酒，不过是两瓶二锅头要喝上一个月，八钱的小盅，每次倒上大半盅，用开水温着，慢慢地啜饮，绝不多喝。

　　如今，弟弟却迷上了酒。几乎不可一日无酒，而且常醉，醉得将胆汁都吐出来，他依然喝。命中注定，他这一辈子难以离开酒。辛弃疾词云："我饮不须劝，正怕酒樽空"，说他丝毫不差。家中并无此遗传因素，真不知他是从何染上瘾的。

　　想想，该怨父亲。弟弟在家里属老小，小时候，一家人围在桌前吃饭，父亲常娇惯他，用筷子尖蘸一点儿酒，伸进他的嘴里，辣得弟弟直流泪。每次饭桌前这项保留节目，增添全家的欢乐，却渐渐让弟弟染上酒瘾。那时候，他才三四岁，还太小呀！

　　不满 17 岁，弟弟只身一人报名到青海高原，说是支援"三线"建设，说是志在天涯战恶风，一派慷慨激昂。那一天，他到学校找我，我知道一切是板上钉钉，无可挽回了。我们两人没有坐公共汽车，沿着夕阳铺满的马路默默地走回家，一路谁也没有讲话。那天晚上，母亲蒸的豆包是我们兄弟俩最爱吃的。父亲烫了酒，一家人默默地喝。我记不得那晚究竟喝了多少酒，不过我敢肯定，父亲喝得多，而弟弟喝得并不多。他还是个孩子，白酒辛辣的刺激对于他过早些，滋味并不那么好受。

三年后，我们分别从青海和北大荒第一次回家探亲，他长高了我半头，酒量增加得让我吃惊。我们来到王府井，那时北口往西拐一点儿有家小酒馆，店铺不大，却琳琅满目，各种名酒应有尽有。弟弟要我坐下，自己跑到柜台前，汾酒、董酒、西凤、洋河、五粮液、竹叶青……一样要了一两，足足十几杯子，满满一大盘端将上来，吓了我一跳。我的脸立刻拉了下来："酒有这么喝的吗？喝这么多？喝得了吗？"弟弟笑着说："难得咱们聚一次，多喝点儿！以前，咱们不挣钱，现在我工资不少，尝尝这些咱们没喝过的名酒，也是享受！"

我看着他慢慢地喝。秋日的阳光暖洋洋、懒洋洋地洒进窗来，注满酒杯，闪着柔和的光泽。他将这一杯杯热辣辣的阳光一口一口地抿进嘴里，咽进肚里，脸上泛起红光和一层细细的汗珠，惬意的劲儿，难以言传。我知道，确如他说的那样，喝酒对于他已经是一种享受。三年的时光，水滴也能穿石，酒不知多少次穿肠而过，已经和他成为难舍难分的朋友。

想起他孤独一人，远离家乡，在茫茫戈壁滩上的艰苦情景，再硬的心也就软了下来。还是个没长大的孩子，就爬上高高的井架，井喷时喷得浑身是油，连内裤都油浸浸的。扛着百斤多重的油管，踩在滚烫的戈壁石子上，滋味并不好受。除了井架和土坯的工房，四周便是戈壁滩。除了芨芨草、无遮无挡的狂风，四周只是一片荒凉。没有一点儿业余生活，甚至连青菜和猪肉都没有。

只有酒。下班之后，大家便是以酒为友，流淌不尽地诉说着绵绵无尽的衷肠。第一次和老工人喝酒，师傅把满满一茶缸白酒递给了他。他知道青海人的豪爽，却不知道青海人的酒量。他不能推脱，一饮而尽，便醉倒了，整整睡了一夜。从那时起，他仿佛换了一个人。他的酒量出奇地大起来。他常醉常饮，把一切苦楚与不如意吞进肚里，迷迷糊糊进入昏天黑地的梦乡。他在麻醉着自己。其实，这是对自己命运无奈的消极。但想想他那样小而且远在天涯，那样孤独无助，又如何要他不喝两口酒解解忧愁呢？"人间路窄酒杯宽"，一想到这儿，便不再阻拦他喝酒。世道不好或在世道突然变化的时候，酒都是格外畅销的。酒和人的性格相连，也与世道胶粘，怎么可单怪罪弟弟呢？

这几年，世道大变。"四人帮"粉碎之后，弟弟先是调到报社，然后升入大学，考上研究生。可是，"文章为命酒为魂"，他的酒依然有增无减。我的酒与世道的理论在他面前一无所用。

他照样喝，时有小醉或大醉，甚至住过医院。家里最怕来客人，因为他往往会热情得过分，借此大喝一通，不管人家爱喝不爱喝，他非要把一瓶瓶手榴弹一样排成一列的啤酒喝光，再把白酒喝得底朝天，直至不知东方之既白。我最担心过春节，因为那是他喝酒的节日，从初一喝到十五，天天酡颜四起、酒气弥漫，让家人不知所从，似乎跟着他一起天天泡在酒缸里一般。有几次，从朋友家喝完酒归家，他醉意朦胧，骑车带着儿子，儿子迷迷糊糊睡着了，他竟将儿子摔下去，自己还全然不知，独自一人一摇三晃、风摆杨柳一样骑回家。还有一次，他和头头脑脑聚餐，喝得兴起胆壮，酒后吐真言，将人家狗血淋头一通痛骂，最后又如电影里赴宴的共产党人一般义愤填膺地将酒桌掀翻……

这样的事虽只是偶尔发生，却让人提心吊胆。他妻子便给我写信求救。虽远水解不了近火，我依然如消防队员般扑救。只是我一次次做着无用功，他依然一次次喝。我唯一能够做的，是他回北京住我这里时控制他的酒量。但是，晚上酒未喝足，见他躺在床上辗转反侧、半宿半宿亮着灯光看书那痛苦的样子，心里常动恻隐之情。他无法离开酒，就让他喝吧！喝痛快之后，他倒头就睡，宠辱皆失、物我两忘的样子，让人心里还好受些。不过，我常将这涌起的恻隐之情斩断在摇篮中。我实在不愿意他成为不可救药的酒鬼。我希望帮他克制这个液体魔鬼！

然而我发现这一切想法都落空了。弟弟不和我争执，任我老太婆一样絮絮叨叨地数落，任我狠着心就不把他的酒杯斟满。他的心磁针一样依然顽强地指向酒，万难更易。实在馋得要命，他便带上我的孩子，到外面餐馆里痛痛快快喝一顿，喝完之后嘱咐孩子："千万别告诉你爸爸！"和我一起外出，他说他渴了，我说那就喝汽水吧，他说汽水不解渴。我知道他在馋酒，只好让他喝。一大杯啤酒饮马一样咕咚咚下肚，他回去退杯时趁我未注意，偷偷回头瞧我一眼，匆忙再要半升一饮而尽，方才心满意足地退出酒铺。

去年，我和他一起到新疆采访，开着会却找不见他。不一会儿，他手拎着个酒瓶，站在会议室的门前，实在是像立在一幅画框里，让人哭笑不得。我们到野外钻井队采访，那里不许喝酒，三天下来可把他憋坏了，刚出井队便跑进商店，不管什么酒先买上一瓶再说。钻进越野车，酒却找不见了。看他麻了爪一样在座椅上下前后翻找的样子,真有些好笑,仿佛守财奴找他的钱包,贵妇人找她的钻戒,当官的找他丢失的大印,那样子引起大家一阵笑。说心里话,我感到很不是滋味。

我的孩子曾颇为好奇地问他:"叔叔,喝醉了以后是什么感觉呀?"他说:"有人醉后打架骂人,有人醉后睡大觉,而我醉后是进入仙境!"

他这样对我说:"我喜欢林则徐这样一句话'诗无定律须是将,醉到真乡始是侯'。"

我不知"醉到真乡"究竟是什么样子,便也难以进入他的仙境之中。或许,人和人的心真是难以沟通,即便是亲兄弟也如此。我知道他生性狷介,与世无争,心折寸断或柔肠百结时愿意喝喝酒;萍水相逢或阔别重逢时也愿意喝喝酒;独坐四壁或置身喧嚣时还愿意喝喝酒……我并不反对他喝酒,只是希望他少喝,尤其不要喝醉。这要求多低,这希望多薄,他却只是对我笑,竖起一对早磨起茧子的耳朵,雷打不透,滴水不进。

从小失去父母,那么小独自一人漂泊天涯,怎不让人牵挂?记着弟弟喝酒成了我的一块心病。虽明知说也无用,偏还要唠叨不已。外出见到那些醉酒的人,总不由得想起弟弟。前年路过莫斯科,见到那么多酗酒的人被抬上警车狼狈的样子;今年在巴塞罗那,遇到醉酒的摩洛哥人拉着我的胳膊云山雾罩要和我攀谈的样子,都让我想起弟弟,莫非这便是醉到真乡?醉入仙境?我相信弟弟绝不至如此,他的真乡与仙境或许更妙,或许是一种解脱和升华,但我宁愿他不要这一切,而只像平常人一样将酒喝得适可而止,将酒视为一种普普通通的饮料。

今年秋天,弟弟千里迢迢来北京出差,虽长途跋涉,又几处换乘,颇为不便,竟带回一瓶瓷瓶的互助大曲。他掏出几经颠簸却保存完好的酒对我说:"这是青稞酒,青海最好的酒!"我哭笑不得。

我们已经不再年轻。17岁的少年痛饮只是往昔的一场梦。这次回家,我发现弟弟明显苍老许多,酒量已不如以前,往往几杯酒下肚,话稠语多,眼睛泛红而混浊,肩膀倾斜,手臂也不时隐隐发抖。我真担心这样喝下去待他年老时会突然支撑不住。他却一如既往,高声呼道:"来,干杯!"

我无法干杯。虽然我知道弟弟将无限情感寄托于此。"功名万里外,心事一杯中。"是他曾经抄给我的一句唐诗。但是,我依然不能干。弟弟,我劝你也不要干,而放下你手中的酒杯。尽管这番话也许打不起一点儿分量,尽管这番话已经讲了一万遍,我仍然要对你再讲第一万零一遍!

你听到了吗?

复华断忆

　　前年清明节,遵照弟弟复华生前的愿望,我和复华的妻子与儿子一起送复华的骨灰回青海,回了一趟冷湖。在这片荒凉又偏远的地方,复华生活和工作多年,他最美好的青春在这里随风散尽。那天,见到了复华的朋友艾剑青。我以前没有见过他,他是听说我们来,便驱车几百公里从格尔木赶过来的,只是为了我们,更为了看看复华。他带来一本书《钢铁是怎样炼成的》,是 20 世纪 50 年代出版的旧书,封面已经破损,书页也卷角了。他告诉我,这本书是当年他和复华一起在冷湖时复华送给他的,那时他们都爱好文学。他一直珍藏着这本《钢铁是怎样炼成的》,珍藏着和复华的友情,以及他们在冷湖共同拥有的青春岁月。

　　我发现艾剑青那样重感情,也发现复华真的有好人缘。后来听复华的妻子告诉我,每年清明节,艾剑青都会给她发短信问候,一起怀念复华。并不是所有的人都能够几百公里穿越沙漠戈壁,只为看一个人;并不是所有的人都能够在清明节记得发来一封短信,只为纪念一个人。

　　真的,我非常感动,为艾剑青,更为复华。

　　那一刻,我想起了复华。石油部的总地质师黄先训先生,"右派"刚刚平反,便要求来柴达木,因为他去过全国所有的油田,唯独没有来过青海油田。却在买好了火车票之际查出癌症晚期,病逝前要求把骨灰埋在柴达木的冷湖。复华是从广播里听到的这个消息,感动之余写了那首《冷湖的上空多了一颗星》的诗。从那时开始,每年的清明,他都会一个人到冷湖的烈士公墓,去黄先训先生的墓前培土祭扫。

　　好人缘是人们对复华的共识。复华的朋友多,不仅因为是他和艾剑青一样重感情,更重要的是他和艾剑青一样,对曾经伴随他们共度青春期的柴达木有一份深情。无论是谁,见过的或没见过,只要是和柴达木有关系,他都会像是踩着尾巴头会动一样,禁不住感动而激动起来,乃至热泪盈眶。我便也就理解了他为什么一见到朋友就要那样纵情饮酒了,哪怕是到了晚年,到了病重的时候,依然会对酒一往情深。晚年放翁的诗有"百岁光阴半归酒,一生事业略存诗",我多少也就能够理解他了。

　　1981年,我第一次来冷湖的时候,见到复华周围很多这样的朋友。那时,他们才刚过30,正青春勃发。那时,我对复华有一种不解,因为在和朋友分别的时候,他总会忍不住要落泪,我想早已经不是小孩子了,干嘛要这样脆弱呢?见到艾剑青,我才明白了。因为看到艾剑青手里拿着那本破旧的《钢铁是怎样炼成的》时,我也忍不住要落泪。

　　1981年的夏天,那时候的冷湖并没有让我觉得过于荒凉,大概就因为复华的身边有那么一大堆朋友的缘故吧。友情是一种奇异的燃料,可以点燃最琐碎枯燥的生活和最平淡无奇的生命,让它们焕发光彩并有了温热。有一次,在冷湖大道上一个叫"南北小吃店"的饭馆里,我和复华以及一帮北京学生聚会。酒酣耳热之际,要每个人讲一个最让自己感动的故事。记得那天轮到复华讲的时候,他拉起了坐在他旁边的刘延德,说让刘延德讲讲他的故事吧,他的故事最感人! 刘延德讲了一个枣红马的故事。那是一个感人的故事,刘延德冤屈入狱,只有那匹枣红马和他相依为命,在他出狱的时候,掏出身上仅有的钱,买了五个馒头,给枣红马吃了。就是在那里,我认识了刘延德夫妇,后来写了《柴达木作证》,这篇文章被多次转载,使很多人认识了我,成为我和柴达木关系的铁证。我体会到复华和柴达木的感情,因为我的那一份感情,首先是由他传递给我的。

也就是在那前后,复华拿起了笔开始学习写作。他写出的东西总要先寄给我,我的要求比较高,总是很不留情地提出很多意见,他不厌其烦地一遍遍修改。记得有一次他把稿子寄给我,因为稿子很长,他分别用了五个信封才把稿子寄过来。那时,我正在中央戏剧学院读书,他的五封厚厚的信送到我的手里正是课间休息的时候,全班同学看到了都哈哈大笑,哪一个傻小子会寄五个信封来,就不会用一个大信封吗? 写作是一门需要笨功夫的活儿,太聪明的人其实不适于写作。复华属于那种愿意下笨功夫的人。他的作品就是在这样一遍遍修改磨砺中进步并成熟起来的。

很多年前,他从西安回北京探亲,那时他正在西北大学作家班读书,他带回一部稿子,是写北京学生在柴达木的。我看过后,对他说这是一部大书,你应该再沉淀一下,好好写,现在写得简单了,有些可惜。冷湖,是一个地球上原来根本没有的地名,是包括你们北京学生在内的一批批石油人到了那里，才有了这个地名，你应该写一部冷湖史！这部稿子就在我家他的抽屉里放着，一放放了十多年。多年之后，他拿出书稿，重新书写，没有想到竟是他最后的两本书之中的一本，便是他最看重的《大漠之灵——北京学生在柴达木》。

他的另一本，即他最后的一本书，是《柴达木笔记》。这是他留下的两本关于柴达木的厚重的书，也是继李季和李若冰书写柴达木之后的两本厚重的书。为柴达木，为他自己，值得了。从1980年他的处女作《冷湖的上空多了一颗星》到《大漠之灵》和《柴达木笔记》，这些作品连缀起他这三十余年文学创作的轨迹。重读复华的这些作品，像看他短促人生的足迹，深深浅浅，却磁针一样始终顽强地指向一个地方：青海柴达木。这恐怕是他最看重的也是他人生中最为浓墨重彩的一笔。我曾经说，复华的作品可以分为前后两部分，即在柴达木时候写的和离开柴达木回到北京后写的。如果说他在青海时的文字充满身在青海时难以抑制的激情，那么，回到北京的文字则浸透着他对那片土地和那里的人们的感怀至深的怀念与离别后忧郁难解的情怀。

在书中，复华曾经写过这样的话："每次回到柴达木油田，看到在一毛不长的戈壁大漠上那林立的石油井架，我都会情不自禁地把它们看成一片林立的常青树。因为，我太爱它们了，我相信，那林立的井架中，有一座井架就是我。"如今，重读这样的文字，让我感动，让我想起他刚到柴达木时，穿着一身石油工人的工作服，戴着头盔，爬上采油五队高高的井架，照了一张照片寄给我的情景。那张照片成了他一生命定的象征，他和柴达木的不解之缘，如同井架立于戈壁一样,成为风吹不倒的坚毅标志。"井架就是我!"看到这里,总会让我心动不已。井架,和矗立着井架的瀚海戈壁,就是复华生命存在的背景,也是他写作依托的背景。"井架就是我!"青春就这样一闪而逝,生命就这样令人猝不及防。重读这句话,我的心百感交集。可以慰藉我们的是他留下了这样能够灼热人心的文字。

在复华病重的时候,他一直咬牙坚持每天写一段《柴达木笔记》,那时,他刚学会电脑打字不久,常常会将稿子发给我看。同时,他还在 61 岁生日那天写过这样一首诗,其中有这样两句:"古稀未过心不休,神来之笔画白头。"我对他说"神来之笔画白头"这句写得好,写出我们年老了却依然乐观的态度,有想象力,"神来之笔"的"神",既是命运,也是你的精神。他听我说完之后,沉默了一会儿,对我说"古稀未过心不休"这句写得好。我问他为什么,他有些伤感地解释说:"因为可能再也回不去青海了,所以心不休。"

我一时说不出话来。我理解他对柴达木的感情,这一份感情,让他的文字凝重沉郁,有了来自心底深处的温度和力量;让他赢得了柴达木那么多朋友对他的尊重。

最后一次住院之前,那是中秋刚过不久。那天,阳光很好,复华坐在医院花园里一张长椅上,指着来来往往的病人,对我说,很多病人都是走着进去,抬着出来的。他说得很平静,我在一旁听了却忍不住要掉泪。他说过:"我不会怠慢生命,贻误时间,做到不怠世、不怨世、不恋世,平静平常于每一天。"我知道,这是他的生死观。但真正面对死神叩门的时候,他居然还能这样平静,真的让我惊讶。我在想如果换成是我自己，我能这样吗？

焦急等候住院的那几天，我一直在复华的家里，陪他说说话，尽量找些轻松快乐的话题，想分散他的注意力。我们聊起了童年的一些往事，让他想起了很多，他本来就是一个爱怀旧的人。他的记忆力很好，说起父亲曾经挂在墙上的那幅郎世宁画的工笔画《狗》，在困难时期被父亲卖到了典当行；说起了我们家住过的北京前门外的粤东会馆大院，我家原来是主人的厨房，刚搬进时，灶台还在，拆灶台的时候，发现了几根金灿灿的东西，父亲以为挖出来金条，其实那是黄铜，是主人家为了吉利特意埋在那里的。说完，我们都忍不住笑了。

我对他说："这事我怎么不知道？"他又说起另一件往事，那是我刚上初一的时候，他读小学三年级，有一天放学后，他突然跑回家对我说一起去花市电影院看电影，他说电影票都买好了，让我快点儿跟他走。我们俩跑出翟家口胡同，快到电影院的时候，我才想起来问电影是什么名字？他说是《白山》，我还跟他说只听说有《白痴》，没听说过《白山》呀！他马上说怎么没有呀？然后抬起脚举手扇了我一个耳光，说完"就是这个白扇呀！"他这一恶作剧成功，扭头一溜儿烟地跑远了。

第二天，我写了一首《和复华忆童年往事怀旧》的诗，抄好拿给他看："秋阳暖照满屋明，同忆儿时几许情。灶下挖金铜且土，院中扑枣紫还青。谁读书老孔夫子，独挂墙寒郎世宁。最忆那年看电影，白山一记耳光清。"谁知道，这是他看到的我写给他的最后一首诗。

快乐的往事，阻挡不住死神快速的脚步。那一天半夜，我梦见一只老虎在我家的门前，我开门时，看见它连中三枪，浑身是伤。我在眼泪中惊醒，再也睡不着。尽管我并不迷信，但这个梦还是一连几日让我惊魂不定。毕竟复华是属虎的呀。一周以后，复华在医院里离我而去。

我知道，他去了他最想去的地方——柴达木。

高高的苔草依然在吟唱

6月，我还见过高莽先生；10月，高莽先生就离开了我们。真的是世事茫茫难自料。

那一天，我和雪村、绿茶去他家探望，看他消瘦了许多，胡子也留长了许多。他早早地在等候我们，每一次去看望他，他都是这样早早地守候在他家那温暖熟悉的门后。我知道，这是礼数，也是渴望，人老了，难免孤独，渴望风雨故人来。

我算不上他的故人，我和他结识很晚。三年多前，雪村张罗一个六人的"边写边画"的画展，邀请的六人中有高莽先生和我，我才第一次见到了他。第一次相见，他在送给我的书的扉页上随手画了我的一幅速写的肖像，虽是逸笔草草，却也形神兼备，足见他的功力，更见他的平易。

我和他的居住地只有一街之隔，只是怕打扰他，并不多见。不过，每一次相见，都会相谈甚欢，对于晚辈，他总是那样的谦和。记得第一次到他家拜访时，我请教他树的画法，因为我看他画的树和别人画法不一样，不见树叶，都是线条随意地飞舞，却给人枝叶参天迎风摇曳的感觉，很想学习。他找来一张纸，几笔勾勒，亲自教我。这是我生平第一次有真正的画家教我画画。

　　他喜欢画画，好几次，他对我说，现在我最喜欢画画。在作家、翻译家和画家这三种身份里，我觉得他更在意做一名画家。在他的眼里，处处生春，画的素材无所不在，甚至开会时候，坐在他前排人的脑袋，都可以入画。晚年，他足不出户，我发现他喜欢画别人的肖像画，也喜欢画自画像，数量之多，大概和梵高有一拼。有一幅自画像，我特别喜欢，居然是女儿为他理发后，他从地上拾起自己的头发，粘贴而成。这实在是奇思妙想，是梵高也画不出的自画像。那天，他拿出这幅镶嵌在镜框里的自画像，我看见头发上有很多白点儿，很像斑斑白发，便问他是用白颜色点上去的吗？他很有些得意地告诉我，把头发贴在纸上，看见有很多头皮屑，用水洗了一遍，就出现了这样的效果。然后又对我说："我喜欢弄点儿新玩意儿！"俏皮的劲头儿，童心未泯。

　　有一次，他让我在他新画的一幅自画像上题字，我担心自己的字破坏了画面，有些犹豫，他鼓励我随便写，我知道他是想用这样的方式和人交流，以往文人之间常是这样以文会友，书画诗文传递着彼此的感情与思想。尊酒每招邻父饮，图书时与小儿评。他是这样一个愿意将自己的作品和平常人分享的人，不是那种自命不凡甚至待价而沽的画家。

　　记得那次，我在他的自画像上写了句：岂知鹤发老年叟，犹写蝇头细字书。这是放翁的一句诗，我改了两个字，一个是"衰"，我觉得他还远不到衰年之时；一个是"读"，因为晚年他不仅坚持读，更坚持写。

　　说起写，《阿赫玛托娃诗文抄》，是他写作的最后一本书。尽管已经出版很多本著作，这本书对于他，意义非同寻常。他不止一次说过：我翻译阿赫玛托娃，是为了向她道歉，为自己赎罪，我亏欠她的太多。七十一年前，他在哈尔滨工作的时候，看到苏共中央对阿赫玛托娃的批判文件，而且，是他亲手将文件从俄文翻译成中文。一直到三十年过后，1976 年，他在北京图书馆里看到解禁的俄文版的阿赫玛托娃诗集，内心受到极大的震撼。这样美好的诗句，这样爱国爱人民的诗句，怎么能说是反苏维埃反人民呢？自己以前没有看过她的一句诗，却也跟着批判她的人，他的良心受到极大的自我谴责。从那时候起，他开始翻译阿赫玛托娃的诗，就是想在自己的有生之年完成对她的道歉，为自己赎罪。

　　我们中国文人，自以为是的多，撂爪就忘的多，文过饰非的多，明哲保身的多，闲云野鹤的多，能够真诚的而且长期坚持以自己的实际行动，向他人道歉，为自己忏悔的，并不多见。在这一点，高莽先生最让我敬重。他让我看到他谦和平易性格的另外一面，即他的良知，他的自我解剖，他的赤子之心。淹留岁月之中，清扫往日与内心的尘埃，并不是每一位文人都能够做到的。

　　高莽先生在最后的时光里，重新翻译阿赫玛托娃的诗，并用他老迈却依然清秀的笔，亲自抄写阿赫玛托娃的诗，这成为他生命中最重要的事，可以说是他人生最为浓墨重彩的一章。"让他们用黑暗的帷幕遮掩吧，干脆连路灯也移走"；"让青铜塑像那僵凝的眼睑，流出眼泪，如同消融的雪水……"如今，重读《还魂曲》中这样的诗句，我有些分不清这究竟是阿赫玛托娃写的，还是高莽先生自己写的了。在我的想象中，译笔流淌在纸墨之间那一刻，先生和阿赫玛托娃互为镜像，消融为一样清冽的雪水。知道先生过世消息的这两天，我总想象着先生暮年，每天用颤抖的手，持一管羊毫毛笔，焚香静写，老树犹花，病身化蝶，内心是并不平静的，也是最为幽远旷达的。

6月，我们见他的时候，已经知道他病重在身，但看他精神还不错，和我们聊得很开心。聊得最多的还是绘画和文学，这是他一辈子最喜欢做的两件事，是他的爱好，更是他的事业。只要有这样两件事陪伴，立刻宠辱皆忘，月白风清。那天，他还让他的女儿晓岚拿来笔纸，为我画了一幅肖像画。晓岚在他身后对我们说："这是这大半年来他第一次动笔画画！"

他在画我的时候，雪村也画他。两位画家都是画人物的高手，不一会儿，两幅画都画得了，他们相互一看，相视一笑。他的笑容，定格在那天上午的阳光中，是那样的灿烂，又显得那样的沧桑。想起一年前，我们一起为他过90岁生日的时候，虽是深秋季节，他的笑声却比这时候要爽朗许多。不知为什么，心里总有一种"病叶多先落，寒花只暂香"的隐忧和哀伤。

那天，我学习雪村画的高莽先生的肖像画，比照着也画了一幅，送给他。他很高兴，将他画我的那幅肖像画送给了我。在这幅画上，可以看到他笔力不减，线条依然流畅，也可以看到他从青春一路走来的笔迹、心迹和足迹。他为我画过好几幅肖像画，这是最后一幅，也是他留在世上的最后一幅画。

如今，高莽先生离开了我们。91岁，应该是喜丧。我们不该过分的悲伤，他毕竟为我们留下了那么多的作品，包括绘画和译作，更有他的心地和精神。我想起他最后在《阿赫玛托娃诗文抄》那本书中，亲手抄写的一段诗句："让我孤零零的一个人能够，安然轻松的长眠,让高高的苔草萋萋的吟唱,吟唱春天,我的春天!"
记得一年前先生 90 岁生日的宴席上,93 岁的诗人屠岸先生解释
他的名字时说,高莽就是站在高高的草原上看一片高高的青草
呀! 那么,阿赫玛托娃诗中高高的苔草,也应该是你——高莽先
生呀! 就让你在天堂里,和阿赫玛托娃相会,和所有你曾经翻译
过他们作品的诗人相会,吟唱你的春天吧! 春天,永远不会离开
你,你也永远不会离开我们!

寂寞的冰心

　　虽然离上飞机回京的时间很紧张了，我还是去了一趟冰心文学馆。以前来过福州几次，都以为长乐离福州很远，这一次朋友说福州的机场就在长乐，离冰心文学馆只有二十几公里，便决心一定去那里看看。

　　向往冰心文学馆，已经很久。二十年前，1997年，冰心文学馆建立前夕，原在《福建文学》工作的王炳根曾经告诉我，他要调到那里去做馆长，我很为他高兴，因为他可以天天守在冰心的身边，那是一种难得的幸福。

　　读中学的时候，冰心是我的最爱。那时候，我就读的汇文中学是当年庚子赔款建立的一所老学校。在学校书架顶天立地的图书馆里，我发现有一间神秘的储藏室，被一把大锁紧紧地锁着。我猜想那里应该藏着许多新中国成立以前出版的老书和禁书。每次进图书馆挑书的时候，我的眼睛总禁不住盯着储藏室大门的那把大锁看，想象着里面的样子。

　　当时，负责图书馆的高挥老师看出了我的心思，她破例打开了那把大锁，让我进去随便挑书。我到现在仍然清晰地记得第一次走进那间光线幽暗的屋子里的情景,小山一样的书,杂乱无章地堆放在书架上和地上,我是第一次见到世界上居然有这样一个地方藏着这样多的书,真是被它震撼了。那一年,我刚刚升入高一。就是那一年,我从这间阔大的尘埋网封的储藏室里,找全了冰心在新中国成立前出版过的所有文集,包括她的两本小诗集《春水》和《繁星》。我迷上了冰心,抄下了从那里借来的冰心的整本《往事》,还曾天真却是那样认真地写下了一篇长长的文章《论冰心的文学创作》,虽然一直悄悄地藏在笔记本中,到高中毕业,也没有敢给一个人看,却是我整个中学时代最认真的读书笔记和美好的珍藏了。

作为读者,我读冰心至今已经五十四年。我不算是她最老的读者,但也是一个老读者了。曾经到过美国冰心就读的威斯利大学,也曾经到过冰心的家中,唯独少了到她的文学馆。在她家乡建立的文学馆,应该更能清晰地触摸到她一生的足迹和心迹。

冰心文学馆建在长乐市中心。白色的建筑在池塘前立着,红色的木槿花开着,赵朴初题写的"冰心文学馆"的木牌挂着,九月南中国的阳光灿烂地照着。整幢大楼里空无一人,和我想象中的冰心文学馆完全不同。在二楼的展览大厅里,看完了展览,尽管大多数是照片,真正的实物不多,但满满一面墙的各种版本的冰心著作,她的已经褪了颜色的钢笔书写的手稿,1926年第一次出版的她的文集上,题写着她送给她美国老师的纤细的英文,她手把手教孩子制作的小橘灯,还有那无数孩子寄给她的信件……还是让我心动,忍不住想起曾经读过的抄过的背诵过的她的很多作品,还有她那略带沙哑的嗓音,以及温煦如风的笑容。

　　空旷的展厅里,似乎有冰心声音的回声在荡漾,有无数个娇小的冰心的身影,从各个角落里向我走来。

　　参观完毕,走出展览大厅,依然是空无一人,想在春水书屋的小卖部买一张木刻的冰心像,却也找不到一个人。只有那几帧单薄的黑白木刻小画,在柜台里静静地待着。

　　忽然觉得冰心是寂寞的。一楼大厅里,在大海背景前端坐的冰心雕像是寂寞的。咖啡厅里,没有咖啡没有茶香没有人的桌椅是寂寞的。系着红领巾的冰心头像前的触摸屏是寂寞的。放映厅只有白白的一面墙也是寂寞的。展厅外,空旷的庭院里,绿色的树、红色的花、前面池塘里清静的水是寂寞的。花岗石座上刻有"永远的爱心",上面立有冰心和孩子们交谈的汉白玉雕像已经裂开了一道粗粗的裂纹,也是寂寞的。一进文学馆正门就能看到的喷水池后刻有冰心的名言"有了爱就有了一切"的花墙,喷水池没有喷水,更显得寂寞。

　　想想,在任何一个时代,文学其实都是寂寞的。尤其是在商业化的时代里,文学家是无法和明星比肩的。那一年去角直叶圣陶先生的墓地,墓地和墓地前的展览大厅、四方亭、未厌亭和生生农场,也都是寂寞的,空无一人。尽管如今各种文学纪念馆方兴未艾还在建。长乐人心里比我们都清楚,文学馆不是剧院,不是歌厅,不是咖啡馆,从来不会那么的热闹。文学和文人是寂寞的,其作用在他们作品的细雨润物,潜移默化,无声无形,却绵延悠长。冰心文学馆如今还在建设中,四围搭起围挡,里面在大兴花草林木,要建设成一座冰心公园。这是一个远见之举,它比单纯的生平展览更能深入人心。

　　想起前几年在美国的普林斯顿的镇中心,看到美国著名的黑人男低音歌唱家罗伯逊的故居,被改造为儿童乐园和附近成年人免费学习艺术的场地。和冰心公园相比,有异曲同工之妙。又想起前两年,路过广东萧殷的故乡佗城,那里的人们没有建他的故居,而是在城中心特意开辟了一处街心公园,在公园里立起一块石碑,只在石碑上刻写"萧殷公园"四个大字,萧殷便和来来往往的家乡人天天朝夕相处。因此,冰心公园,更让我期待。

　　吃过午饭,又路过冰心文学馆,看见一对四五十岁左右的夫妇,从穿着看,是像我一样的外乡人,正站在大门外一面院墙前自拍,墙上有"冰心文学馆"五个醒目的大字。这一对夫妇,多少给我些安慰。或许,我不该这样悲观,冰心不会寂寞。

　　坐在回北京的飞机上,长途寂寂,闲来无事,写下一首打油诗,记录此次造访冰心文学馆之行,聊以遣怀:

　　　　　　清秋长乐访冰心,偌大展厅无一人。
　　　　　　常忆夜灯抄白夜,每看春水读青春。
　　　　　　浪来笔落风前老,梦去诗成雪后新。
　　　　　　深院空闻鸟声响,幽花寂寞与谁邻?

气节陵夷谁独立

《十力语要》卷四中，有这样一段话，记录了从来不读小说的熊十力读《儒林外史》的一则逸闻。

他说："吾平生不读小说，六年赴沪，舟中无聊，友人以《儒林外史》进。吾读之汗下，觉彼书之穷神尽态，如将一切人，及吾身之千丑百怪，一一绘出，令吾藏身无地矣。"

熊十力头一次读小说，竟然将自己设身处地在小说之中，《儒林外史》中种种读书人的千丑百怪，成了他自己的一面镜子，照得他汗颜而藏身无地。这是只有熊十力这样的哲人，与一般学者和评论家读小说的区别，很少有学者和评论家舍身试水，将小说作为洗濯藏污纳垢自身的一池清水。

这是有原因的。熊十力一直坚持自己的"本心说"和"习心说"。这是熊十力的重要学说，也就是后来有人批判的唯心主义学说。他认为，"本心"是道德价值的源头，所以要坚持本心，寻找本心，发现本心。而"习心"则是从本心分化剥离出来的，是受到外界的诱惑污染的异化之心。所以，他说拘泥于"习心"，掩蔽了"本心"，从而偏离了道德的源头，便产生了"善"与"染"的分化。

在这里，又出现了"善"与"染"两种概念，这是熊十力特别讲究的两个专有名词。他说："染即是恶。""徇形骸之私，便成乎恶。"他说："净即是善。"就是面对恶的种种诱惑"而动以不迷者"。

于是，他强调坚持"本心"，就要"净习"，用现在的话说，就是要和染出的种种恶，作自觉抵制乃至斗争。所谓"净习"，就是操守、涵养、思诚，这些已经被很多聪明的现代人和"精致的知识分子"称为无用的别名，而早不屑一顾。熊十力却说："学者功夫，只在克己去私，使本体得以发现。"只是，如今的学者和熊十力一辈学者，已不可同日而语。所谓学者功夫，早已经无师自通的"功夫在诗外"了。

明白了这一点，我们也就明白了，1946年，他的学生徐复观将他的《读经示要》一书送给蒋介石，蒋介石立刻送给他法币两百万元。熊十力很生气，责怪徐复观私自送书给蒋介石，拒收这笔款项，表现出一位学人的操守，亦即他所坚持的"本心"所要求的"净习"。后来，架不住徐复观反复地劝说，熊十力勉强收下了，但马上将赠款转给了支那内学院，如此之钱毫不沾手，可谓称之为"净"。

我们也就明白了，1956年，熊十力的《原儒》一书出版，得稿费6 000元人民币。这在当时不是一笔小数目，他拿一级教授最高的工资，每月也只有345元。6 000元，相当于他一年半的工资总额，在北京可以买一套相当不错的四合院了。但他觉得当时国家经济困难，他不要这笔稿费。后来，也是人们反复劝说，他坚决表示只拿一半3 000元，不能再退让一步。

对于大多世人追逐的名与利，熊十力有自己的见解和操守。他曾经说过这样一段有意思的话："所谓功名富贵者，世人以之为乐也。世人之乐，志学者不以为乐也。不以为乐，则其不得之也，固不以之为苦也。且世人之所谓乐，则心有所逐而生者也。既有所逐，则苦必随之。乐利者逐于利，则疲精敝神于营谋之中，而患得患失之心生，虽得利而无片刻之安矣。乐名者逐于名，则徘徊周旋于人心风会迎合之中，而毁誉之情俱。虽得名，亦无自得之意矣。又且逐之物，必不能久，不能久，则失之而苦盖甚。"

这段话，熊十力好像是针对今天而特意说的一样。他说得多么的明白无误，名与利的追逐者，因为有了追逐（如今是名目繁多花样百出的追逐），苦便随之而来，因为那些都是熊十力所批判过的"习心"所致。志学者因为本来就没有想起追逐它们，不以为乐，便也不以为苦，而求得神清思澈，心地干净。万顷烟波鸥境界，九秋风露鹤精神，落得个手干净，心清爽，精神宁静致远。

只是如今就像崔健的歌里唱的那样："不是我不明白，是这世界变化快。"熊十力所能做到的"神思弗乱"，已经让位于他所说的"逐"而纷乱如麻。这个"逐"，不仅属于他所说的世人，也属于不少志学者情不自禁的自选动作。不仅止于名与利，还要再加上权与色，如巴甫洛夫的一条高智商的犬，早知道以那条直线抄捷径去追逐它所需要的东西。可怜的熊十力的"本心说"，在他的"习心说"面前，已经落败得丢盔卸甲。

想起熊十力这些言说，便想起放翁曾经写过的诗句："气节陵夷谁独立，文章衰坏正横流。"在这里，放翁说的文章并不只是说的文字而已，而是世风，说知识分子的心思，也就是熊十力所说的

"习心"。有了这样"习心"的侵蚀,气节和操守方才显得那样的艰难和可贵。可以说,熊十力是这样在气节陵夷时候特立独行而远逝的一位哲人。

岁月陶然

日子实在是有些不抗混。20世纪80年代,文学界最为活跃,现在想想,活跃得有点儿像打了鸡血,却也比现在单纯而值得怀念。算一算,三十来年过去了,那时候结识的朋友,现在还有来往的,所剩无几。陶然是硕果仅存的几个朋友之一。起码,对于我是这样,便越发珍重。

陶然重情重义。不管浮世、人事或人情如何跌宕,他始终如一,注重友情,比爱情更甚,真的世上少有。平日里,他在香港,我在北京,联系并不多,友情和爱情的不同,便在于不见得非要天天死缠在一起,依然顽强地存在。友情如风,即使看不见,却始终在你的身边吹拂,而不是风向标,随时变幻着方向,寻找着出路和归路。

我和他相识在80年代末,那时,他在香港办《中国旅游》杂志,后来,又主编《香港文学》。但是,他没有架子,我们之间没有那么多酒肉关系的吃喝玩乐,他的身份始终只有一个,便是朋友。

每一次,他到北京,无论是开会,还是到他的母校北京师范大学,他总会约我见上一面,或清茶朗月,或白雪红炉,畅谈一番。

那一年,我们相约在王府井见面,不过是在路南口的麦当劳随便吃了点东西,然后,我们边走边聊,顺便送他回住地。他住在通县靠近城东的一家宾馆,我们就沿着长安街向东,一直走到那里。那时,京通快速路还没有修通,路上没有那么多的车水马龙,或者有,但我们只顾着聊天,没有听见市声的喧嚣。去年年底,他来北京参加作代会,看到花名册上有我的名字,给我打电话,想约上一见,可惜那时我正在呼和浩特姐姐的家中。电话中,他语气中颇多遗憾,却兄长一样关心叮咛,让我感受到塞外冬天难得的温暖。

前不久,他寄来他厚厚近五百页的新书《旺角岁月》(香港文学出版社 2017 年 4 月版),是他近年散文创作浩浩的集合。见不到他的日子,读他的作品,如同晤面。因融有感情,读起来格外亲切亲近,就像听他娓娓而谈。在这本新书中,他写人、写事、写景,一如过去的风格。有人风格多变,有人风格以不变应万变,陶然属于后者,为文、为人,互为镜像,高度统一。白居易有诗:"万物秋霜能坏色。"陶然难能可贵,是不随秋霜而变色,保持始终如一的眼观浮世,笔持太和的风格,静水流深,水滴石穿。

在这本新书中,他写香港,写大陆和台湾,也写很多世界的其他地方。在陶然的散文创作里,有着明显的地理概念,这是我们古人知行合一,神与物游的古典传统。凡是有他足迹踏过的地方,他一般都会留下文字,这些文字,不是一般的到此一游的旅游笔记,而是记录他的心情如鲜花盛开,甩满身前身后幽深交叉的小径。

我最喜欢他写香港的篇章,自从他 1973 年从北京到香港,已经有四十余年了,自然对那里更富有感情,尽管他的文字清淡如水，却是一潭深水，而不是轻易便冒着泡沫溢出瓶口的汽水。他写第一次到香港下火车的尖沙咀火车总站，如今变为了红磡，只有钟楼尚在。他写第一次在香港看电影的国都戏院，如今已随两百余家戏院一起被关掉，代之而起的是商业楼盘。他写英皇大道旁的小山丘，如今早已经被炸掉，百惠苑以及金城银行、麦当劳和地产公司耸然而立。他写街角店铺并非公共却供人方便使用的电话，如今已经消失于网络新时代……他不动声色却又细致入微地道出了在世风民情变化的同时香港的发展变化，他将地理的变化演绎融入了历史的沧桑感。

他也写香港的茶餐厅、咖啡馆、老街巷、街头艺人，写旺角响着音乐声的雪糕车、湾仔长在石墙缝隙间神奇的石墙树、大角咀的排长队的"车品品小食店"、油麻地平民的庙街……在这些篇章中，弥漫着浓重的怀旧色彩。但他以极其克制的笔调，写得那样的云淡风轻，大味必淡。看似平易至极的文字，却是精心打磨的。他注意炼字炼意，在这本书的前言中，他说过一句有意思的话："一句足以传世的句子，就像梦露裙摆吹拂，一个镜头变成永恒。"这是他的追求。看他写大角咀夜市琳琅满目的小吃后，只是一笔便戛然而止："我们刚晚饭，无意宵夜，便慢慢踱回去，春夜正在倾斜。"余味袅袅，写得真的是好。

他写他曾经住过四十余年的鲗鱼涌，写得那么富于怀旧的感情。文章开门见山，四十年前投奔姐姐，第一次到鲗鱼涌，而今旧地重游，他写道："有轨电车叮叮当当从街当中穿过，这响声一直响着，见证了岁月渐渐老去。"结尾又写到有轨电车："那叮叮当当了超过百年的有轨电车依然，车身尽管不断变幻，广告也五花八门,但电车依旧从东到西,再从西到东,不紧不慢,贯穿香港岛,静静笑看风云。"他总是能找到寄托自己情感的东西,这一次,他找到了老有轨电车,他便将自己哪怕在心中再翻江倒海的情感,也化为涓涓细流,不紧不慢,静静地流淌。可以说,这就是他一贯的风格。

　　我说他是一个重情重义的人,无论对人对事对景,对再琐碎的事物,都是如此。这样性情的人,怀旧之情,便常会如风吹落花,飘时犹自舞,扫后更闻香。拥有一支这样静穆情深之笔的人,是幸福的。在这样的笔下,岁月陶然,心亦陶然。

亲爱的老鲁

　　鲁秀珍已经去世好长时间了。退休之后，和外界联系很少，消息闭塞，前不久我才知道她过世了。记得她退休几年之后的有一年春节前夕，她给我写来一封信，信中寄来她手绘的贺年卡。她画得不错，退休之后，她喜欢上了丹青，以后，几乎每年的春节前夕，我都会收到她寄来的手绘贺卡。

　　看到第一封信的信封，是从上海一个叫做万航渡路的地方寄来的。当时，我还有些奇怪，她家一直在哈尔滨，怎么跑到上海去了？看信才知道，退休之后有几年，她一直忙乎搬家，最后，终于卖掉了哈尔滨的房子，住到她先生家乡上海万航渡路的新房子里。

　　我给她回了信，附了一首打油诗：人生草木秋，转眼白谁头。今日万航渡，当年一叶舟。烟花三水路，风雪七星洲。犹自思老鲁，黄浦江旧流。

　　诗中说了一件我和她都难以忘记的往事。那是 1971 的冬天，我在北大荒，在大兴岛上一个生产队里喂猪，在猪号寂寞的夜里无事干，写了一篇散文《照相》，发表在我们的《兵团战士报》上，怎么那么巧，被她看到。当时，她正参与筹备《黑龙江文艺》（即原《北方文学》）的复刊工作，觉得我的这篇散文写得不错，但需要好好打磨，便独自一人跑到北大荒找我。

她正好比我大一轮，那一年，我 24 岁，她 36 岁。怎么那么巧，都是我们的本命年。

虽都在黑龙江，但从哈尔滨到北大荒我所在的三江平原上的大兴岛，路途不近。那时，交通不便，我回家探亲时，要先坐汽车过七星河，到富锦县城，从县城可以在福利屯坐火车到佳木斯，也可以坐长途汽车到佳木斯，然后再搭乘火车到哈尔滨，最快也需要一天半的时间。我不知道她是怎么找到我所在的那个偏远的猪号的。因为我没有见到她，当时，我正休探亲假回到北京。不过，我可以想象，那个正满天飞雪刮着大烟泡的冬天，她一个人跑到那里是不容易的。我的诗里说"当年一叶舟"，肯定是没有的了，冰封的七星河上，她孤独的身影，在我的记忆里，永远是一幅画。有哪一个编辑，为一个普通作者，一篇仅有两千多字的小稿子，会跑那么远的路吗？幸运的我，遇到了。

她给我留下一封信，按照她很具体的修改意见，我将稿子改了一遍，寄给了她。第二年的春天，我的这篇《照相》刊发在复刊的《黑龙江文艺》第一期上。这是我发表在正式刊物上的处女作。

她写信给我，希望我能够继续写，写好了新东西再寄给她。我想，要好好写，不辜负她。过了一年，1973 年的夏天，我写了一组《抚远短简》，一共八则，觉得还算拿得出手，四百字的稿纸，满满抄了三十六页，厚厚一叠，寄给了她。谁知一直没有收到她的回信。猜想，大概是我写得不好，没有入她的法眼。

　　这一年的秋末，父亲突然脑溢血去世，家中仅剩老母一人，我从北大荒赶回北京奔丧之后，没有回北大荒，等待着办困退回京。这一年的年底，她给我写来了一封挂号信，信中寄回我的那一组厚厚的稿子《抚远短简》。可惜，这封信转到我的手里的时候，已经是第二年1974年的开春。

　　我没有保存旧物的习惯，这封信和这篇稿，能保存下来，是因为我想按照信中所提的意见和要求，改好稿子，便没有丢。幸亏有她的这封挂号，将她的这封信和我的这一组稿子，保留至今。这是我仅存的她写给我的一封信，也是我自己在北大荒写的稿子中仅存的一篇。我用的是圆珠笔，她用的钢笔，居然一点颜色没有减退，四十三年过去了，依然清晰如昨，这真的是岁月的神奇。

　　我很想把她的这封信抄录下来。尽管信中有那个时代抹不去的旧痕，但也看得出那个时代编辑的真诚与认真，对一个普通的业余作者的关心和平等与期待。雪泥鸿爪，笺痕笔迹，至今看来，还会让我眼热心动，相信也会让今天的人心生感慨——

　　肖复兴同志：

　　　　您好！实在对不起，您的稿拖了这么久，一方面是忙于定稿，组稿，办学习班，未抓紧；另一原因，感觉此稿有些分量，要小说组传阅一下，结果就拖了下来。特向您致以深深的歉意！

　　　　您的《照相》在我刊发表后，引起较好的反应，认为您在创作上不落旧套，敢于创新，无论在内容上还是表现手法，都力求有自己的特点，这点很可贵，希望发扬光大。创作本不是"仿作"嘛！

《抚远短简》也有这个特点，是有所感而发，在手法上也有新颖之处：比较细致，含蓄，形象。

我们初步看法，提供你修改时参考：

《路和树》，在思想上怎么区别当年十万官兵开垦北大荒？你们毕竟是在他们踏荒的基础上迈步的，但又要有知识青年的特点。这个特点显得不足。路——是否应含有与工农相结合的路之意，现在太"实"了。

《水晶官场院》，如何点出人们不畏高寒，并让高寒为人民（打场）服务的豪情？没有从中再在思想力量上——给人思想启发的东西，如何加以发挥？

《珍贵的纪念品》，要点是衣服为什么今天穿？如写他今天参加入党仪式时候穿，好不好？——以这身衣服，联接起知识青年的过去和展示入党以后如何以此作为新的起点？……现在感到无所指，就显得有些造作了。

我们初步选了这三则"短简"，望您能把它改好，如有可能，最好在一月底、二月初寄来，以便我们安排全年的发稿内容。

其他五则：

《第一面红旗》，寓意不十分清楚，谁打第一面红旗？写人不够。《普通的草房》，较一般，语言较旧。《战友》，亦然。《荒原上的婚礼》，场面多，思想少。《家乡的海洋》，较长。

这些就不用了。

最后，再嘱咐一点：修改时，要力求调子铿锵，时代感鲜明，现在，此文有时显得小巧，柔弱了些。

其次，要在每文和全文的思想深度上，多下功夫，通过形象来阐述一个什么哲理。现在，感到叙述抒情多了一些，思想力量不够。

祝作品更上一层楼！

这封信的最后只有"1973 年 12 月 23 日"的日期，没有署上鲁秀珍自己的名字，而是盖了一个"黑龙江文艺编辑部"的大红印章，也算是富有那个时代的特色吧。

遗憾的是，我很想重新修改这篇《抚远短简》，但是，在北京待业在家，焦急等待调动回京的手续办理，一时心乱如麻，已经安静不下来修改稿子了。

我和她再续前缘，是八年后的事情了。1982 年的夏天，我从中央戏剧学院毕业，和梁晓声等人一起组织了一个北大荒知青回访团，第一站到的哈尔滨。《黑龙江文艺》已经更名为《北方文学》接待的我们。我第一次见到了鲁秀珍，我应该叫她大姐的，因为她和我姐姐年龄一样大，但是，习惯了，总是叫她老鲁，一样的亲切。尽管是第一次见面，却没有陌生感，一眼认出彼此，好像早已相识。

那一天中午，《北方文学》接风，长如流水的交谈伴着不断线的酒，热闹到了黄昏。本来我就酒量有限，那天，我是喝多了，头重脚轻，走路跟踩了棉花一样，摇摇晃晃。散席归来时，她始终搀扶着我，尤其是过马路时，车来车往，天又忽然下起雨来，夕阳未落，是难得的太阳雨，很是好看，但路面很滑。她紧紧地抓住我，生怕有什么闪失。那一天哈尔滨细雨街头的情景，让我难忘，只要一想起哈尔滨，总会想起那一天黄昏时分的太阳雨，和紧紧抓住我胳膊的老鲁。

事后，她对我说："你喝得太多了，你的同学还等着你呢，我得把你安全地交到人家的手上啊！"

那天，我的同学，也就是我在《照相》里写的主人公，从下午一直坐在《北方文学》编辑部老鲁的办公桌前等着我，等着我到她家去吃晚饭。老鲁把我交到她的手上，仍然不放心，又紧紧地抓住我的胳膊，把我们两人送到公共汽车站。

人生在世，会遇到不少人，从开始的素不相识，到后来的相识，以至相知。相识的人会很多，但相知的人却很少。相知的人，彼此相隔再远，联系再少，也常会想起，这就是人的记忆的特殊性。因为在记忆中，独木不成林，必须有另一个人存在，才会让遥远过去中所有的情景在瞬间复活，变为了鲜活的回忆。对于老鲁的回忆，我总会有两种语言，或者两种画面：一种是雪（四十六年前北大荒的雪），一种是雨（三十五年前哈尔滨的太阳雨）；一种是画（退休后手绘的贺卡），一种是笔（四十三年前的信）；一种是我，一种是你，亲爱的老鲁！

送给诗人的礼物

　　端午节那天,我在郑州火车站。候车大厅里人非常多,好不容易找到一个座位,坐下等车回北京。离开车时间还早,正好书包里有苏金伞的小女儿刚刚送我的一本《苏金伞诗文集》。书很厚,苏金伞先生一辈子的作品,都集中在这里了。

　　苏金伞是河南最负盛名的老诗人,他的诗,我一直都喜欢看。最早读他的诗,已经忘记是在什么时候了,记得题目叫做《汗褂》,这个叫法,在我的老家也有。我母亲从老家来北京很多年,一直改不掉这种叫法,总会对我说:"赶紧的,把那个汗褂换上!"所以,一看题目就觉得亲切,便忘不了。忘不了的,还有那像洗得掉了颜色的汗褂一样朴素至极的诗句:"汗褂烂了,改给孩子穿;又烂了,改作尿布。最后撕成铺衬,垫在脚下,一直踏得不成一条线……"

　　赶紧在书中先找到这首诗,像找到了多年未见的那件汗褂。跳跃在纸页间的那一行行诗句,映射着苏先生熟悉的身影,映照着逝去的岁月,才忽然想到,今年,苏金伞先生去世整整二十年了,日子过得这样的快!心里一下子有些莫名的感喟,不知是为什么,为苏先生? 为诗? 还是为自己?

苏金伞先生是 1997 年去世的。在一个不是诗的时代,真正的诗人是寂寞的。苏金伞先生的去世是很寂寞的,只是在当地的报纸上和北京、上海几家有关文学的报刊上发了个简短的消息。记得那时当地的领导忙于开别的会议,没有参加他的追悼会,有文人愤愤不平,给当地的领导写了一封信,直言不讳地批评他们,讲到艾青逝世时国家领导人还送了花圈,苏金伞是和艾青齐名的老诗人呀,他不仅是河南人民的骄傲,也是中国诗坛的一株枝繁叶茂的老树。

这些话是没有错的。作为中国新诗的奠基者,他在中国文学史上的地位应该是和艾青齐名的。从 20 年代就开始写诗,一直写到 90 岁的高龄,仍然没有放下他的笔。一直到现在,我依然清晰地记得,在他逝世前一年年底的第 12 期《人民文学》上,他还发表了《四月诗稿》,那是他写的最后的诗了。

我在书中又找到《四月诗稿》,这是一组诗,一共五首,第一首《黄和平》,写的是一种叫作黄和平的月季:"花瓣像黄莺的羽毛一样黄,似鼓动着翅膀跃跃欲飞,我仿佛听见了黄莺的啼叫声,使我想起少年时,我坐在屋里读唐诗,黄莺在屋外高声啼叫,它的叫声压住了我的读书声。现在黄莺仍站在窗台上歌唱着,可我不是在读诗,而是在写着诗,月季花肯定是不败落的了。"很难想象这样美好的诗句是出自 90 岁老人之手,轻盈而年轻,如黄莺一样在枝头、在花间、在诗人的心头跳跃。"月季花肯定是不败落的",说得多好。有诗,月季花就肯定不会败落。这是只有诗人的眼前才会浮现的情景。

　　1997 年 7 月 1 日,香港回归。苏金伞先生没有等到那一天的到来,临终之际他用含混不清的声音对他的大女儿说,他要写一首香港回归的诗,他都已经想好了……他就是这样的一个诗人,是真正意义上将诗、生命和时代融为一体的诗人。他曾经有一首诗的名字叫作《我的诗跟爆竹一样响着》,实际上,在他一辈子漫长的岁月里,他的诗都是这样跟爆竹一样响着。可以这样说,在目前中国所有的诗人中,除了汪静之等仅有的几位写了那样漫长岁月的诗,恐怕就要数他了;而坚持到 91 岁的高龄将诗写到生命的最后时刻的诗人,恐怕只有他了。苏金伞是我们全国诗坛和文化的财富。这话一点儿不为过。

　　在一个不是诗的时代,诗集却泛滥,这在当今中国诗坛实在是一个颇为滑稽的现象。只要有钱,似乎谁都可以出版诗集,而且能出版精装本,诗集可以成为某些老板手臂上挽着的"小蜜",或官员晚礼服上点缀的花朵。苏金伞没有这份福气。虽然,在 20 年代,他就写过《拟拟曲》,30 年代就写过为抗战呐喊的《我们不能逃走》,40 年代又写过《无弦琴》等一系列脍炙人口的诗篇,曾获得朱自清、叶圣陶、闻一多等人的好评。在现当代中国诗歌史上,谁也不敢小觑而轻易地将他迈过。

　　我在书中翻到了这几首诗重读。《我们不能逃走》里的诗句:"我们不能逃走,不能离开我们的乡村。门前的槐树有祖父的指纹,那是他亲手栽种的……",还是让我感动,好诗是从心底流淌出来的,没有落上时间的尘埃。但是,只因为这首诗当年发表在胡风主编的《七月》杂志上,苏金伞就被打成右派,落难发配到大别山深处。

　　我又找到我特别喜欢读的他的那首诗《雪和夜一般深》。那是刚刚粉碎"四人帮"之后不久的80年代初的作品,我是在《人民文学》杂志上读到的。记忆中的诗句,和记忆中的人一样深刻。"雪,跟夜一般深,跟夜一般寂静。雪,埋住了通往红薯窖的脚印。埋住了窗台上扑簌着的小风。雪落在院子里带荚的棉柴上。落在干了叶子的苞谷秆上,发出屑碎的似有似无的声音,只有在梦里才能听清……"读这样的诗,总能让我的心有所动。我曾想,在经历了命运的拨弄和时代的动荡之后,他没有像有的诗人那样愤怒亢奋、慷慨激昂、指点江山,而是在饱尝"一肩行李尘中老,半世琵琶马上弹"的沧桑之后,归于跟夜一样深跟雪一样静的心境之中,这不是每一位诗人都能够做到的。这样质朴的诗句就如他的为人一样,他的老友、诗人牛汉先生在他的诗文集总序中说:"我读金伞一生的创作,最欣赏他30年代和80年代的诗,还有他晚年的'近作'。它们真正显示和到达了经一生的沉淀而完成的人格塑造。这里说的沉淀,正是真正的超越和升华。"这是诗的也是人生的超越和升华。不是每一个诗人都有这份幸运。

　　但是,有了这份幸运又能如何呢? 徒有好诗是无用的! 如他一样的声望和资历,在有的人手里可以成为身价的筹码,进阶的梯子,在他那里却成了无用的别名。他一辈子只出版过6本诗集,1983年在人民文学出版社出版《苏金伞诗选》;1993年在百花出版社出版《苏金伞新作选》,到1997年去世,再无法出版新书。原因很简单,经济和诗展开肉搏战,诗只能落荒而逃。出书可以,要拿钱来。河南一家出版社狮子大开口要17万元,北京一家出版社带有恻隐之心便宜多了,但也要6万元。应该说,苏金伞也算一位大诗人，出版一本诗集，竟如此漫天要价，在我看来简直有些敲诈的味道。幸亏河南省委宣传部拨款5万元，一家出版社方才答应出书。作为一个以笔墨为生的诗人，在晚年希望看到自己的最后一部诗集，该是一种什么样的心境。我禁不住想起他在以前写过的一首诗中说过的话："眼看着苹果一个个长大，就像诗句在心里怦怦跳动；现在苹果该收摘了，她多想出一本诗集，在歌咏会上朗诵。"可惜，在他临终之际，他也未能看到他渴望的新诗集。苹果熟了，苹果烂了，他的诗集还未能出版。我可以想象得到，诗人在临终之际是寂寞的。

其实，我和苏金伞先生只有一面之交。那是1985年5月，我到郑州参加一个会议，他作为河南省文联和作协的领导来看望我们，听说我出生在信阳，离他落难的大别山距离不远，相见甚欢，邀请我到他家做客。临别那天，天下起雨来，他特地来送我，还带来他刚刚写好的一幅字。他的书法很有名，笔力遒劲古朴，写的是他刚刚完成的一首五绝："远望白帝城，缥缈在云天；踌躇不敢上，勇壮愧萧乾。"他告诉我，前不久和萧乾等人一起游三峡，过白帝城，萧乾上去了，他没敢爬。萧乾比我还小四岁呢。他指着诗自嘲地对我说。那一天的晚上，他打着伞，顶着雨，穿着雨鞋，踩着雨，一直把我送到开往火车站的一辆面包车上。那情景，怎么也忘不了。那一年，他已经是79岁的高龄了。

后来，我再也没有见过苏金伞先生，但是，我们一直通信，一直到他去世。我们可以说是忘年交，他比我年长41岁，是我的长辈，但一点架子也没有，一直关心我，鼓励我。他属马，记得那一年，他84岁，本命年，我做了一幅剪纸的马，寄给了他，祝他生日快乐。他给我回信，说非常喜欢这张剪纸的马，他要为这张马写一首诗。

　　想起这些往事，我的眼睛有些湿润，书页上的字也有些模糊，仿佛一切近在眼前，一切又遥不可及，一片云烟迷离。竟没有发现一个十来岁的小姑娘，已经站在我的身旁一会儿了。她看我从书中抬起头来望着她，递给我一张硬纸牌，上面写着"为残疾孩子捐赠"几个大字。我很奇怪，候车大厅里的人非常多，她怎么一下子选中了我？我问她，她是个聋哑的孩子，但是从我的连比带划中明白了我的意思。她笑着指指我手中的《苏金伞诗文集》，那意思是看苏金伞的诗的人，应该有爱心。我也笑了，掏出了100元交给了她。她把钱装进书包里，顺便从书包里掏出一根鲜艳的线绳。我知道，这是用黑白黄红绿五种颜色的细线编成的，所谓五色，对应的是五毒。这五色线，可以系在手腕上，专门在端午节驱赶五毒，祈福平安的。她帮我把这端午节的五色线系在我的手脖子上。我觉得这是端午节缘由一本《苏金伞诗文集》而得来的礼物。端午节又是纪念诗人的节日，这应该是冥冥之中送给苏金伞先生的礼物吧。

想起了李冠军

如今,随着作家的泛滥和贬值,谁还记得中国曾经有一个名字叫李冠军的作家呢?

我一直觉得,散文是孩子阅读文学的最佳选择。我自己在少年时代最初阅读的正是散文。记得刚上初一不久,偶然之间,我买到一本中国少年儿童出版社出版的署名李冠军的散文集《迟归》。这本薄薄的小书,让我爱不释手,一连读了好几遍。书中的散文全部写的是校园生活,里面所写的学生和我的年龄差不多大,老师和我熟悉的人影叠印重合。

至今依然清晰地记得书中第一篇文章《迟归》的开头:"夜,林荫路睡了。"感觉是那样的美,格外迷人。一句普通的拟人句,在一个孩子的心里升腾起纯真的想象。

文章写的是一群下乡劳动的女学生回校已经是半夜时分,担心校门关上,无法回宿舍睡觉了。谁想刚走到校门前,校门开了,传达室的老大爷特意在等候她们呢,出门迎接她们时却说:"睡不着,出来看看月亮!"女孩子们谢过他后跑进校园,老大爷还站在那里,望着五月的夜空。文章最后一句写道:"这老人的心,当真喜欢这奶黄色的月亮?"

　　已经过去了五十多年,一切却都恍若目前。尽管现在看,这位老人说的这句话,有些做作和多余。但是,在当时,那个少年眼里的五月的夜晚,那个奶黄色的月亮,那个传达室的老大爷,弥漫起一种美好的意境,总会在我的心中浮动,让我感动。

　　读完这本书,我抄录了包括《迟归》在内的很多篇散文。那情景,仿佛就发生在昨天。抄录的文章,尽管钢笔纯蓝色的墨水痕迹已经变淡,却和记忆一起清晰地保存至今。

　　可以说,这本薄薄的散文集,让我迷上读书进而学习写作。从那以后,我读了很多散文,在初三的那一年,我读到韩少华的《第一课》《考试》《寻春篇》《就九月一日》,写的也都是校园的生活,也都是以优美的文笔,美好的心地,书写校园里我所熟悉的老师和同学。韩少华的这几篇文章,我也都抄录了下来。可以说,新中国成立以来,李冠军和韩少华是校园散文的开创者,因为迄今为止,还没有如他们两位一样以散文的形式认真而专注地书写现在进行时态的中学校园生活。而最早结集成书的,只有李冠军的《迟归》。

　　我长大开始写作以后,在20世纪80年代,结识了韩少华,曾经向他诉说了我的这一段阅读经历,表达了我对他和李冠军的敬重和感谢。他对我说,李冠军是我二中读书时的中学同学呀! 中学毕业以后,他到天津当中学老师,可惜,他过世得太早。

　　我这才知道,李冠军一直在天津当中学老师,难怪他的散文中写的校园那么充满生活的气息。以后,很多的时候,我常常会想起从未见过面的李冠军。他和韩少华一样的年纪,如果他还活着,今年 84 岁了。可是,如今,不要说在全国,就是在天津,会有多少人记得李冠军呢?记得他的那本薄薄的散文集《迟归》呢?文坛是个名利场,势利得很。

是的,文学的种类有很多,除散文,还有诗歌、小说、戏剧、评论等。但是,我还是要说,在一个孩子最初的阅读阶段,走出童年的童话阅读,最适合少年时代的,便是散文阅读。散文,尤其是写孩子的生活或和孩子的生活相关联的散文,因其内容亲近而亲切,更容易被孩子接受;因其篇章短小而精悍,更容易被孩子吸收。无论是对于培养孩子的阅读和写作的能力,还是培养孩子的审美和认知能力,或是提高孩子的智商和情商,尤其是情商,散文都具有其他文体起不到的独特的作用。散文是孩子成长路上最便当最适宜的伙伴,就像能够照见自己的一面镜子,能够量出自己长没长高的一种很有意思的参照物。

想起我的少年时代,如果没有最初和李冠军的邂逅,当然,我一样可以长大,但我的少年时代该会是缺少了多么难忘的一段经历和一种营养。我和他在散文中激荡起的浪花,是那样的湿润而明亮。那段经历,洋溢着只有孩子那种年龄才有的鲜活生动的气息。在这样的文字中,会让自己的情感变得细腻而柔韧,善感而美好,如花一样摇曳生姿,如水一样清澈见底。

从某种程度而言,一个人的成长史就是阅读史。可以这样说,童年属于童话,少年属于散文,青年属于诗和小说。那么,一个孩子独有而重要的少年时代的成长史,其实就是他或她的散文阅读史。

想起李冠军,心里总会充满感谢和感动。

悬解终期千岁后

　　熊十力是当代大儒。当年,他曾在梁启超主编的《庸言》杂志上发表文章,批判佛教思想。当时,梁漱溟两次自杀,屡表素食,舍身求法,一心佛门,笃信非常,岂容熊十力如此对佛教的亵渎?便发表长文《究元决疑论》,指名道姓痛斥熊十力愚昧无知,词语尖利,如火击石。战火挑起来了,学界一时大哗,熊梁两位,都是大家,各自拥有的学问和文字,都是各自手中的利器,不知会出现什么情况。

　　谁知,没有出现一些人们料想的战火。熊十力认真读完梁漱溟的文章之后,并没有动肝火,相反觉得梁漱溟骂的并非没有道理,开始认真钻研佛教,但道理究竟在何处,他一时尚未闹清。于是,他修书一封给梁漱溟,希望有机会得一晤面细谈请教。梁漱溟很快回信,欣然同意。两人这一年便在梁漱溟借居的广济寺会面,相谈甚欢,相见恨晚,一语相通,惺惺相惜。

　　从此,两人建立了长达半世纪之久的友谊,传为令人钦佩而羡慕的佳话。新中国成立之后,梁漱溟遭受批判,熊十力多次站出来为梁漱溟说话,显示出一介书生肝胆相照的勇气。而梁漱溟在熊十力最为落寞、在学术界毫无地位可言的晚年，不仅写出《读熊著各书书后》，并且摘录《熊著选粹》，极力张扬熊说，以示后学，显示出高山流水难能的知音相和之情和患难与共的友情。

马一浮是当代另一位大儒，熊十力和他的交往，也很有意思。马一浮是有名的清高之士，孤守西子湖畔，唯有和梅妻鹤子、朗月清风相伴，凡人不见。熊十力托熟人引见，依然不果。但是，学问的吸引让渴望相见之情愈发强烈，想不出更好的法子，熊十力便径自将自己的《新唯识论》寄给马一浮，希望以彼此相重的学问开路，从而叩开马一浮的西子之门。谁知，数十日过去，泥牛过海，依然是潮打空门寂寞回。

熊十力正值失望的时候，忽然自家屋门被叩响，告他有人来访，他推门一看，竟是马一浮。马一浮正是读完他的《新唯识论》后，对他刮目相看，同梁漱溟一样，和他相见恨晚，相谈甚欢。彼此对于学问的共同追求，是搭建在相互心之间最后的桥梁，再遥远的距离，也就缩短了。从此，两人结下莫逆之交，后来，《新唯识论》一书便是马一浮题签作序出版的。

但是，再好的朋友也是两人相处，决非一人是另一人的影子，更何况都是各持一方学问的大家，性情中人，自尊和自傲之间，矛盾和摩擦总在所难免。

抗战时期，马一浮在四川乐山乌龙寺办复性书院，请熊十力主讲宋明理学，熊十力作了开讲词并备好讲义，没想到和马一浮在一些问题上发生了分歧。学问家各自的学问，都是视之为生命的，楚河汉界，各不相让。争论之下，各执一词，坚持己见，谁也说服不了谁，居然闹得不可开交，一时竟无法共事，不欢而散。这是谁也没有料想到的结局，谁也不想看到的局面，同时，又是无法避免的局面。

可贵的是事后，两人没有意气用事，而是都冷静下来，和好如初。不同的见解，乃至激烈的争论，对于上一代的学问家，不会影响彼此的友情，相反是友情能够保鲜和恒久的另一种营养剂。

1953年，熊十力70岁生日时，马一浮特写下一首七律诗，回顾了他们几十年的友谊："孤山萧寺忆清玄，云卧林栖各暮年。悬解终期千岁后，生朝长占一春先。天机自发高文在，权教还依世谛传。刹海花光应似旧，可能重泛圣湖船。"在这首诗中，马一浮还在说当年争论的事情呢，而且，不止是一次的争论，一直都没有和解，一直都在各自心里坚持，和解是要"悬解终期千岁后"。但是，这样的争论没有影响他们之间的友情，这首诗中传达出马一浮对熊十力的友情，让熊十力非常感动。熊十力很珍视马一浮的这首诗，一直到晚年背诵得依然很熟。

名人之所以称为名人，在于他们各有各自的学问，也在于他们各有各自的性格。按研究这些大儒的学者的分析，就性格而言，熊十力和马一浮相比，一个"简狂"，一个"儒雅"；熊十力和梁漱溟相比，一个有似于《论语》中所说的"狂"，一个则如《论语》中所说的"狷"。学问的不同，没有门户之见；文人相轻，不仅重的只是自己的学问，相反却可以寻求"求己之学"，相互渗透的志趣。性格的不同，不是有你没我，而是可以获得"和而不同"，互补相容，相互裨益的效果。那学问里方如大海横竖相同，那性格里包容的胸怀，方才令人景仰。

　　如今,我们的学界和文坛,没有这样"悬解终期千岁后"的争论,只有甜蜜蜜的评论,我们便当然也就没有熊十力和梁漱溟、马一浮这样的大师。

怀念萧平

　　一直到今天,才知道萧平已经不在了,2014 年的 2 月就去世了。我真的惭愧自己消息的闭塞,竟然一点都不知道。想起今年年初到美国看孩子,在印第安纳大学的图书馆里,偶然间看到萧平的《三月雪》,颇有点儿他乡遇故知的感觉。谁会想到呢,他已经不在了。

　　翻检年初读《三月雪》时随手做的笔记,抄录书中的片段,那一天细雪飘洒的傍晚,从图书馆里把那本《三月雪》借来重读的情景,一下子恍若目前。这是一本只有一百多页的薄薄的小书,1979 年人民文学出版社的新版。虽是新版,封面和旧版却完全一样,浅蓝色的封底,衬托着一束清新淡雅的白色三月雪花瓣。书显得很新,和我当年在新华书店的书架上最初见到它时一模一样。只是里面多了两篇小说,感觉不过是多年不见的老朋友,个子长高或是腰围长胖了一点儿而已。

　　1964 年,我读高一,买过一本《三月雪》,是 1958 年作家出版社的初版本,里面只有六篇短篇小说,其中最有名也让我最难忘的,是《三月雪》和《玉姑山下的故事》。年初重读,忍不住先读这两篇。《三月雪》第一节开头写道:"日记本里夹着一枝干枯了的、洁白的花。他轻轻拿起那枝花,凝视着,在他的眼前又浮现出那棵迎着早春飘散着浓郁的香气的三月雪,蓊郁的松树,松林里的烈士墓,三月雪下牺牲的刘云⋯⋯"一下子,又带我进入小说所描写的战争年代;同时,也带我进入我自己的青春期。这段话,我曾经抄录在我的笔记本上,五十二年过去了,许多东西都丢了,那个笔记本还在,纯蓝色的墨水痕迹还清晰地在本上面跳跃。那时候,我十六岁多一点儿。

《三月雪》和《玉姑山下的故事》写的都是战争年代的故事。在20世纪50年代,与同时代同样书写战争的小说的写法不尽相同,萧平是把战争作为背景,把更多的笔墨放在了战争中的人性和人情之处。将战争的残酷和人性中的微妙有机地调和一起。浸透着战争的血痕,同时又散发着浓郁花香的三月雪,可以说是萧平小说显著的意象,或者象征。可谓一半是火,一半是花。

这两篇小说的主角,不是叱咤风云的大人物或小英雄,都是小姑娘,清纯可爱,和庞大而血腥的战争,仿佛有意做着过于鲜明的对比。《三月雪》中,区委书记周浩很喜爱那个聪明伶俐的十一二岁的小姑娘小娟,在离别前小娟孩子气地和周浩商量好,骗妈妈说要跟他一起走,走了几步,又跑回去告诉了妈妈真相,怕妈妈担心。那一段描写,现在读来还是那样的可亲可爱。

这应该是后来批判小说宣扬"人性论"和"战争残酷论"的重要说辞或证言;却也是当年最让我心动之处。《三月雪》中的小娟和妈妈在战争中相依为命又相互感染的感情,是写得最感人的地方。有了这样的铺垫,妈妈牺牲之后,小娟到三月雪下妈妈的墓前,才格外凄婉动人。"天上变幻着一片彩霞。一只布谷鸟高声叫着从晴空掠过。""墓上已生出一片绿草,墓前小娟亲手栽的幼松也泛出新绿,迎风轻轻摇摆着。"三月雪的花朵和彩霞和绿草和松树连成一片,成为我青春期一幅美丽的图画。

《玉姑山下的故事》中的小姑娘小凤,比小娟大几岁,应该和当初读小说时的我年龄相仿。小凤与小说中的"我"发生的故事,将青春期男女孩子之间情窦初开的朦胧感情,写得委婉有致。特别是放在战火硝烟的背景之中,这样的感情如鲜花一样开放,如春水一样流淌,却极易凋零和流逝,便显得格外揪心揪肺。这在当时描写战争的小说中,是难得一见的。其异于当时流行的铁板铜钹而别具一格的阴柔风格,是格外明显的。

四年未见的一对男女孩子,再次见面时,小凤"手扯着一枝梨花,用手一个瓣一个瓣地向下撕扯着"。当初读时就觉得萧平写小姑娘,总不忘用花来做映衬,上一次是用三月雪,这一次用梨花,足见他对小姑娘的怜爱,也足见他格外愿意以鲜花来对比炮火硝烟,而格外珍惜人性之花的开放。这篇小说最迷人之处是晚上的约会,"我"的渴盼,小凤没去后"我"到梨园找她时一路的心情和想象……那一番极其曲折又微妙难言的情感涟漪的泛起,写得一波三叠,质朴动人。重读的时候,还是让我感动。感动的原因,还在于第一次读它的那时候,我也正在悄悄地喜欢一个小姑娘。我曾经把这篇小说推荐给她看过。

小说结尾,小凤成了一名战士,骑着一匹红马从"我"身旁驰过,"我想叫住她,可是战马早已经驰过很远了。我呆呆地站在那里,望着那匹红马迎着西北风在山谷里奔驰着,最后消失在深深密林里。"那时候,我曾经特意给她读过这段话,是想讲小说收尾给人留下的那种怅然若失的味道。世事的沧桑,中间又隔着和战争一样残酷的"文化大革命",我想叫住她,可是那匹红马早已经驰过很远,消失在密林深处。

年初重读《玉姑山下的故事》,让我想起乔伊斯的短篇小说《阿拉比》,同样写一个小男孩对一个姑娘悄悄的爱。只不过因姑娘一次偶然提起,让小男孩连夜赶到了一个从未去过的叫做阿拉比的集市,阿拉比却已经打烊。同样的怅然若失的结尾,让我感叹尽管小说写法千种百样,一个是战争年代,一个是庸常日子,一个是消失的红马,一个是打烊的集市,人心深处的感情却是一样的,不分古今中外。萧平一点儿不比乔伊斯差。

今天知道了萧平去世的消息,心里有些不平静。年初读《三月雪》时,心里是安静的,是美好的,是充满想象的。因为那时一直都觉得萧平还活着,也因为想起五十多年前自己最初读萧平时的青春日子。同时,还想起了三十年前写长篇小说《早恋》和《青春梦幻曲》的时候,"小轩愁入丁香结,幽径春生豆蔻梢。"我的小说中对那些男女中学生在青春期朦胧情感的忧郁惆怅又美好纯真的描写,很多地方得益于萧平这篇《玉姑山下的故事》。当时写作时并未察觉,重读萧平的时候,潜意识里感到代际之间文学血液的流淌,是那样的脉络清晰,又那样的温馨。那时,觉得萧平即使离我很远,却也很近。

青春期的阅读,总是带给你难忘的心情和想象,它对你的影响是一生的。它给予我的温馨和美感,以及善感和敏感,是无可取代的。我应该庆幸在我的青春期能够和萧平相遇,感谢他曾经给予过我那一份至今没有逝去的美感、善感和敏感。

我和萧平有过一面之缘。是 20 世纪 80 年代之初,我和刘心武、梁晓声一起乘火车到蓬莱,路过烟台的时候,到萧平教书的学院里和他见过一面。但那一面实在有些匆匆,而且,那一次,主要是心武更想见他,主角是他们两人,因此主要是听他们两人交谈。可惜,我没有来得及对萧平表达我的一份感情。一别经年,没有想到,世事沧桑流年暗换之中,竟是唯一的也是最后的一面。

此刻,我想起了高一时候买的那本《三月雪》。1968 年的夏天,去北大荒插队前的那天晚上,我的从童年到青年一起长大并要好的那个小姑娘,来我家为我送行,我把这本书送给了她。如果这本书还在,陪伴我们已经有五十二年了,萧平陪伴我们也已经有五十二年了。真的,我很想对他说说这样的话。并不是所有的人,所有的书,所有的感情,都有这样久的生命。

萧平如果活着,今年整 90 岁。

想念王火

　　在成都，老作家中有百岁老人马识途在，一览众山小，其他的老作家显得都像小弟弟，很容易被遮蔽。其实，在成都还有一位老作家，今年91岁高龄，是王火先生。

　　王火再次出现在人们的视野，是他的新书《九十回眸——中国现当代史上那些人和事》的出版，恰逢今年反法西斯胜利70周年。当年，刚刚从复旦大学新闻系毕业的21岁的王火，凭着他年轻的一腔热血和良知，采写了关于南京大屠杀和审判日本战犯和汉奸的新闻报道。

　　1947年，他在上海大公报发表了《被侮辱与被损害的——记南京大屠杀中的三个幸存者》。这三个幸存者：一个是南京保卫战的担架队队长国军上尉梁廷芳，一个是十几岁的小孩子陈福宝，一个是被日本兵强奸并残酷毁容的姑娘李秀英。可以说，王火是第一位报道南京大屠杀的中国记者。

　　1947年，我刚出生。

　　1997年，我第一次见到王火。他已经73岁。但我一点看不出他有这样大的年纪。他身材瘦削，身着一身干练的西装，更显俊朗挺拔。一看就是一介书生，温文尔雅，曾经血雨腥风的岁月，似乎没有在他的身上留下一丝痕迹。那时，我们一起去欧洲访问，他是我们中国作家代表团的团长。他的三卷长篇小说《战争与人》刚刚获得茅盾文学奖，但是，看不出一丝春风得意的痕迹。他是一位极谦和平易的长者。

那一次，我们一起访问了捷克、塞尔维亚和黑山共和国，以及奥地利。我和他一直同居一室。他步履敏捷，谈吐优雅，颇具朝气。最有意思的是在塞尔维亚，常有诗歌朗诵会，最隆重的一次是在贝尔格莱德的共和广场，四围是成百上千的群众，来自二十五个国家的作家都要派一个人登台朗诵。我居然被王火赶鸭子上架。我根本不写诗，好在正读高二的儿子爱写诗，只好临时朗诵了儿子的一首小诗。下台后，他夸奖我朗诵得不错，我觉得只是鼓励，他比画着手势，又说："真的，刚才一位日本诗人夸你朗诵得韵律起伏呢。"

在捷克，我向他提出希望能够到音乐家德沃夏克的故居看看，但行程没有安排。他知道我喜欢音乐，便向捷克作协主席安东尼先生提出，希望满足我的这个愿望。年过七旬的安东尼先生亲自开车，带我们到布拉格外30公里的尼拉霍柴维斯村。那里是德沃夏克的故居，房前是伏尔塔瓦河，房后是绵延的波希米亚森林，是我见到的捷克最漂亮的地方。

在布拉格，王火先生向我们提议，一定要去看看丹娜，为她扫扫墓。那时候，我学识浅陋，不知道丹娜。他告诉我，和鲁迅有过交往并得到鲁迅赞扬过的普什科是捷克的第一代汉学家，丹娜是捷克第二代汉学家。她对中国非常有感情，编写了捷克第一部

《捷华大词典》，翻译过艾青等作家的作品。可惜，她在1976年遭遇车祸丧生。这二十多年以来，一直没有中国作家看望过她，我们是这二十多年来捷克的第一个作家代表团，应该去为她扫扫墓。那一天，布拉格秋雨霏霏，我们跟着他，倒了几次地铁，来到布拉格郊外很偏僻的奥尔格桑公墓，找到被茂密林木和荒草掩盖的丹娜的墓地。我看见雨滴顺着王火的脸庞和风衣滴落，还有他的泪滴。我发现他是极其重情重义的人，即便是对素不相识的丹娜，也饱含着真挚的情感。

　　印象最深的是在维也纳。到达时已是夜幕垂落，车子特意在百泉宫绕了一个弯，让我们看看那里美丽的夜景，然后驶向前面的一条小街。像北京一样堵车，车子不得不停了下来，我们只好隔着车窗看夜景。王火一眼看见车前一家商店闪亮的橱窗，情不自禁地叫道："我女儿也来过这里！"这让我有些吃惊，吃惊于平常一向矜持的他，竟然叫出了声；也吃惊于我们都是第一次来维也纳，他怎么就这么肯定这里一定是女儿来过的地方？他肯定地对我说："我女儿去年来过维也纳，就是在这个橱窗前照过一张照片，寄给了我！"我知道，他的小女儿在英国。橱窗里明亮的灯光，在他的眼镜镜片上辉映。那一刻，一个父亲对女儿无限的情思，毫不遮掩地宣泄在他的眸子里。

　　维也纳那一夜的情景，已经过去了十八年，依然恍若眼前。除了在北京开会，我见过王火（他还专门请我吃西餐），一直没有再见过他。这中间，我们偶尔通信，彼此问候，更多是他读到我写的一点东西之后对我的鼓励。

　　这期间，我听成都的朋友对我讲起，他跳下水为救一个孩子而使得自己的一只眼睛失明。这样舍己救人的事情,他从来没有对我透露过一丝一毫,他实在是一位心胸坦荡而干净的人。我想起张承志曾经写过的一篇文章,题目叫作《清洁的精神》。他应该就属于这样难得具有清洁精神的人吧。

这期间,对他打击最大的事情,是他的夫人凌起凤去世。他对我说过,他的夫人是民国元老凌铁庵之女,正宗的名门闺秀,他们的爱情在他的新书《九十回眸》中有专门的描述,可谓乱世传奇。当年,夫人在香港,为和他结婚佯装自杀,才能够回到内地,终成眷属,算得是蹈海而归。之后的日子,跟着他颠沛流离,对他支持很大,他称她是自己的"大后方"。在他的信中,在他的文章中,我都体味到他对相濡以沫的夫人的那一份深情。真的,做一个好作家,做一个好父亲,做一个好朋友,还有,做一个好丈夫,也许都不难,但能将四者兼而合一,都能像王火做得那样的好,并不容易。

去年年初,我曾经寄给他两本新出版的小书,其中一本《蓉城十八拍》是专门写成都的。当时我在成都时赶写这本书后马上去美国,行色匆匆,便没去看望他,心想下次吧。他接到书后给我写了一封信,责备我道:"惠赠的两本书里,出我意外的是《蓉城十八拍》。看来您是到过成都的,在 2012 年。您怎么没来看看我或打个电话给我呢?我可能无法陪您游玩,但聚一聚,谈一谈,总是高兴的。您说是不?"

在同一封信中,他这样说:"匆匆写上此信,表示一点想念。我身体不太好,但比起同龄人似乎还好一些。如今,看看书报,时日倒也好消磨,但人生这个历程,在我已经是快到达目的地不远了。"说实在的，无论隔空读他的信，还是和他直面接触，都没有感觉他的年纪会这样大。读他的信，信笺上字迹非常流畅潇洒；和他交谈，更觉得他思维敏捷而年轻；听他的声音，感觉非常爽朗而亲切。没有想到，他居然一下子91岁了！我忍不住想起暮年孙犁先生抄录暮年老杜诗中的一联："雕虫蒙记忆，烹鲤问沉绵。"文人老时的心情是相似的：记忆自己的文字，想念远方的老友。我的心里非常难受，更加愧疚去成都未能看望他。王火先生，请等着我，下次去成都看您。我从心底里祝您长寿，起码也要赶上您的老友马识途，超过百岁！

想起张纯如

那年,我在普林斯顿住了半年。常常会到普林斯顿大学的校园和小镇的老街上转。那时,我知道张纯如出生在普林斯顿,曾经寻找过她的住处。但是,只找到美国黑人歌手保罗·罗伯逊的出生旧地,却无从打听得到她家曾经住过的地方。我也曾经到普林斯顿大学附属医院去过,一般新生婴儿都会在那里降生,但是,宁静的医院里,只有我的脚步声,没有一点声音,也没有她的一点信息。其实,张纯如和她全家早就从普林斯顿搬走了。

2004 年,张纯如在她的小汽车里开枪自杀,让我分外震惊。那一年,是她的本命年,她才仅仅 36 岁。真的是太年轻了。

知道她,是从她的《南京暴行——被遗忘的大屠杀》那本书开始。那是 1997 年的年底。那一年的夏天,她曾经独自一人来到南京,采访南京大屠杀的幸存者,收集保存在南京的档案材料。后来,我才知道其实早在三年前,即 1994 年,她就开始辗转世界各地进行她的采访和收集材料的工作了。面对这样一段庞大又是啼泪带血的历史,全部都是由她这样一个年轻的弱女子承担,实在是够为难她的了。

　　她用三年的时间，马不停蹄地在世界很多地方采访收集材料，才完成的这部书，让我想起并感慨我们如今不少所谓的报告文学，倚马可待，速度惊人，洋洋洒洒，就可以如水发海带一样成书。同时，又有多少是在宾馆红地毯上的写作。我们的文学，尤其是报告文学，在权势、资本和时尚三驾马车的绑架下，大大减损了可信度和公信力。

　　造成如此差距的原因，当然不仅是写作的时间，更是写作的态度和价值的取向。她就是以这样的态度和取向，过于沉浸在她的写作和那段残酷的历史的交集之中。否则，她不会选择自杀。如果在这个世界上，真的有用自己的生命在写作的话，她应该算是为数不多的一个。

　　当我看到她的《南京暴行——被遗忘的大屠杀》翻译成中文出版的时候，除了因书中所揭示的史实感到震惊之外，还感到有些羞惭。南京大屠杀的历史，日本有人死不承认，或不敢面对。对于我们中国人而言，这是一段人所共知的历史。很多历史学人一直在研究并挖掘这段历史，以前也曾有过徐志耕的纪实作品《南京大屠杀》。但是，并没有更多的中国作家走进这段历史，像张纯如一样去以自己的生命追溯并书写这段历史，包括曾经写过报告文学的我自己在内。

　　后来，终于看到了严歌苓的小说和张艺谋的电影《金陵十三钗》。但毕竟是后来的事了。而且，在他们的作品中，能够看到张纯如书写南京大屠杀的历史的影子。

　　当一切事过境迁之后，战争的硝烟化为节日绚丽的焰火，流血成河的地方变成红花一片，历史的记忆很容易被抛却在遗忘的风中。如果没有对于那场战争血淋淋地揭示而引发我们的愤怒，和对自身怯懦、冷漠和无知的羞惭和自省，所谓的反思便是轻飘飘的，是不会痛及我们的骨髓的，而只会沦为一种庄严的仪式。特别是如今处理抗日战争题材的影视作品时，更多是将战争搞笑式的儿戏化或卡通式的漫画化，敢于面对历史的残酷并有着强烈在场感而让我们自身警醒的作品，无疑是难能可贵的。

张纯如的难能可贵，不仅在于她的勇气和良知，同时，在于她的写作并不仅仅是对于已有材料的占有和梳理，然后加一些感喟的罗列再现，而是有她自己的发现。这种发现，来自她在浩如烟海的材料中沙里淘金的艰苦工作。是她发现了《拉贝日记》和《魏特琳日记》，为南京大屠杀找到新的有力的证据。她的书，并不囿于文学窄小的一隅，而是让历史走进现实，让文字为历史作证，为心灵和良知作证。

如果没有张纯如的这本书，对于这个浩瀚和冷漠的世界，南京大屠杀可能还会只是一段尘封的历史，甚至是被淡忘的历史。有了张纯如的这本书，才有了后来美国的纪录片《南京》，而让这段历史再一次血淋淋而触目惊心地走到世界的面前。我一直以为，这样的一部纪录片，应该由我们来拍摄才是，才对。我们对于自己曾经经历过的伤痕累累血泪斑斑的痛史和恨史，却没有美国人的敏感和使命感。也许，我们不是不能够做到，而是没有想到去做。

在南京大屠杀的首个国家公祭日的前夕，我在央视看到了五集电视纪录片《一九三七南京记忆》的第一集，主要介绍的就是张纯如。当我看到那样漂亮、那样风华正茂又是那样正气凛然的张纯如的时候,禁不住老泪纵横。在纪录片中,我也看到了她的父母。她去世时的年龄,和我的孩子今天一般大,都是做父母的人,我可以理解他们失去女儿的心情。同样,我和他们一样,怀念这位可爱又可敬的女儿。

张纯如只出版过三本书。我想起我自己,出版的书的数量,远远超过了她。但有的时候,真的不是以数量论英雄。记得陈忠实曾经说过,一个作家一辈子要有一本压枕头的书。张纯如有这样的一本书。对比她,我很惭愧。

看完电视的那天晚上,我半夜都没有睡着,于是打开床头柜上的台灯,趴在床头,写了一首小诗,表达我对张纯如的敬意——

纯如清水美如霞,魂似婵娟梦似侠。

叶落是心伤日月,剑寒当笔走龙蛇。

袖中缩手荒三径,纸上刳肝独一家。

直面当年大屠杀,隔江谁唱后庭花?

甪直春行

一

1977 年的 5 月，叶圣陶先生有过一次难忘的故乡之行。在这一年 5 月 16 日的日记里，他这样写道："宝带桥、黄天荡、金鸡湖、吴淞江，旧时惯经之水程，仿佛记之。蟹簖渔舍，亦依然如昔。驶行不足三小时而抵甪直。"

那是一艘小汽轮，早晨八点从苏州出发。

今年的开春 4 月，我也是清早 8 点从苏州出发，也是沿旧路而行，不到一个小时就直抵甪直了。那一次先生是五十五年后重返故地，那里居然"依然如昔"，我感到很奇怪，也难以想象。如今，先生所说的"惯经之水程"没有了，"蟹簖渔舍"也没有了，代之而起的是宽敞的高速公路。宝带桥和黄天荡看不到了，金鸡湖还在，沿湖高楼林立，是和新加坡合作开发的新园区。江南水乡变得越来越国际大都市化，而在这个季节里本应该看到的大片大片平铺天际的油菜花，却被公路和楼舍切割成了一小块一小块，如同蜡染的娇小的方头巾了。

先生病危在床的时候,还惦记着这里,听说通汽车了,说等自己病好了要再回甪直看看呢。不知如果真的回来看到这样大的变化,会有何等感想。

这是我第一次到甪直。来苏州很多次了,往来于苏州、上海的次数也不少了,每次在高速路上看到甪直的路牌,心里都会悄悄一动,忍不住想起先生。我总是把那里当作先生的家乡,尽管先生在苏州和北京都有故居,但我总是先入为主地认为那里才是他的故居。先生是吴县人,甪直归吴县管辖,更何况年轻的时候,先生和夫人在甪直教过书,一直都是将甪直当作自己的家乡的。

照理说,先生长我两辈,位高德尊,离我遥远得很,但有时候却又觉得亲近得很,犹如街坊和蔼可亲的老爷爷。其实,只源于1963年,我读初三的时候写过一篇作文,参加了北京市少年儿童作文比赛而获奖,先生亲自为我的作文进行了逐字逐句的批改和点评。那一年的暑假,又特意请我到他家做客,给予很多的鼓励。我便和先生有了忘年之交,一直延续到"文革"之中,一直到先生的暮年。记得那时我在北大荒插队,每次回来,先生总要请我到他家吃一顿饭,还把我当成大人一样,请我喝一点儿他爱喝的黄酒。

先生去世之后,我写过一篇文章《那片绿绿的爬山虎》,记录初三那年暑假我第一次到先生家做客的情景。可以说,没有先生亲自批改的那篇作文,没有充满鼓励的那次谈话,也许,我不会成为一个以笔墨为生的人。少年时候的小船,有人为你轻轻一划,日后的路会有意想不到的变化。后来,这篇文章被收入小学语文课本。无疑,强化了这种变化的意义,感染了少年的心。

能够去甪直看看先生留在那里的踪迹,便成为我一直的心愿。阴差阳错，好饭不怕晚似的，竟然一推再推，推到了今日。密如蛛网的泽国水路，变成了通衢大道，角直变成了门票 50 元的旅游景点。

<h2 style="text-align:center">二</h2>

和周围同里、黎里这样的江南古镇相比，角直没有什么区别，可以说是大同小异。一条穿镇而过的小河，河上面拱形的石桥，两岸带廊檐的老屋……如果删除掉老屋前明晃晃的商家招牌和旗幌，以及不伦不类的假花装饰的秋千，也许，和原来的角直没有什么两样，甚至和 1917 年先生第一次到角直时的样子一样呢。

叶至善在他写的叶圣陶的传记《父亲长长的一生》中，提到先生最主要的小说《倪焕之》时，曾经写道："小说开头一章，小船在吴淞江上逆风晚航，却极像我父亲头一次到角直的情景。"尽管《倪焕之》不是叶圣陶的自传，但那里的人物有太多先生的影子，和角直的影子，小说里面所描写的保圣寺和老银杏树，更是实实在在角直的景物。

1917 年，先生 22 岁，年轻得如同小鸟向往新天地，更何况正是包括教育在内一切变革的时代动荡之交。先生接受了在角直教书的同学宾若和伯祥的邀请，来到了这里的第五高等小学里当老师。人生的结局会有不同的方式，但年轻时候的姿态甚至走路的样子，都是极其相似的。或许，可以说这是属于青春时的一种理想和激情吧。否则，很难理解，在"文革"中，先生的孙女小沫要去北大荒，母亲舍不得，最后出面做通她思想工作的是先生本人。先生说："年轻人就想过一种全新的生活，就让小沫自己去闯一闯，如果我年轻五十几，也会去报名呢。"或是，这就是当年先生用直青春版的一种昔日重现吧。

穿过窄窄的如同笔管一样的小巷，进入古色古香的保圣寺，忽然豁然开朗，保圣寺旁边是轩豁的园林，前面是唐代诗人陆龟蒙的墓和他的斗鸭池、清风亭，后面便是当年五高小学的地盘了，女子部的教室小楼、作为阅览室的四面亭和生生农场都还在。特别是先生曾经多次描写过的那三株参天的千年老银杏树，依然枝叶参天。有了这些旧物，就像有了岁月的证人证言一般，有了清晰的可触可摸的温度和厚度。

生生，即学生和先生的意思。生生农场原来是一片瓦砾堆和坟场，杂草丛生，是学生和先生共同把它建成了农场。当年这一行动，曾在甪直古镇引起轩然大波，这在先生的小说《倪焕之》中有过生动的描述。那时候，先生注重教学的改革，注重学生的实践活动。其实，农场很小，远不如鲁迅故居里的百草园，说是农场，不过是一小块田地，现在还种着各种农作物，像古镇里的隐士一般，只问耕耘不问收获似的，杂乱而随意地长着。

教室楼和四面亭的门都锁着，透过窗户可以看到教师楼里面的课桌课椅，当年先生的妻子胡墨林就在这里当教员，还兼着预备班的班主任；四面亭当年是学校的小小博物馆，展览着他们的展品，现在陈列有先生临终的面模，隔着窗玻璃可以看到。四面亭的前面，是后建的一排房，作为叶圣陶先生的纪念馆，陈列的实物不多，是一些图片文字的展板，介绍着先生的一生。里面空荡荡的，中间立有先生的一尊胸像，脖子上系着一条鲜艳的红领巾。

五高小学应该是当时中国教育改革的先驱学校了。在这个小小的学校里,先生和像他一样年轻的朋友一起,不仅建立了农场,还办了商店,盖了戏台,开了小型的博物馆,并亲自为孩子们编写课本,不用文言文,改用新的语体文教授……这一系列的变革,现在看来都很简单,但在近一个世纪以前的岁月里,却要付出心血和勇气,去和沉重的社会、几乎与世隔绝而呆滞的古镇做抗争。看到它,我想起了春晖中学,那是叶至善先生的岳父夏丏尊先生创办的学校,年头比五高要晚一些。五四时期,中国文人身体力行参与教育的变革实践,可以说是空前绝后了,和我们如今坐而论道、指手画脚、事不关己高高挂起的形象大相径庭。

先生在五高教书九个学期,一共四年半的时间。应该说,时间不算长。但这是青春期间的四年半,青春季节的时间长短概念和日后是不能用同样的数学公式来计算的。它在人的一生中的作用常常会被放大或延长。更何况,在这四年半中,发生了先生的父亲故去、五四运动爆发、文学研究会成立这样几桩大事。先生在甪直,却一样心事浩茫连天宇,让自己的青春,不仅仅属于偏远的古镇,也染上了异样的时代光影与色彩。五四爆发之后的第三天晚上,先生从上海的报纸上得知消息,于是他和朋友们在报刊上发表宣言,在学校前的小广场前举行了救国演讲,表示对遥远北京的支持和呼应。文学研究会成立之后,先生在甪直写下了小说《这也是一个人》,投寄北京,在《新潮》杂志上发表,获得了鲁迅先生的称赞。父亲去世的那一年里,先生遵循当地的习俗,蓄须留发,很长都不剪,表达对父亲的怀念。

事后先生曾经在文章里说过:"当了几年教师,只感到这一途的滋味是淡的,有时甚至是苦的;但到了甪直以后,乃恍然有悟,原来这里也有甜甜的味道。"在我看来,这其实就是青春的味道,更何况这样的青春中,融入了从家事到学校变革一直到时代的风云变幻,味道自然就更加异常。难怪以后无论走到哪里,先生都会说甪直是我的第二故乡,都会在履历表上填写自己是小学教师。

三

先生的墓地在四面亭和生生农场的一侧,墓道前有一座小亭,叫未厌厅,显然是后盖的,取自先生的一本文集的名字。墓前有几级矮矮的台阶,有一围矮矮的大理石栏杆,没有雕像,也没有墓志铭之类的文字说明。长长的墓碑如一面背景墙,上面只有赵朴初先生题写的"叶圣陶先生之墓"几个大字。

这里原来是五高的男生部楼,后来变成了校办厂。自 1977年 5 月那一次难忘的故乡之行后,先生再没有能够重返故乡。尽管那一次先生写下了这样的诗句:"斗鸭池看残迹在,眠牛迳忆并肩行;再见再见沸盈耳,无限殷勤送别情。"但是,先生无法再见到故乡,诉说这一番深情厚谊了。

先生弥留之际,口中断断续续吐露出的话,是生生农场、银杏树、保圣寺、斗鸭池、清风亭……他把自己埋在了青春之地,也把对故乡的一番深情厚谊,深深地埋在了这里。

我走到墓前向他鞠躬,看见一旁是甪直的叶圣陶小学送的花圈,清明节刚过不久,鲜花还很鲜艳。另一旁是老银杏树,正吐出新叶,绿绿的,明亮如眼,好像先生就站在旁边。那一年,先生重回到这里的时候,手里攥着一片从树上落下的银杏叶,久久舍不得放下。

冬夜重读史铁生

　　史铁生是去年年底离开我们的。今年这个时候，我的弟弟又离开了我。在这种时候，别的书都看不下去，唯有铁生的书常常忍不住地翻看。我是把他们都当作自己的兄弟，十指连心的疼痛，弥漫在纸页间。

　　在《我与地坛》的开篇中，铁生先是这样写了一段地坛的景物："四百多年里，它一面剥蚀了古殿檐头浮夸的琉璃，淡褪了门壁上炫耀的朱红，坍圮了一段段高墙又散落了玉砌雕栏，祭坛四周的老柏树愈见苍幽，到处的野草荒藤也都茂盛得自在坦荡。"然后，他紧接着说："这时候想必是我该来了。"

　　他来了。他去了，又来了。每一次读到这里，我都格外心动。总觉得像电影一样，在地坛颓败而静谧的空镜头之后，他摇着轮椅出场了。或者，恰如定音鼓回响在寂静的地坛古园里一样，将悠扬的回音荡漾在我的心里，注定了他与地坛命中契合难舍的关系。当代作家中，哪一位有如此一个和自己撕心裂肺打断了骨头连着筋的特定场景，从而使得一个普通的场景具有了文学和人生超拔的意义，而成了一个独特的意象？就像陆放翁的沈园，就像鲁迅的百草园,就像约翰·列侬的草莓园,就像梵高的阿尔。

我想起我的弟弟,17岁独自去了青海油田,在他临终前嘱咐家人一定要把他的骨灰带回柴达木。我庆幸,他和铁生一样都能魂归其所,而不像我们很多人神不守舍,魂无所依。

在史铁生的作品里,母亲是一个最动人和感人的形象。母亲49岁的时候过早地离开了人世后,在《我与地坛》中,有这样两段描写。

一段是——

摇着轮椅在园中慢慢走,又是雾罩的清晨,又是骄阳高照的白昼,我只想着一件事:母亲已经不在了。在老柏树旁停下,在草地上在颓墙边停下,又是处处虫鸣的午后,又是鸟儿归巢的傍晚,我心里只默念着一句话:可是母亲已经不在了。把椅背放倒,躺下,似睡非睡挨到日没,坐起来,心神恍惚,呆呆地直坐到古祭坛上落满黑暗然后再渐渐浮起月光,心里才有点儿明白:母亲已经不能再来这园中找我了。

一段是——

有一年,十月的风又翻动起安详的落叶,我在园中读书,听见两个散步的老人说:"没想到这园子有这么大。"我放下书,想,这么大一座园子,要在其中找到他的儿子,母亲走过了多少焦灼的路。多年来我头一次意识到,这园中不单是处处有过我的车辙，有过我车辙的地方也都有过母亲的脚印。

后一段，体现了铁生心地的敏感，从两个散步老人的一句简单而普通的话语里，涌出对母亲由衷的感恩和悔恨之情。敏感的前提，是善感。也就是说，是海绵才有可能吸附水分，水泥板花岗岩，哪怕是再华丽的水磨石方砖，也是无法吸附水分的，而只能让哪怕再晶莹剔透的水珠凭空流逝。缺乏这样善感的心地与真情，使得不少写作成为搭积木和变魔术的技术活儿，或者化装舞会上和摆满座签的领奖席上花红柳绿的热闹。

前一段，排比句式的景物中几次慨叹："可是母亲已经不在了。"都会让我心沉重。在这样重复的喟然长叹中，那些景物：老柏树、草地的颓墙、虫鸣的午后、鸟儿归巢的傍晚，以及古祭坛上的黑暗与月光，才一一都有了意义，这意义便是这一切附着母亲的身影。因此，可以说，地坛是史铁生的，也是母亲的，因有这样的一位母亲而让地坛具有伤感无奈却又坚韧伟大的别样情怀。

每次读到这里，我都会忍不住想起铁生在他的《记忆与印象》中的《一个人形空白》里的一段："我双腿瘫痪后悄悄地学写作，母亲知道了，跟我说，她年轻时的理想也是写作。这样说时，我见她脸上的笑……那样惭愧地张望四周，看窗上的夕阳，看院中的老海棠树。但老海棠树已经枯死，枝干上爬满豆蔓，开着单薄的豆花。"

如今，重读这一段，我想起铁生，也想起他的母亲，窗上的夕阳、枯死的老海棠树、老海棠树枝干上爬满的豆蔓、开着的单薄的豆花，便一下子都成了母亲那一刻百感交集又无法诉说的心情与感情的对应物,好像它们就是为了衬托母亲的心情与感情,故意立在院子里,帮助铁生点石成金。这是怎样的一位母亲呀,可以这样说,是母亲的悲惨命运和与生俱来的气质与情怀,造就了作家史铁生。我坚定地认为,没有母亲,便没有史铁生的地坛。

忍不住,也想起我的母亲。母亲走得太早,那一年,我5岁,而弟弟才2岁。穿着孝服,我牵着弟弟的手站在院子里,院子里没有海棠树,没有豆蔓和豆花,只有一株老槐树落满一地槐花如雪。

由生活具象而思考为带有哲理性的抽象,是铁生愿意做的,也是铁生作品的魅力,更是他和我们一般写作者的区别,如同真正的大海一步迈过了貌似精致却雕琢的蘑菇泳池。他让一己的命运扩大为更加轩豁的世界,而使得他的作品融有了思想的含量,不像我们的一样轻飘飘、甜腻腻,或皮相的花里胡哨。他爱说人间戏剧,而不是像我们那样自恋得只会舔自己的尾巴、弄自己的发型、扭自己的腰身。

在《想念地坛》这篇文章里,铁生想念地坛里的那些老柏树,他从它们"历无数春秋寒暑依旧镇定自若,不为流光掠影所迷"中,将其品质出人意料地抽象为"柔弱"。他进而说:"柔弱是爱者的独信。""柔弱,是信者仰慕神恩的心情,静聆神命的姿态。"他说:"倘若那老柏树无风自摇岂不可怕?要是野草长得比树还高,八成是发生了核泄漏——听说切尔诺贝利附近有这现象。"

由老柏树的"柔弱",他写到世风的喧嚣,他说:"惟柔弱是爱愿的识别,正如放弃是喧嚣的解剂。"之所以由"柔弱"写到"喧器"，还是要写地坛，因为地坛曾经可以是销蚀喧嚣回归宁静的一块宝地，一个解剂，"我说的是当年的地坛。"他特意补充道。

我不知道弟弟执着地梦回青海的柴达木，是否还是当年他17岁时的柴达木。我只知道他和铁生所说的"柔弱"一样，敏感而坚信唯有那里是"爱愿的识别"，是"喧嚣的解剂。"

在《想念地坛》最后，铁生写道："靠想念去迈过它，只要一迈过它便有清纯之气扑面而来。我已不在地坛，地坛在我。"这两句话，特别是最后一句"我已不在地坛，地坛在我。"如一支沉稳的铁锚，将地坛如一艘古船一样牢牢地停泊在新时期文学的岸边，也将思念深深地埋在我的心里。

君子一生总是诗

　　到美国一个多月,国内文坛的消息闭塞,一直到昨天才听说韩少华去世了。他走的那天是 4 月 7 日,恰是我乘飞机离开北京的日子,真的是莫名其妙的巧合,心里不觉暗惊,眼前浮现出少华那敦厚的身影,和他的夫人冯玉英大姐,还有他的女儿韩晓征。那是多么好的一家人。

　　少华年长我 14 岁,我却一直叫他少华,总觉得这样叫亲切。他没有架子,是那种纯正古典派的文人,对于我,他亦师、亦兄、亦友,我们是君子之交,清淡如水,却也清澈如水。

　　我和少华于 20 世纪 80 年代相识,但他的名字我早就熟悉。大约是 1962 年或者是 1963 年,我买了一本由周立波主编的那年的散文特写选,里面选有韩少华的散文《序曲》。和如今几乎泛滥的年选本大不一样,那时候编选认真,而且编选者写了认真读后的序言。周立波写下的长篇序言中,特别提到了《序曲》,给予了热情的赞扬和希望。我记住了韩少华这个名字,以后,他所有的散文,我都看过。

　　那时候,我读初三和高一。在描写校园生活的散文中,我喜欢两个人，一个是李冠军，一个便是韩少华。我买了李冠军的散文集《迟归》，也整篇整篇抄下了韩少华的《序曲》《花的随笔》《第一课》。每篇散文的题目，我都特意用红笔写成美术字。至今还清晰地记得，《序曲》里那个演出前对镜理妆、心情紧张的舞蹈少女，和那位为少女描眉的慈爱的老院长；记得序曲响起、大幕拉开，少女以轻盈的舞步迈进了芬芳的月色中的情景，有些如梦如幻。那时候，我迷上了散文，觉得他和当时一些散文名家的写作姿态不大一样，他似乎更重视散文的意境，更仔细经营散文的叙事而多于那时常见的抒情和结尾的升华。他几乎都是用富于诗意的笔触，细腻而温馨地书写生活和情感，心里猜想这样的一个人是什么样子的呢？

　　第一次见到他的时候，比我想象中的要高大和英俊。那时候，他已经稍稍发胖。如果在他写《序曲》的风华正茂的年代，应该更是仪态万千。他能唱单弦和大鼓书，我和他一起开过几次会，我从来没有听过一个作家的发言如他这样，水银泻地，一气呵成，仿佛是对着讲稿一字不错地朗读，不带一个多余的字，充满韵律和感情，还有内在的逻辑。这是他多年教师生涯的锤炼，也是他才华横溢的表征。我曾对他说你的发言不用修改就是一篇稿子。他笑笑摆手。我心想，如果站在舞台上，他就像濮存昕。在讲台上这样漂亮的讲述，只有我们汇文中学的特级数学老师阎述诗（歌曲《五月的鲜花》的作曲者，和少华一样的才华横溢），和他为并蒂莲。

　　忘记了什么时候，我曾经对他讲起我的中学这段学习经历。他认真地听我讲完，笑着对我说那都应该感谢袁鹰和周立波当时对他的扶植和鼓励。然后,他告诉我李冠军是他北京二中的同学,后来到天津当中学老师。接着说,在二中教书的时候曾经收到李冠军寄来的《迟归》,可惜他英年早逝。讲完,少华和我都替李冠军惋惜。我一直惊讶二中曾经涌现出那样多的作家,在 20世纪 60 年代的校园散文创作中我最喜欢的两个人,竟然同出一门,便一直猜想这样两位才子是如何惺惺相惜,又是如何彼此砥砺的。

1990 年底,有出版社愿意出版我的报告文学选集。我于 20世纪 70 年代末写报告文学,到了 80 年代末就洗手不干了,居然还有出版社愿意为我这十年的报告文学结集出版,对我自然是鼓励。我想得认真对待,便在一次开会的空隙找到少华说起了这事。他替我高兴,说好啊,你应该有一本完整的报告文学集了。他就是这样一个敦厚的人,没有文人相轻的旧习气或针鼻儿大的小心眼,是真心替朋友高兴,如同待他自己的事情一样。特别是对待晚辈,他有真正长兄的气质和心地。我想请他为我的这本书写序,他一口答应下来,说你先编,我一定认真拜读,好好写这篇序,和你一起总结这十年。谁知道,第二年,少华外出讲课归来的途中,在火车上中风,一病不起。

记得那时候,我的好友赵丽宏正从上海来北京开会,我们两人相约一起去新源里少华家看望他。病来如山倒,看到那么一个风流倜傥的人突然倒下,我的心里非常不好受。从他家出来,冷风扑面,我和丽宏都很难过,彼此久久没有说话。

我听说,这突然一病,需要用的一些药不能报销,少华的经济有些拮据,心情也受些影响。我知道中华文学基金会那里有一笔钱,是专门帮助作家用的,便给当时基金会的会长张锴写了封信,希望他能够伸出援手,雪里送炭。没几天,张锴给我回了信,告诉我他已经派人去了少华家,给予了一些帮助。但是,我心里清楚,这只是杯水车薪,是精神大于物质的帮助。我知道,少华为人低调,蜗居一隅,淡泊名利,无意争春,只希望能够写东西,写作是他生命存在的方式。我常常想起少华曾经写过的文章,他说新中国成立以后散文的兴旺有两个时期,一个是新中国成立初期,一个是60年代初期。他没有想到,在他病倒后不久,即20世纪90年代后期一直到新世纪初,散文的兴旺远超过前两次。少华病的真不是时候,才58岁,正值壮年,正是可以大展才华的时候。在散文领域里,他绝对是独树一帜而不可或缺的一家。而且,我心里一直悄悄在说,散文的稿费,特别是报纸的稿费,也大大高于以前,起码少华的经济可以更好些。

文坛是个名利场,也是个势利场。都说久病床前无孝子,其实,久病床前车马稀,是世态炎凉和人生况味的凹凸镜。不少文人趋于争官争名争利,不少媒体热衷有新闻价值的新人,而领导们即使偶尔关心作家也只是关心那些年龄老的或头衔带长的,无意冷落了病榻前的少华,是再正常不过的事情。少华只是一名老师,一官莫名;而年龄处于夹心层;他上下够不着。虽然,后来在《人民日报》《中华读书报》《北京晚报》等报刊上读到少华用左手艰难写出的新作,我替他高兴的同时,知道他的内心一定是寂寞的、不甘的。我更知道,他心里还装着很多东西没有来得及写却那么想写呀!

我一直为少华不平,我认为少华的文学成就一直没有被认真地评价和总结。在延续上一个时代（即 20 世纪 60 年代）和下一个时代（即新时期之后）的散文创作中，少华所起到的衔接、传承和发展的作用，无人可以企及。特别是在散文创作关于情与思、形与神、诗与文、史与今、浪漫情怀和现实精神等方面，少华都做出了富于前瞻性的努力和探索。

四年前，也是在美国，我在芝加哥大学的图书馆里借到少华写的中篇小说《少管家前传》。以前，我读过他的小说《红靛颏儿》，听他说过这篇，一直没有读过，正好补了课。读后，我非常兴奋，觉得这是少华多年心底的积累，既然有了"前传"，必应有"正传"和"后传"才是，将会成为一套写老北京生活的大书。在写老北京生活的小说中，我还从来没有看到写得这样讲究的，每个人物、每个情节、每个细节、每个场景、每句语言……严丝合缝，曲径回环，气象万千。都说少华散文写得好，其实他的小说写得同样漂亮呀。当时，我抄了好多笔记，准备回北京和少华好好探讨一番，甚至想即使他再无法动笔写这鸿篇巨制，可以让女儿晓征帮忙，一起完成。可是，回到北京不久，我腰伤住院半年，出院后总觉得时间还有，也是人懒心懒，把事情拖了下来，便也失去了和少华交流的最后机会。

我想起了少华刚刚搬到崇文区四块玉的时候，在四块玉街口和他巧遇。因为那里离天坛东门不远，他的夫人冯大姐推着轮椅正要带他去天坛，我对他说搬到这里好，离着天坛近，可以天天来天坛呼吸呼吸新鲜空气。那天是个黄昏，望着冯大姐推着轮椅走进夕阳的影子里，我心里一阵发酸，然后漾起感动和感慨。想想少华一病近二十年，都是冯大姐事无巨细精心照料，所有的苦楚，都悄悄咽进她自己的肚子里。如果没有冯大姐的陪伴，简直无法想象。少华真的好福气，或者说，好人必有好报吧。

记得少华曾经写过一篇《君子兰》的散文，他实际写的是对君子的礼赞和向往，他把君子怀德、君子喻于义、君子不忧不惧称为"君子之风"。如今，不要说文坛，整个社会"君子之风"都稀薄得可以了，便让我越发怀念君子少华。

手头没有别的资料，只有两本台湾版的《读杜心解》，便仿老杜之句，写了一首打油诗，遥寄我对少华迟到的怀念——

　　　　病来霜落发如丝，到老少华是我师。

　　　　万里悲伤难追日，百年沧桑却逢时。

　　　　无痕秋水犹能忘，有伴春山岂可思。

　　　　自古文人多寂寞，一生君子总为诗。

他将长生草留给水

　　今天,看到樊发稼先生的信,才知道郭风先生去世的消息,1月3日,就在两天前。1月29日,就是先生92岁的生日,按理说,应该算是喜丧,但我心里还是充满着悲伤。

　　1月3日,北京下了一天一夜的大雪,是北京六十年的历史中从来没有过的大雪。就像三十二年前先生在他的那篇曾经被选入小学语文课本的代表作《松坊溪的冬天》里写过的雪,"像柳絮一样的雪,像芦花一样的雪,像蒲公英的带绒毛的种子在风中飞的雪"。没有想到,先生就在这样的大雪中走了。三十二年前,先生说他看到了一个"发亮的白雪世界",在这个世界里,他看见了一群彩色的溪鱼。真的希望,先生离开我们到的那个世界里,还能够看到一个"发亮的白雪世界"和一群彩色的溪鱼。先生一辈子都是用童话般的眼睛看待生活和世界的,他一定会看到这样的情景的。

　　发稼先生说"郭风先生是他敬重的前辈作家",这正是我要说的话。往事如水,岁月如风,很多回忆一下子拥挤在脑子里。论年头,我和郭风先生交往不是最长的,也不敢说读他作品是最早的,却也颇有些年头了。

1962 年,我读初中二年级。在北京东安市场的旧书店,我买了郭风先生的《叶笛集》。这本散文诗集,收录的是郭风先生 1957 年冬天到 1958 年夏天写下的作品。当时,我仅仅花了一角钱。

我很喜欢书中描写的红色的香蕉花、米黄色的荔枝花和月白色的橘子花,以及那"美丽的好像开花的土地"的榕树,"腊月里蜜蜂还出来采蜜"的故乡。我还曾经抄过、背过书里面那些散发着豆蔻香味一样的散文诗句:"雨点敲打着远处一大群一大群相互依偎的绵羊似的荔枝林,那林梢仿佛在冒着白色的烟雾。""云絮浮在空中,好像一只蓝酒杯中泛起的泡沫。太阳挂在空中,好像一朵发光的向日葵。""明媚得好像成熟麦穗的天空"……

心想,只有拥有童心的人,才会有这样"鱼鸟皆遂性,草木自吹香"的心性,才会在笔下流淌出这样新颖而明朗的语言,才会有像小孩子的心思一样的奇思妙想,把荔枝林比作相互依偎的绵羊,把云絮比作蓝酒杯中的泡沫,把天空比作成熟的麦穗,那样的透明、清澈。当时让我的心里充满花开一般的向往,如今遥远得犹如一个梦,一个怅然的梦。

我从来没有想到会有一天能够遇见这本书的作者郭风先生。即使以后曾经多次到过福州,曾经到郭风先生住过的黄巷老街徜徉,但我从没想要打搅先生,我一直以为真正喜欢一位作家,就老老实实买他的书,读他的作品就好。

十八年前,也就是 1992 年的 4 月,我再次来到福州,我的朋友,当时福建作协的秘书长朱谷忠,来我住的于山宾馆,接我去和当地的文学爱好者座谈,一边往外走,他一边对我说:"郭风先生也来了。"我的心里一动,怎么这么巧,想见的人就在眼前了。这时,已经看见一位精神矍铄的老人正站在龙眼花开的树下,我赶紧跑几步,向他跑了过去,蹦在脑海里第一个镜头就是那本《叶笛集》,便先忍不住对他讲起了三十年前我花一角钱买过的那本《叶笛集》。他微微地笑着,望着我,和蔼地听我说着。

如今,虽然已经过去了四十八个年头,这本《叶笛集》还保存在我的书架上,伸手就可以摸到,常常还会拿过来翻开。就像一位老朋友,相逢的时刻和回忆的味道,总是交织一起。

今天,写这篇文章的时候,书就在身边,我再一次拿过来翻看,才发现一本书对于一个人成长的作用和分量。虽然,这是一本仅仅有 93 页的薄薄的小书。

我曾经把它带到插队的北大荒,很多同学都借去看过。当时,书放在荒原上的马架子里藏着,纸页已经被北大荒的雨水浸蚀得发黄,骑马钉脱落,封面被我用胶条粘着。动荡的生涯中,几经迁徙,许多书都丢失了,这本《叶笛集》却从北京到北大荒,又从北大荒回到北京,经历了多次的搬家,竟然奇迹般地保留下来。我知道,人的一辈子,像会遇见过许多人一样,也会买过并读过许多的书,但真正能够在四十八年漫长的岁月里一直保留在你身边的,正如你曾经见过的那些深深印在脑海里的人一样,并不会太多。

我格外珍惜这本《叶笛集》。看到它,我就会想起我的学生时代,想起我在北大荒,更会想起郭风先生。

想起郭风先生,有这样两件事情,像拔出了萝卜带出泥一般,不由自主地跳了出来。

一件是第一次见到他时，他在文学爱好者的座谈会上讲的话，留给我的印象很深刻。其实，那一次，他一共就讲了两句话，一句是"我出了三十几本书，没有一本满意的，到了老年才好像刚刚进了门。"一句是"作家的自我感觉不要太良好，应该总像失恋一样，心里总有些怅惘。"他不是一个善于讲话的人，因此不像有的作家能够舌灿如莲，但他讲得很真诚，他的这些言简意赅的话，对于今天仍然有着警醒的意义。

另一件事情，是前几年我在信中向他询问法国象征派诗人果尔蒙的《西茉纳集》，我没有读过，知道先生年轻时就喜欢这位诗人，便向他讨教。没想到很快我就收到先生复印的厚厚一大摞《西茉纳集》，是戴望舒翻译的。想想他那样大年纪跑去为我复印，并邮寄给我，让我感动的同时，也真是感到些许不安。

　　　　西茉纳，太阳含笑在冬青树叶上，/四月已回来和我们游戏了，/他将长生草留给水，/又将石楠花留给树木，/在枝干生长的地方……

想起这样的诗句，是因为我想起了那年的 4 月第一次见到郭风先生的情景。"他将长生草留给水，又将石楠花留给树木"，多么美的诗句。如今，郭风先生已经离开了我们，我忍不住想起了《叶笛集》，想起了这些往事，想起了先生那如圣诞老人一样慈祥的面容。

他将长生草留给水，又将石楠花留给树木，他将岁月留给了他的文字。

长啸一声归去矣

　　如今的黎里古镇显得有些寂寞。其实,它和同里同属苏州的吴江,都是千年古镇,但在20多公里以外的同里太出名了,压住了黎里的名声。不过,话又说回来了,压也是压不住的,因为在黎里有柳亚子故居,是同里没有的。

　　就是因为柳亚子故居,赶在大雨前,我来到黎里古镇。首先看到的是一条长长的河,据说有三里长。和同里蜿蜒的河汉相比,黎里的河笔直如线,古镇大小院落都依次错落在这条河的两边。南宋以来,北方人大量南迁,一直到明清两代,造就了黎里的繁荣。河的两岸由集市逐渐发展为门市,河取名为市河,其中"市"字就是集市、生意兴隆的意思。柳亚子故居就坐落在市河的岸边。几经战乱和饥馑,它没有被毁,算是万幸。新中国成立以后,这里成为古镇的银行,无形中保护了它。如果陆续住进人家,人口拥挤、烟熏火燎,就会和北京城里的许多名人故居一样,被糟蹋得无法收拾了。虽然,"文化大革命"中,红卫兵闯进来,损毁了后院精美的门雕,但整个院落基本上保持得相当完好,可谓奇迹。常有人说,与国外石头结构的建筑比较,我国的建筑是砖木结构,不好保存，看这座已经有两百余年历史的柳亚子故居，说明不是不好保存，而关键在于是否保护。

如今，看门庭轩豁，前有市河，旁有备弄，后有走马堂楼，纵深近百米，很是气派。六进的院落，建造在一个小镇上，真的了不起。这里的人告诉我，这不算稀奇，黎里还有九进的院落呢。可见当初这里的繁华。在故居里看柳亚子生平，方知 20 世纪 20 年代，柳亚子参与的国民党第二次苏州代表大会，就是在黎里召开的，由此可见黎里地位的不同寻常。当初，柳亚子和陈去病创办南社，是到同里喝茶议事的，同里现在还存有南园茶楼，但要正式开大会，还得到黎里。

柳亚子故居是乾隆年间直隶总督、工部尚书周元理的老宅，一座 18 世纪的老房子。柳亚子 12 岁那年，他家以 3 000 大洋典租了这幢占地 2 600 多平方米、共有 101 间房间、总建筑面积 2 800 多平方米的豪宅。所谓典租，是说十一年后周家如果拿不出 3 000 大洋赎宅，这房子就归柳家了。算一算，一平方米一块大洋，现在看来是非常便宜了，不知道那时算不算贵。不过柳家和周家都属于大户，如此老宅的易主，可以看出朝代更迭和世事沧桑，即古诗里所描写的"棋罢不觉人换世"吧。如果不是面临着一场即将到来的翻天覆地的大革命，如果不是一腔爱国情怀的风云激荡，少年时代的柳亚子，也许和我们今天的"富二代"没什么两样。

就在住进这里的第二年，小小年纪的柳亚子写出了《上清帝光绪万言书》。这样明目张胆的反清言论，当时是可以满门抄斩的。但从这篇万言书可以看出"少年心事当拿云"，奠定了柳亚子一生的走向。

　　这座柳亚子故居，让黎里提气，让市河有了它的倒影而流光溢彩。周家当年的老匾"赐福堂"，虽然木朽纹裂、斑驳脱落，依然还端立在地上，让逝去的历史有了看得见摸得着的物证。如今的大门内外厅的门楣之上，分别悬挂的是屈武先生题写的"柳亚子故居"和廖承志先生题写的"柳亚子先生故居"的匾额。当年，廖先生因叛徒出卖在上海被捕入狱，是柳亚子奔走营救才得以出狱，两人之间情分非同寻常。

　　大厅两侧，分别有柳亚子和毛泽东"沁园春"的唱和词，那曾经是柳亚子引以为豪的事情，也是如我这样的一般人得知柳亚子的源头。中堂有周家当年请书画家董其昌临摹的颜真卿的《赠裴将军》。可谓新旧杂陈，将年代打乱，错综一起，让人在历史中逡巡，引为遐想的空间。

　　其中最惹我注目的是厅堂中的一幅隶书对联："古来画师非俗士，此间风物属诗人"。这是当年此地号称诗书画三绝的陈众孚老先生送给少年柳亚子的。一老一少的往来，可见当初柳亚子的不凡，才会赢得老先生这样的赞赏。据说对联当年就悬挂在这里，如今依然"毫发未损"，还悬挂在那里。好的文字比人活得年头长。

　　展览里还有两方治印非常值得一看。一方是：兄事斯大林，弟畜毛泽东；一方是：大儿斯大林，小儿毛泽东。这两方印，都是1945年柳亚子请重庆的治印家曹立庵刻印的。谁想到"文化大革命"中，这两方印章给柳亚子带来了灾难。竟敢和毛主席称兄道弟，还大儿小儿的称呼，不是触犯了天条？便哪管柳亚子是在用典。虽然柳亚子为避免误会引起事后的节外生枝和无知者吹火生烟生出的麻烦,特意在印的一则刻有文字注明典故的出处,但还是在劫难逃,最终印章被毁掉不说,早已经去世的柳亚子也如受到鞭尸一般被诬蔑为老反革命分子,而使得全家蒙难。如今看到的这两方印章,是1987年柳亚子诞辰百年之际柳亚子故居开馆时,曹立庵先生重新镌刻的。既是纪念故人,也是重温历史。庞大的历史并非仅仅宜粗不宜细,有时候,细节之处,更能让历史还原得须眉毕现。

　　展览中,还看到柳亚子名字的来历,以前没有听说过。父亲给他起的名叫慰高,字安如。他在上海读书的时候,信奉卢梭的天赋人权论,便把自己的名字改为柳人权,字亚卢,意思是亚洲的卢梭。看到这儿,我禁不住莞尔,想起我们在“文化大革命”中热衷于改名,不也是改为什么卫东、向阳之类的吗? 柳亚子那时也是一个热血青年,而青年膨胀的血液几乎是相同的。当时,同在南社的高天梅,常和柳亚子有唱诗往来,便对他说:“你这个亚卢的卢字(繁体盧)笔画多难写;再说,亚和卢都是大的意思,合在一起也不伦不类;不如叫亚子吧。子者,男子之美称也!”柳亚子便这样叫开了,要说实在是比柳慰高和柳人权、柳亚卢要好听! 一个人的成功和成名,名字真的隐含着某种命运的密码呢。

　　当然,最值得看的是后院,庭院深深,幽静异常,楼下柳亚子的书房“磨剑室”不让游人走进,只能凭栏观看。“磨剑”,自是取“十年磨一剑,霜刃未曾试”的唐诗之意,和他取名“人权”、“亚卢”直相呼应,书生意气,挥斥方遒,小小书斋,已经容不下他的心事浩茫了。当年这里藏有黎里最多的藏书,新中国成立后,他将这些书全部捐献给了上海图书馆。据说有4.4万多册,打了300余包，浩浩荡荡地运往上海。

引起我兴趣的不仅是书桌上的孙中山半身胸像，还有挂在墙上的一副对联："青兕身后辛弃疾，红牙今世柳屯田。"是当年南社社员傅钝根指书赠予柳亚子的，以宋代两位不同风格的词人辛弃疾和柳永比拟他，可谓知音。据说，柳亚子很是喜欢，一直把这副对联挂在书房里。我想，那肯定不是为了自负地比附，而是心中的一种追求和向往。

走马堂楼上地板凹凸，阴雨前本就晦涩的光线透过镂空的雕花窗棂，更加阴晦不定。走在上面，让人真有种时光倒流的感觉，一步跌入前朝。二楼是柳亚子一家的起居室，现在看看，每间都不宽敞，和现在一些发了财做了官的文人的住所相比，可以说很是窄小。他的三个孩子柳无忌、柳无非、柳无垢都是出生在这里的。1927年蒋介石发动的"四一二大屠杀"，把柳亚子列入黑名单，半夜派兵来抓人，柳亚子就是藏在卧室边的复壁里才逃过一劫。躲在狭窄的复壁里，他老先生还写诗呢："曾无富贵娱杨恽，偏有文章杀祢衡，长啸一声归去矣，世间竖子竟成名。"我以前读柳亚子的诗，觉得他特别爱用典，几乎每首诗都有典故，有的不大好懂。生命攸关时刻，老先生还在用祢衡和杨恽这两个摇笔杆子的典故呢，要说柳亚子真是单纯得可爱可敬。这样的劲头儿，大概只属于那一辈文人，如今的文人，只有汗颜的份儿了。

这一夜趁着天不亮的时候，他换上一身渔民的衣服，雇了一艘破渔船，偷偷离开了家。小船摇了三天三夜，才摇到上海。这一年，他整整40岁，在这里他生活了二十九年。

走出柳亚子故居，云彩压得很低，雨就要来了。市河的水有些晦暗,老桥在风中似乎隐隐在动。想想,八十二年前,柳亚子就是从这条河离开家的,他再也没有回到过这里。禁不住想起他的那句有名的诗:"安得南征驰捷报,分湖便是子陵滩",有些百感交集。分湖便在这里不远,指的就是这里,他的家乡。也许,只有站在他的故居前,吟诵这句诗,才会别有一番滋味上心头吧。

残年犹读细字书

　　我是今天才从报纸上看到洁泯先生逝世的消息。就在上个月，我碰到一位朋友，他对我说洁泯先生身体不好，准备过几天去看望他。我说洁泯先生是好人，经历文坛的事多，学问又好。谁想到，这才几日，洁泯先生竟然和我们天地两隔。他是 11 月 13日去世的，那时，我正参加文代会，许多文人正聚在一起热闹着，他寂寞地逝去了。

　　今年，洁泯先生 85 岁。他是前辈，按说是轮不到我写祭文的，因为我毕竟并不十分了解他，与他交往也不多。我只是怀着景仰的心情，一直远远地观望着。他如一座云雾中的山，沧桑而苍茫地从历史中走来，让我总涌出这样的一种感觉："始知五岳外，别有他山尊。"

　　大约在 1987 年，我写了一部长篇小说《早恋》，因为涉及中学生的恋爱，引起一些人的不满和批评，甚至书稿发到印刷厂而被撤版，险些没能出版。那时候，人们的心理就是这样保守，时代的发展总有个春秋代序。那时候，我没有想到，第一位给予我支持的是洁泯先生。他首先在《文汇报》上发表文章，对《早恋》进行评论和表扬，打破了那时的僵局，不仅给予我，同时给予出版社强有力的鼓励。

那时候，我还没有见过他，但在心里很是感念。几年以后，他又写过文章，再次提及《早恋》，他说："肖复兴的创作，从《早恋》到最近的《戏剧人生》，都是写学生的，对中学生和大学生的生活流向，他们的心态变化，他几乎了如指掌。在青年读者中，他的作品是极受欢迎的。我虽然年纪已老，也一样喜欢他的书，他小说中的文义，可以唤起老年人对青春的向往与赞美。捷克作家昆德拉认为青春'是超越任何具体年龄的一种价值。这个思想用恰当的诗表现出来，成功地达到了一个双重目的：他既恭维了年轻人，又神奇地抹掉了年长者的皱纹，使他成了一个与青年男女同等的人'。我十分激赏这段话，因而我认为，肖复兴虽致力于写青少年，但他的小说又为年长者所同享。"我始终不敢忘怀这些话，我知道，这是一位长者对晚辈的鼓励、教诲和希望。我常常拿他的话鼓励自己，让自己写得更进步一些，不辜负他的期待。

1993 年的夏天，洁泯先生给我打来一个电话，他要为出版社编一套"当代世相"的丛书，他看到我在报端上发表的一些文章，觉得合适，希望我能够加盟编一本。我非常高兴和感动，高兴的是我的文字还能够走进他的视野，感动的是他还在关注我的写作。他约我见面详谈，我说去他家拜访，他说他家太远，就到他的办公室吧，他虽然退休了，但社科院还给他留了一间办公室。那天，我去社科院找到他的办公室（小得出乎我的意料，摆满的书籍让屋子更加的逼仄），他早早在那里等着我了，他就是这样一个蔼蔼长者，总是那样的平易近人。说实在的，虽然我已经出过一些书，但为他编一本，心里有些惴惴，毕竟他是有名的评论家，见多识广，怕难入法眼。他却一如既往地鼓励我说，他看到我最近写的一些文章，是在现实生活中观察和思索之后而写的社会百态，正符合他编的这套书的要求。正是在他的鼓励下，这本《都市走笔》的书得以出版，他还特意为我的这本书写了序言。这是我专门请求他写下的，我从不请人为自己的书写序，这是唯一的一次，因为我敬重他，并始终感念于他。

我很少能够见到他，我相信君子之交淡如水的古训，文坛毕竟不是闹哄哄的大卖场。每年的春节前夕，我只是寄一张贺卡给他，表示我的敬意与祝福。我知道他的身体越来越不好，但每一次他收到贺卡总要回寄一张贺卡给我。前两年的春节前，他寄来一张红色贺卡，在贺卡上密密麻麻写满前后两页。他说："我这几年身体走下坡路，肠癌开刀，留下了大便难以控制的后遗症。我的青光眼已转入恶化，成了视神经萎缩，视力只有0.1，读书写字俱废，报纸也少看，写东西极少。"他还说："我时常读到莫名的文章，关于音乐方面的，读了尤其钦佩。"想想一个年过八旬的老人，身体那样差，视力那样差，还能够读能够写，心里真的很感动，忍不住想起放翁的诗句："岂知鹤发残年叟，犹读蝇头细字书。"对于文坛，他似乎不像有些人那样昂扬，而是颇为悲观："现在文艺界似乎很萧索，出的东西不少，有影响的似乎不多，这十多年，也不见有什么大手笔问世。"去年春节前夕，他在贺卡上这样写道："收到贺卡，至为感谢。多年来我目疾恶化，生活进入半自理状态，但心情尚好。祝您写作丰收，工作有新成就。还有身体健康最要紧。"想到一个身体状态那样差的八旬老人，还要亲自走到邮局去寄信,我的心里充满无法言说的感动。但是,那时候,我没有仔细注意他一再嘱咐我要注意身体,其实那时候他的身体已经每况愈下,无法体会到一个垂垂老人对于生命和生活还有文学的渴望和无奈。

我只是把我这样一个晚辈所感受到的洁泯先生的点滴写出来,表达我的一份怀念的心情。我相信如我一样曾经受到过他的关怀和鼓励的人会有很多,我所写下的不过只是其中的一滴水。

又快要到年底了,不知道今年的春节前夕,这张贺卡该寄往哪里? 而我再也无法收到先生的贺卡了……

那个多雪的冬天

　　许多眼前的事情，忘记得很快，相反，许多遥远的事情，却记得很牢，清晰得犹如昨天刚刚发生过一样。1970 年，我在北大荒抚远一个叫作大兴岛的猪号喂猪。猪号在农场最偏僻的地方，一般人很少到那里去，因为再往外走，就是一片无边无际的荒原。那一年，为了替几个被错打的"反革命"鸣冤叫屈，我自己差点被一锅烩了。幸免于难之后，我被发配到猪号，那里除了一个叫小尹的山东汉子和我，再有就是一群"猪八戒"。冬天到来的时候，大雪一封门，我更是无处可去，只好闷在猪号里，雪飘来风打来，寂寞无着地一天天数着日子过。为了打发无所事事的光阴，特别是对付常常夜晚睡不着觉时袭来的心灰意冷和不期而至的暴风雪扑窗的嚎叫，我找了一个学生做作业的横格本，买了一盒鸵鸟牌墨水，拿起了笔，开始写一点东西。我最初的写作就是从那时开始的。

　　我一直认为，爱情和写作是那个时代我们这些处于压力和压抑中的知青的两种最好的解脱方式。在没有爱情的时候，我选择了写作。收完工，把猪都赶回圈，将明天要喂猪的饲料满满地糊在一口硕大无比的大铁锅里,我和小尹也喂饱自己的肚子,我就可以拿出我的那个横格本开始写作了。我和小尹住在糊猪食的饲养棚旁边的一间用拉禾辫编的土房里。每天开始写作的时候,小尹都帮我把马灯的捻儿拧大,然后跑到外面的饲养棚里,往糊猪食的灶火里塞进南瓜。当他把烤好的南瓜香喷喷地递到我面前,往往是我写得最来情绪的时候。那真是一段神仙过的日子,让我自欺欺人地暂时忘却了一切的烦恼,几乎与世隔绝,只沉浸在写作的虚构和虚妄之中。

我把那个横格本写满,写了整整 10 篇散文和小说。写作时候的那种快乐和由此弥漫起来的虚妄一下子消失了,因为那时所有的文学刊物都已经停办,所有报纸上也没有了副刊,我有一种拔剑四顾茫然一片的感觉,找不到对手,找不到知音,我写的这些东西也找不到婆家,它们的作者是我,唯一的读者也是我。我不知道自己写的这些东西的价值,它们是不是我想象中的文学,还值不值得再继续写下去。如果这时候能够有一个人为我指点一下,那该多好。但是,那时,我能够找谁呢?我身边除了小尹和这群"猪八戒",连再见一个人的机会都难,离农场场部穿小路最近也要走 18 里地。窗外总是飘飞着大雪,路上总是风雪茫茫。

一个熟悉的老人,在这时候突然出现在我的脑海里,那就是叶圣陶先生。其实,我和叶老先生只有一面之缘,我能够麻烦他老人家吗?我读初三的时候,因为一篇作文参加北京市作文比赛获得了一等奖,叶老先生曾经亲自批改过这篇作文,并约请我和另外一个同学到他家做客。只是这样见过一面,好意思打搅人家吗?况且,又正是在"文化大革命",老人家是在被打倒之列,不是给人家乱上添乱吗？但是，我不死心，最后，我从那 10 篇文章中挑选了第一篇《照相》，寄给了叶圣陶先生的长子叶至善先生。当然，这更有些冒昧，因为我只是在初三那年拜访叶圣陶先生的时候见过叶至善先生一面，他只是在我进门的时候和我们打了一个招呼，送我们走进叶圣陶先生的房间而已，甚至我们都没有说过什么话。但我知道他那时候是中国少年儿童出版社的社长兼总编，是一位自 1945 年就开始在开明书店工作的经验丰富的老编辑，也是一位有名的作家，他和叶至诚、叶至美三兄妹合写过《三叶集》，我还在上小学的时候就看过他写的科幻小说《失踪的哥哥》。我跑了 18 里地，把信和稿子寄出去了，我不知道会有什么结果，也不知道他会不会还记得八年前去过他家的一个普通的中学生。

没有想到，我竟然很快就收到了叶至善先生的回信。我到现在还清晰地记得那天的情景，我们的信件都是邮递员从场部的邮局送到队部，我们再到队部去取。那天黄昏，是小尹从队部拿回来信，老远就叫我的名字，说有我的信，到那时我也没觉得会是叶先生的回信。接过信封，看见前面是陌生的字体，下面一行却是熟悉的发信人的地址：东四八条 71 号。我激动得半天没顾得上拆信。我当时只是一个普通的中学生，只是一个倒霉的插队知青，天远地远的，又在那么荒凉的北大荒，叶先生竟然那么快就给我回信了。许多不可能的事情，往往就这样发生了。

说来也巧，那时，叶至善先生刚刚从"五七"干校回到北京，暂时赋闲在家，正好看到了我寄给他的文章。他在信中说他和叶圣陶老先生都还记得我，他对我能够坚持写作给予很多鼓励，同时，

他说如果我有新写的东西,再寄给他看看。我便马不停蹄地把 10
篇文章中剩余的篇章陆续寄给了他。他一点不嫌麻烦,看得非常
仔细认真,以他多年当编辑的经验和功夫,对我先后寄给他的每
一篇文章,从构思、结构,到语言乃至标点都提出了具体的意见。
我修改后再把文章寄给他,他再做修改寄给我。稿件和信件的往
返,让那个冬天变得温暖起来,我的写作来了情绪,收工之后点亮
马灯接着写,写好之后接着给他寄去,然后等待着回音,这成了那
些日子最大的乐趣和动力。他从来没有怪罪我的得寸进尺,相反
每次接到我寄去的东西,都非常高兴,好像他并没有把我对他的
麻烦当成麻烦,相反和我一样充满乐趣。每次他把稿子密密麻麻
地修改后寄给我,在信中总会说上这样的一句话:"用我们当编辑
的行话来说,基本可以'定稿'了。"这话让我增加了自信,也让我
看出他和我一样的高兴。

　　我最难忘的一次,是我收到他一封厚厚的信,在此之前,我从
来没有收到过他这样厚的信。我拆开来一看,是他将我的一篇文
章从头到尾大卸八块修改了一遍,怕我看不清楚,亲自替我重新
抄写了一遍寄给我。望着他那整齐的蓝墨水笔迹,我确实非常感
动。在我的写作生涯中,可以说我接受了叶圣陶和叶至善父子两
代人如此细致入微的帮助,他们都是做了这样大量的工作,给予
我如此看得见摸得着的指点,可以说是手把手引领我步入文学的
领地。他们让我感受到那个时代难得的无私和真诚,那种对文学
和年轻人由衷的期待和鼓励。叶先生那一辈人宽厚的心地和高
尚与高洁的品质,是我们这一代人永远难以企及的。

　　在叶至善先生具体的帮助指点下,我在那个冬天一共完成了

两组文章:《北大荒散记》和《抚远短简》。第二年春天,也就是
1972年的春天,全国各地的报刊都在搞纪念毛主席的《在延安文
艺座谈会上的讲话》发表三十周年的活动,征文成为最普遍的一
种形式,我先拿出了那10篇文章中的第一篇《照相》,寄给了我们
当地的《合江日报》,很快就发表了。花开了,春天真的来了。新
复刊的《黑龙江文艺》(即《北方文学》),很快在副刊号上也选用了
这篇《照相》(当时《北方文学》的编辑、后来的副主编鲁秀珍同志
亲自跑到我喂猪的猪号找我,当然,那是另一则故事了)。之后,
我写的那两组文章中不少文章也发表了,尽管极其幼稚,现在看
起来让我脸红。但是,我永远难忘在我最卑微最艰难的日子里,
叶先生给予我的信心和勇气,让我看到了文学的价值和力量,以
及超越文学之上的友情与真诚、关怀与期待的意义和慰藉。

可惜的是,如今旧物杂乱无章,我一时没有找到当初叶至善
先生写给我的那些珍贵的信,但我找到了其中抄在我的笔记本上
的一封——

复兴同志:

寄来的四篇稿子,都看过了。

《歌》改得不差,用编辑的行话来说,基本上可以"定稿"。
我又改了一遍,还按照我做编辑的习惯,抄了一遍。因为抄
一遍,可以发现一些改的时候疏忽的地方。现在把你的原稿
和我的抄稿一同寄给你。

重要的改动是第二页,把首长交给"我"的任务,改成:
"寻找作者,了解创作思想。"文章结尾并没有找到作者,可是

这支歌的创作思想似乎已经说清楚了。这样改动勉强可以补上原来的漏洞。

有些地方改得简单了一些，如第一页，既然说"到处可以听到"，似乎不必再列举地点。谁唱的这支歌，后文已经讲到，所以也删掉了。有些地方添了几句，是为了把事情说得更明白些。

关于老团长在南泥湾的事迹，我加了一句。用意在于表现一个普通战士，经过革命的长期锻炼，现在成了个老练的领导干部。

有些句子，你写的时候很用心思，可是被我改动或删去了，如"歌声串在雨丝上……"，"穿梭织成图画……"两句，不是句子不好，而是与全篇的气氛不大协调。

要注意，用的词和造的句式，在一般情况下要避免重复。只有在必须加强语气的时候，才特地用重复的词，用同样的句式。

《歌声》改得不理想，也许我提的意见不对头，也许是对要写的主角，理解还不够深。是不是把这篇文章的初稿和我提的意见一同寄给我，让我再仔细想想，看问题究竟出在哪儿，有没有再做修改的办法。

《树和路》也不好，写这种文章需要高度的概括能力。没有什么情节，又不能说空话，即使是华丽的空话。是否暂时不向这个方向努力，还是要多写《歌》那样的散文，或者写短篇小说，作为练习。

《球场》那篇，小沫（叶至善先生的女儿——肖注）说还可以，我觉得有些问题，让我再看看，给你回信。

这三篇暂时留在我这里吧。

想起《照相》，我以为构思和布局都是不差的。不知你动手改了没有。主角给"我"看照片的一段要着力改好，不要虚写（就是用作者交代）的办法，要实写，也就是写主角介绍一张张照片的神态和感情，这种神态和感情，主要应该用他自己的语言来表达。我希望这篇文章能改好。如果再寄给我看，就把原稿和我提的意见一起寄来。

你的朋友之中，有没有愿意像你一样下功夫的，如果他们愿意，可以寄些文章给我看看。我一向把跟年轻作者打交道作为一种乐趣。

祝好。

叶至善

1971 年底

虽然已经过去了三十三年，这封信现在看，我相信对于一般人还是有意义的。对于我，更是充满着亲切而温暖的回忆。在那个多雪的冬天，盼望着叶先生的信来，是最美好的事情了。

忧郁的孙犁先生

　　一晃，孙犁先生已经去世五个月了。我一直想写写孙犁先生，却又不知从何写起，面对电脑，枯坐半天，总是一片空白。这让我非常痛苦，我才发现有的事情有的人真的想写却突然没有词了，那感觉就像欲哭无泪一样吧。

　　我常常想起孙犁先生，想起先生和我通过的那么多的信。我很想把这些信件都整理出来，为先生也给自己留一份纪念。可是，我不忍心触动那些难忘的，而且只是属于我们两人的岁月。那是一段多么难忘的岁月，在我的一生中，恐怕再也找不回那样恬静而温馨的岁月了。先生是德高望重的前辈，却是那样的平易朴素，那么大的年纪却常常关心我的生活和写作，竟然来信说："您在各地报刊发表的短文，我能读到的，都拜读了。"而且按先生的话是"逐字逐句"认真地读，然后写来长信，提出批评，给予鼓励。文学变得那样的美好而纯净，远离尘嚣，我和先生仿佛与世隔绝一般，只谈读书，只谈往事。现在还会有那样的岁月和心境吗？

　　在孙犁先生活着的时候，我常常想去看望他，北京离天津并不远，况且在天津还有我的亲人和认识孙犁先生的朋友，我也经常去天津。但我还是一次次打消了这个念头，我怕打扰一个喜欢安静的老人，说老实话，也怕和我想象中的样子出现偏差。心仪一位自己喜爱的作家，就老老实实地读他的作品吧。我知道我既不是他的学生，也不是他的研究者，更不是他的部下，而只是一个敬重和喜爱他的读者。本来离孙犁先生就很远，即便走近了，也不见得就能够看清楚，就还是远远地保留一份想象吧。

孙犁先生去世之后，我读了不少人写的悼念文章，有些和我想象中的一样，有些和我想象中的不一样。我便问自己：我想象中的孙犁先生是什么样子呢？想了许久，我得出的结论是：晚年的孙犁先生是忧郁的。虽然我不知道，我的想象是不是对。

孙犁先生的忧郁，和他衰年独处有关。他在文章中不止一次流露出"故园消失，朋友凋零，还乡无日，就墓在期"的感慨，他是一个情感极其细腻的人，他沉淀了岁月，洞悉了人生，所以在琐碎生活中特别珍时惜日，所以在秋水文章中格外取心析骨。

记得他读完我的《母亲》一文，知道我小时候生母去世后父亲回老家又为我和弟弟娶回一个继母的经历，来信说："您的童年，无论如何，不能说是幸福的，使我伤感。"然后，又驰书一封特别说："关于继母，我只听说过'后娘不好当'这句老话，以及'有了后娘就有了后爹'这句不全面的话。您的生母逝世后，您的父亲就'回了一趟老家'。这完全是为了您和弟弟。到了老家经过和亲友们商议、物色，才找到一个既生过儿女、年岁又大的女人，这都是为了你们。如果是一个年轻的、还能生育的女人，那情况就很可能相反了。所以，令尊当时的心情是痛苦的。"

　　前一封信,让我感动,我知道孙犁晚年很少再动感情,他自己在文章里说过:"我老了,记忆力差,对人对事,也不愿再多用感情。"他却为我的一篇文章为我的童年而伤感。我能够触摸到他敏感和善感的心,也就越发明白为什么在他早期的文章中充满了那么多细致入微的感情描摹。我有一种和他的心相通的感觉,这不是什么攀附,只是普通人之间普通情感的相通。我相信他是不愿意他去世后被人称作大师的,他只是一个始终保持着普通人感情的作家,就像他始终喜欢布衣麻鞋、粗茶淡饭一样。

　　后一封信,让我没有想到,因为从我写文章到文章发表之后,都没有想到父亲当年那样做时内心真实的感情,而只是埋怨父亲。孙犁先生的信提醒了我,也是委婉地批评了我。真的,对于父亲,我一直都未能理解,一直都在埋怨,一直都是觉得失去母亲后自己的痛苦多于父亲。也许,只有经历过太多沧桑的孙犁先生,对于哪怕再简单的生活才会涌出这样深刻的感喟吧,而我毕竟涉世未深。过去常看到别人说孙犁先生善于写女人,其实,他也是那样善于理解男人。我也隐隐地感觉到孙犁先生晚年和年轻时的心境已经不大一样,总觉得有一种忧郁的云翳拂过他的眼神,善意地注视着我们,伤感地回顾着往昔。

　　我不大清楚孙犁先生到底是如何看待自己晚年的文章的。我只知道在和我通信中,他特别提到过他的两篇文章:一篇是1989年写的《记邹明》,一篇是1994年写的《读画论记》。在他晚年的著述里,这两篇文章都算比较长的了。我是觉得他自己格外看重这两篇文章的。《读画论记》中,他不计利钝,不为趋避,知人论世,裁画叙心,深刻道出对文坛的悲哀。他说:"没有大智大勇,很难逃出这个圈子。"

　　我想起先生在给我的信中不止一次地流露出这种情绪:"贪图名利于一时,这是很容易的。但遗憾终生,得不偿失,我很为一些聪明人,感到太不值。"在信里,他对文坛许多现象给予了批评,比如对那些冒充学问的所谓注水书籍的一再批评:"这不能说明他有学问,是说明当前的'读者'都是'书盲',能被这些人唬住,太可怜了。"面对这些现象,最后他只有在信中感慨地说:"据我的经验,目前好像没有人听正经话,只愿意听邪门歪道,无可奈何。"我便忍不住想起他在文章中一针见血批评的话:"文场芜杂,士林斑驳。干预生活,是干预政治的先声;摆脱政治,是醉心政治的烟幕。文艺便日渐商贾化、政客化、青皮化。"也是,这样的话,谁能够听得进去,谁又愿意听呢?

　　晚年唯一能够给予他慰藉的只有读书了。他在信中对我说:"我读书很慢,您难以想象,但我读得很仔细,这也是年轻人难以想象的。"在另一封信中,他又说:"读书烦了,就读字帖;字帖厌了,就看画册。这是中国文人的消闲传统,奔波一生,晚年得静,能有此享受,可云幸福。"孙犁是以这样的心境退回书斋之中的,既有中国传统文人之习,也有无可奈何之隐。孙犁先生的去世,让我感到这样一代文人和文风已经基本宣告结束了。那种忧郁的太息和气质只存活在他的文字中了。

　　我知道孙犁晚年喜欢临帖书写,曾经请他为我写一幅字,他写来的第一幅录的是杜甫《寄彭州高三十五使君适虢州岑二十七长史参三十韵》中的诗句,诗里有"心微傍鱼鸟,肉瘦怯豺狼"和"竹斋烧药灶,花屿读书床"的句子,我不知道是不是先生的自况?

他写来第二幅字是"千秋万岁名，寂寞身后事"。我是感到他的旷达和超脱之外的一丝忧郁。他出的最后一本书，取的书名竟是《曲终集》，我隐隐感到不大吉利，曾经写信问过他，先生回信却没有回答，也许，是觉得我岁数还小不大懂得吧。

《记邹明》中，有他自己人生的感慨，那是一则邹明记，也是一篇哀己赋。在那篇文章中，他说："是哀邹明，也是哀我自己。我们的一生，这样短暂，却充满了风雨、冰雹、雷电，经历了哀伤、凄楚、挣扎，看到了那么多的卑鄙、无耻和丑恶。这是一场无可奈何的人生大梦，它的觉醒，常常在瞑目临终之时。"我不知道别人是如何看这篇文章的，我是感到了一种往昔的梦魇与现实的无奈，交织成一片深刻的忧郁，笼罩在晚年孙犁先生的心头，拂拭不去。

孙犁先生一生不谙世故宦情，以他的资历和成就，他完全可以像有些人爬上去的，但他只是如自己所说的："我的上面有：科长、编辑部正副主任，正副总编、正副社长。这还只是在报社，如连上市里，则又有宣传部的处长、部长，文教书记等等。这就像过去北京厂甸卖的大串山里红，即使你也算是这串上的一个吧，也是最下面、最小最干瘪的那一个了。"

在一次孙犁先生《耕堂劫后十种》书籍出版座谈会上，我曾经讲过这样的话，我很想把这段话作为这篇迟到的悼念文字的结尾——

孙犁先生是中国真正的、有点老派的古典文人。知识分子是干什么的？就是干与知识相关的事情，孙犁先生的一生就是这样干的。面对这样的一个人，我们很惭愧。因为我们很多知识分子干的不是知识分子的事情，或为官，或为商，或争名于朝，或争利于市，这是孙犁先生作品中不断批判的。而孙犁先生的一生，干的是知识分子的事情，他不为官，也不为商。不是他没有为官的途径和条件，而是孙犁先生是一个真正的文人。回眸孙犁先生二十年，实际不止二十年，五十年或者更长，把他的五十年、六十年、一生的作品都展示出来，孙犁先生可以面不改色，不用脸红，他的每篇文章包括每封信件都可以和读者见面。现在有多少作家，包括所谓的大家可以把自己所有的作品更不要说每一封信件，摊出来和读者见面呢？正如孙犁先生在《曲终集》中所说："人生舞台，曲不终，而人已不见；或曲已终，而仍见人。"孙犁先生五十年的作品，不仅一直保持着这种创作的势头，而且保持着真正文人的这种态度。所以我说孙犁先生是真正的文人，做的是真正文人的事情，愿意称自己为文人的人，都应该有发自内心的深省。

小鸟华君武

　　1984 年的春天，偶然间在《讽刺与幽默》报上，读到华君武先生的一篇短文，题目叫《小鸟精神》，文后附有德国漫画家卜劳恩的一幅漫画。因为我很喜欢卜劳恩的漫画，曾经买过他的《父与子》漫画全集，所以格外留意华先生介绍卜劳恩这幅漫画的文章。文章很短，只有几百字，写得干净利落，且充满道义和感情。所以，印象很深，过去了三十一年，依然记忆犹新。

　　卜劳恩的这幅题为《愤怒的小鸟》的漫画，以前我没有看过，画得非常简单，只是一只猫的屁股眼儿里钻出一只小鸟的头，然后加上两个飘荡的音符。但是，这幅漫画却是卜劳恩的绝笔。由于和朋友私下议论法西斯的头领戈培尔被人告密，更由于戈培尔的亲自过问，卜劳恩被判处绞刑。这个在专制年代的残酷案件，让我们感同身受。华先生就是知道这幅漫画是卜劳恩在临刑前一天晚上愤怒自杀前信手画出的，才对它格外充满感情。他这样写道："一只小鸟已被恶猫吞进肚里，但是，勇敢的小鸟却在猫肚子里唱歌；恶猫虽恶，却无法禁止小鸟的思想；小鸟身处逆境，却用音符表达它的无畏。小鸟卜劳恩死了，但是小鸟精神永在。"

卜劳恩死于 1944 年 4 月，华先生的这篇文章写于 1984 年 4 月，是特意纪念卜劳恩逝世四十周年。这不仅是漫画家同行的惺惺相惜，更是对法西斯对那个残酷年代的共同愤怒。

后来，听说就是在华先生的极力主张和支持下，和德国方面协作，卜劳恩漫画展才得以成功在中国美术馆举办。我看过华先生的很多漫画，但是，对他并不熟悉，读了《小鸟精神》，又知道由此连带的后续，对华先生有了一种敬重之感。

隔行如隔山，美术和文学，毕竟相隔遥远，更何况，华先生德高望重，来自延安，更身居要津，我想，离他很是遥远。谁想到，三年过后，1987 年 4 月，我收到《报告文学》编辑部转来的一封信，从信封的字迹看，像是华君武漫画中常出现的别具一格的华体，打开一看，果然是他，感到非常意外。命运让两个本来素不相识只是两条平行线的人，由于我写的一篇文章而打上一个有意思的蝴蝶结。

信很短——

肖复兴同志：

拜读你的大作《一个普通的苏联公民》，我感到很生动。

但是，你写了尼克来怕克格勃一段，似无必要。当然，这样也可能对尼克来并不会有什么事，但为了你新交的朋友，我想不写更好些。凡事要替人家想想为好。也许我是杞人。

妥否，请参考。

敬礼！

华君武

1987 年 4 月 10 日

　　这缘于1986年的夏天，我第一次去莫斯科，结识了一位叫尼克来的苏联人，他毕业于莫斯科大学，学的是中文，说一口流利的中文。他和我又是同龄，一见如故，很快就熟悉起来，而且很说得来。他开着车带我跑了莫斯科的很多地方，还特意邀请我到莫斯科郊外他的家中做客。回国之后，我写了这篇发表在《报告文学》杂志上的《一个普通的苏联公民》，里面写了他怕克格勃的事。华先生来信批评得很对，当时，苏联还没有解体，克格勃无处不在，是应该想得周到才是。我赶紧给华先生写了回信，表示谢意。

　　我和华先生为期时间不长的通信由此开始。我发现，他不仅读我这样一篇写得粗陋的文章，还读了我其他一些文章，都来信给予鼓励。而且，他还读了不少其他文学作品。在一封信里，他这样说："我去年读了刘心武的《公共汽车咏叹调》和韦君宜的《妯娌之间》，深感我们画漫画的（也包括一些其他画）的作者，观察生活、观察人太肤浅了。近日，看了电影《嘿，哥们儿》，也有感触。这些人，我好像从未见过似的，深感我和生活之距离。既然没有直接生活，间接生活的作品，对我也是有用的。"他对我这样一个晚辈且并不熟悉的人如此自我剖析，让我感动。并不是所有他这样年龄且有这样资历的人，有这样自我剖析的精神的。想想，那一年，他72岁了。对于生活还是那样的敏感，不止一次，他在信中这样说："生活是十分重要的，我因近年来工作、年龄种种关系，已感到迟钝和枯竭，常处于挣扎中。"

　　华先生和我通信，让我感到他的平易谦逊和自我警醒。作为他那样年龄与地位的艺术家，也许做到平易和谦逊还容易些，但做到自我警醒的认知，还有一些自我剖析，就不那么容易了。因为那需要顽强的定力,来滤除包围在周围逢迎捧场之类的膨胀与虚飘,以及心为物役习以为常的惯性和锈蚀。同样都是生活,就如同在海滨或泳池里游泳,与在真正的大海里游泳,并不完全是一回事。我想起他把同为漫画家的卜劳恩称之为"小鸟"。但也没有把自己视为"大鸟"甚至"鲲鹏"。如今,美术界乃至整个艺术界,自我吹捧连带借助资本和权势,请人或凭借拍卖行吹捧的风气盛行,大师更是如泛滥的小汽车一样满街拥堵。华先生也是被人尊称为大师的,但是,我想他并不喜欢这顶大草帽,而宁愿称自己是小鸟。这确实是不大容易的。如果能够再有"小鸟精神",就更不容易了。他推崇小鸟和小鸟精神,这是有些人常常忽略的。

我对华先生没有进行过认真的研究,也没有和他进行过深入的交谈,我甚至未曾见过他一次面。他送过我他的漫画集,也邀请我到他家中做客,并留下他家的电话。在1995年的年初,我48岁的本命年之前,因我是属猪的,他还提前为我画过一幅题为"猪睡读图"的漫画。但是,我一次都没有去打搅过他。我一直以为,喜爱并尊重一位艺术家,见面不如读他的作品。距离产生美,未曾谋面,留下一种遗憾,也留下一种想象的空间。

如华先生这样一辈子画漫画(他称之为小画种)的画家,让我想起作家中的契诃夫,一辈子只写中短篇小说,而从未写过长篇小说;和音乐家中的肖邦,除了写过两首稍微长一点的钢琴协奏曲,一辈子只写钢琴小品。但是,艺术,不是买苹果和钻戒,个头儿越大越好。

今年是华君武先生诞辰一百周年,已有很多熟知他的人写过怀念文章,我只以一个并不熟悉者表达我对他的一点敬意,留下一点可能是熟知他的人并不知道的印迹,尽管只是先生的闲笔,却也逸笔草草,落花流水,蔚为文章。

周信芳和梅兰芳

　　今年是周信芳诞辰 120 周年。上海朱屺瞻艺术馆准备举办纪念周信芳的活动，其中一项便是搞一个画周先生演出过的京剧的戏画画展，邀请画家每人画三幅国画，居然邀请到我的头上。我不是画家，只是京剧爱好者，是周先生的粉丝。他们大概看到我写过关于戏画和京剧艺术的评论文章，和随手画的几幅不成样子的戏画，便希望我加盟，添只蛤蟆添点儿力。

　　我很有些受宠若惊，自知画的水平很浅薄，但为表达对周先生的怀念和尊敬之情，还是画了三幅：《海瑞罢官》《打渔杀家》《乌龙院》。都是周先生曾经演出过的经典剧目，其中《海瑞罢官》让周先生吃尽苦头，以致其"文革"入狱，命丧黄泉。艺人如此命运，自古罕见，令人欷歔。想周先生一生演出过的京剧多达 600 余部，在多少戏中将流年暗换，把世事说破，无限的颠簸和沧桑，在戏中都曾经经历过，却不曾料到自己的命运比戏中的海瑞以至所有悲惨的人物都还要悲惨。

　　面对自己这三幅拙劣的画作，心里忽然戚然所动，画面上毕竟都是周先生曾经演出过的剧，便恍然觉得上面似乎有周先生的身影浮动，真是感到戏戏如箭穿心，不大好受。

　　我对周先生没有什么研究，但清晰地记得在读中学的时候，曾经看过他主演的电影《四进士》，当时电影名字好像叫作《宋世杰》。他那嘶哑沧桑的嗓子和老迈苍劲的扮相，尤其是冰霜雕刻了一般的面容，是他留给我的印象，一直定格到现在。对比当时和他一样正在走红的梅兰芳那富态的身形和面庞、优雅而韵律十足的步履与神情，印象便格外深刻，觉得一个是晕染浸透的水墨画，一个是线条爽朗的黑白木刻。当然，梅先生是旦角，自然要雍容娇贵些，但对比同样唱老生而且也演出过《打渔杀家》等同样剧目的马连良先生，也没有周先生那样一脸的沧桑感。马先生当年更多是俊朗、老到和潇洒，周先生是一个字：苦。这只是当年我这个中学生的印象，不知道为什么当时我会生出这样的印象。

　　说起梅兰芳，便想起不知道是否有人曾经将周信芳和梅兰芳做过比较戏曲学方面的研究。他们不是一个行当，却是同科出身，又是同庚属马，且在当时都曾经风靡一时，影响颇大，磨亮师承和创新双面锋刃，将旦角和老生并蒂莲一般推向辉煌，形成自己独属的流派。在京剧的繁盛期和变革期，流派在京剧史上的地位与作用非常。其中，麒派和梅派各领风骚，影响一直蔓延至今。细想起来，流派的纷呈与崛起，不仅是以独到的唱腔和做工为标志和分野，更是以各自演出的剧目为依托的。如果说前者是流派的外在醒目的色彩，是内在生命流淌的血液；后者则是流派存在并矗立的筋骨。

　　想到这一点，我忽然觉得这样的比较学或许有点儿意思，甚至意义。

　　梅兰芳的经典剧目，是《贵妃醉酒》《霸王别姬》《嫦娥奔月》《黛玉葬花》《凤还巢》《洛神》，还有泰戈尔访华时看过的《天女散花》等。周信芳的经典剧目，是《四进士》《徐策跑城》《萧何月下追韩信》《鸿门宴》《打严嵩》《文天祥》《史可法》，还有置他于死地的《海瑞罢官》和《海瑞上疏》等。从剧目名字中可以看出，梅兰芳演的戏大多是文戏，虽然杨贵妃、楚霸王，历史中也实有其人，但大多戏虚构的成分多些，天女和洛神这样的浪漫派多些，抒情成分多些。周信芳的戏，大多人物是历史真实的人物，且都是那些充满正气和大气的人物；事件是历史的重大事件，特别是在抗日时期他演出的《文天祥》和《史可法》，"文革"前他演出的海瑞戏，都有着拔出萝卜带出泥的湿漉漉的浓郁现实感，多是发正义之声，鸣不平之声，有着明确的靶向性，有着厚重的历史感，关乎民族的志向，现实主义的成分多些，言说的成分多些。

　　从表演的样态来看，梅兰芳和周信芳各自走的路数也不大一样。梅兰芳身边簇拥着一批文人帮助他写戏，使得他的戏更注重戏剧本身的内化，亦即一口井深掘，戏内人物的情感挖掘多些，讲究精致和细腻。在贵妃醉酒和霸王别姬的瞬间化简为繁、滴水石穿，渲染敷衍为艺术；在天女散花和黛玉葬花这样几乎没有什么戏剧性的地方，点石成金，演绎出精彩的戏来。因此，梅兰芳的戏更具有文人化、情感化、抒情性和歌舞性的特点，将京剧推至艺术的巅峰。

　　周信芳的戏，更多人物性格是在历史关键时刻出彩，人物命运是在历史跌宕中彰显。他的戏剧性，虽然也有在徐策跑城中的"跑"和在追韩信中的"追"上做的文章，但一般不会浓缩在瞬间，然后慢镜头一样蔓延、渗透、展开和完成,而是如长镜头,在时间的流淌中,如竹节一节节增高、长大,最后枝叶参天。无论徐策的"跑",还是韩信的"追",在"跑"和"追"这个过程中,展现的人物的心情,都是为了最后达到参天的顶点而张扬凛然之气,而不会过多强调"跑"和"追"中的舞蹈性与抒情性。

这样的选择,使得他戏内与戏外的关系密切,也紧张,戏内的戏带动戏外的延展,人物和时代紧密相连,戏剧行为和现实行为流向一致,观众的艺术享受和心理感应并存。因此,周信芳的戏更多不是来自文人手笔,而是借鉴传统剧目,以此改编,借古讽今,借助钟馗打鬼。他的戏更具有民间性和草根性、历史感与现实感,也具有史诗性。

如果将梅麒两派和西洋音乐做一个不对称也不确切的对比,在我看来,梅兰芳有点儿像肖邦或舒曼,周信芳有点儿像贝多芬和马勒。这样的对比,不是说孰优孰劣,实际上,他们的戏码也有交叉,还曾同台演出,始终惺惺相惜,是梨园的双子星座。这样的比较,只是想说在京剧的繁盛期特别是在京剧的变革时期,梅麒两派所起到的作用,真的是各有所长,无与伦比。而且,在梅兰芳的身旁有四大名旦,虽风格各异,却相互依存、彼此烘托,引领一代风光;在周信芳的身旁,则有马连良和他走着大同小异的艺术之路,彼此呼应、相生共荣,谱就时代辉煌。事实上,这是京剧变革的两大流向,两大艺术谱系。因此,这样的对比与研究,便不止步于梅麒个案,而关乎一部京剧发展史中现当代的重要部分。

当然,周信芳的表演艺术不能仅仅简化为沙哑的唱腔与主旨的史诗性。为了达到史诗性,为了塑造人物的真实性和生动性,他不过是将本来弱项的嗓子化腐朽为神奇,形成自己艺术的一种组成部分。如今硕果仅存的麒派掌门人陈少云先生就曾经讲过:"并非嗓音沙哑就是麒派,麒派艺术讲究'真',戏假情真,对于节奏的处理出神入化,快慢、强弱、长短,舞台上的一动一静,细到一个眼神的运用,举手投足都充满了节奏。"陈少云先生特别强调:"要学习麒派艺术,首先要用心体会人物,在唱念做打这些基本功方面做扎实。"

这不仅是经验之谈,更是知音知味之谈。比如在《宋世杰》中,宋世杰从两公差的包袱里盗得田伦的信件一场,不过一句台词:"他们倒睡了,待我行事便了。"然后,就把书信盗在手中,紧接着是读信了。其中宋世杰是如何盗得信的,盗信时的心情如何,读信时的心情又如何? 完全靠周信芳自己的表演,并没有道白和唱词,仅仅到了真正读信中的内容时,才有了唱段。这就是周信芳的本事了。他能够在这样细微的地方展示他的艺术,而这种艺术不仅是为了表演,更是为了展现人物的心情,从而塑造人物的形象。如今,我们的演员并不缺乏对前辈惟妙惟肖以及亦步亦趋的模仿,却缺少这样的艺术的表现力和创造力。

这样想来,有时我会觉得对于麒派艺术,我们的总结、学习、继承和发扬,显得不够充分,甚至存在明显的断层。在梅麒两派之间,如今学梅派的弟子远多于麒派的后人。而对梅兰芳的研究,则更丰富些,兴奋点更多些;对周信芳的研究则稍微欠缺些。想"伶官传"在旧时史部里是专设部门来做的,其价值和意义,可列比王公贵族。希望对周信芳的研究和言说,能够更多些、更新些、更深些。无疑,这是对周先生最好的纪念。

荀慧生和萧长华的枣树

又去西草厂和山西街,是想看看萧长华和荀慧生的故居。上一次来这里,还是十多年前的事情了。

穿过教佳胡同,就可以先到西草厂。忽然看到西侧一片高楼耸立,看院门上有"四合上院"的字样,心想原来高楼也可以叫四合院,伦常都乱了套,名不符实就更可以习以为常。再看高悬于楼墙体上的门牌,竟然写着山西街,这让我不禁大吃一惊。教佳胡同和山西街相隔着棉花片的好几条胡同和裴家街北边的半条街呢。四合上院威风凛凛地占据了这一片老胡同,莫非连同山西街也已经拆除干净了?

赶紧顺着四合上院的北墙根儿往西绕,四合上院的北侧是一片开阔的空地,椿树园小区的住宅楼已经露出来,和四合上院迎面相对。也就是说,原来的西草厂街东边的半条街,也已经夷为平地。十来年,仅仅十来年的光景,真的像崔健唱的歌那样:不是我不明白,这世界变化快!

先去山西街找荀慧生故居,知道它不会拆,因为是区文物保护单位,只是不知道来了四合上院这样一位庞然大物般的新邻居之后，它会是一种什么样子？

　　四合上院的西侧是宽敞的停车场，山西街仅仅剩下了西侧的半扇，以低矮和单薄的身子对峙着四合上院的高楼。由于四合上院的地势下沉了一些，山西街高出几十厘米，出现一整截高台，成为两个区域之间的一道分割线。往南走不远就看见了荀慧生故居的一溜儿东墙，是山西街鹤立鸡群的部分，猜想如果不是因为有它，整条山西街恐怕保不住了。它院墙的北侧，原来是一个夹道，可以通往铁门胡同。现在，已经被拦腰截住，盖起了小房。故居的墙体全部刷成铁灰色，十多年看到的黑色大门，被新漆成红色，门楣上方有"山西街甲十三号"几个金字。蹲在大门口两侧的抱鼓石门墩还在，和大门红白相间，格外醒目。

　　上一次来这里的时候，是冬天雪后的黄昏，胡同虽然破败不堪，整体的肌理还在，多少能够看出是自明朝以来延续下来的老胡同的样子，只是有些院落被拆得七零八落。黑漆大门紧闭，院子里传出狗吠。胡同里有老街坊走过来，告诉我荀先生一直在这里住到过世，说荀先生人不错，见到街里街坊的，从来都会点头打招呼。"文化大革命"中，荀先生落难，在这条胡同里打扫卫生，人们见到他，也会主动和他打招呼，他们摇摇头说："你说，一个唱戏的，招谁惹谁了？非得把人家整死？"

　　这一次，没有看见老街坊，一位停车场看车的看我坐在故居大门前的高台上画画，走过来和我聊了起来。他是从河北定州来这里谋生的四十多岁的男人，每天在这里看车，对院子里的情况挺了解的。我问他知道这个故居要出售的事情吗？我在网上看到，出售价格在7000万元左右。他告诉我，听说了，也听说他们家的孩子意见不一致,有同意卖的,有不同意卖的。不过,昨天还有一家专门经营四合院生意的公司来这里看房子呢。现在,就是荀慧生的一个儿媳妇住,老太太都七八十岁了,她刚出去买菜,一会儿就回来了。

这时候,一辆三轮老年代步车开了过来,停在故居门口。从车上跳下来两个人,打开红漆大门,径直走进了院子。我问看车的汉子,他们是荀家人吗?他告诉我,不是,荀家出租了院子里的一间房子,是一家什么广告公司,他们是公司的。然后,他指指院墙最北边说:"就是那间!"

荀慧生故居,东西长25米,南北长33米,院子不是典型老北京四合院的格局,但每个房子之间有回廊连接,西头有个花园。据说,荀慧生当年喜欢种果树,亲手种有苹果、柿子、枣树、海棠、红果多株。到果子熟了的时候,会分送给梅兰芳等人分享。唯独那柿子熟透了不摘,一直到数九寒冬,来了客人,用竹梢头从树枝头打下邦邦硬的柿子,请客人就着带冰碴儿的柿子吃下,老北京人管这叫作"喝了蜜"。想想那时候的情景,再看到眼前的样子,让人不禁心生"棋罢不知人换世,酒阑无奈客思家"的感慨。

看车的汉子告诉我,如今院子里只剩下两棵树,一棵柿子树,一棵枣树。枣结得挺多的,前两天,刚打过一次枣。我抬头一看,那棵枣树就紧贴院墙后面,高高地探出头来,枝叶间还有颗颗红枣在阳光中闪动。

起码十多年前我来这里时,山西街和西草厂街呈T形。现在,因为有了四合上院,西草厂街只剩下西边盲肠般的一小段,山西街便和西草厂街呈现阿拉伯数字的 7 字形了，从荀慧生故居折回到西草厂街往左手方向即西边一拐，就到了萧长华的故居——西草厂街 88 号。看门牌是 88 号，说明当年这条街起码有近百户，而如今已经没有几户人家了。

　　没有想到萧长华故居如今如此的破败。1939 年，萧长华全家搬到这里时，这条西草厂街比山西街要长要宽，它西起宣武门外大街，东到南柳巷，有一里多地长，宽有 6 米多。萧长华全家住的是东西两个小四合院，东西共长 24 米，南北宽 22 米，面积比荀慧生故居要小。但两个小院很规整，正房、厢房和倒座房围起中间方方正正的庭院，属于老北京那种"天棚鱼缸石榴树"的典型四合院。大门口有两座方形石门墩，门上有"积善有余庆，行义致多福"的门联，门楼上方有冰盘檐，檐上有女儿墙。门对面的影壁墙上有刻着"平安"两字的长方形砖雕镶嵌。如果是夏天进得门去，门道两侧爬满爬墙虎，绿意葱茏，生机盎然。

　　如今，上哪里寻找小院这样的图景？不要说现在，即使是十多年前，我曾经来过这里多次，已早无当年的踪影。那时，因为建椿树园小区，不仅拆掉了整个椿树胡同一片老街巷，西草厂街的北面半扇也已经被拆光。十多年前，沃尔玛超市在这里开张，开门见山，正对着萧长华故居。新的资本的气宇轩昂，与已经日渐凋零的萧长华故居，相互对视，真有些不伦不类，却是那时真实的写照。我们一直讲究并推崇的老北京文化，与新的商品经济时代发展之间，形成了力不胜负的对抗。于是，不仅是一条西草厂街，而是大批的老北京老巷毁于一旦，其实都是这近些年间的事情。萧长华故居，只是挂上了一块文物保护的牌子，而院子却是越来越破旧，几乎无人问津，不知道由谁来管，规划中以后的命运如何。

我走进故居，只见到西边的小院，正房、厢房和倒座房还在，但已经没什么人居住，杂草横生，蛛网垂落，只有流浪猫在房上房下乱窜。小院中间乱七八糟的东西堆积成山，几乎成了垃圾堆。忍不住想，两个院子，当年是萧长华先生教授学生学戏的场地。萧长华先生自己不仅是名丑，而且是一位京剧教育家，新中国成立前在富连成，新中国成立后在北京戏校，他都起到了至关重要的作用，带出一批学生，多少学生都曾经在这里跟他学过戏。如今的院子竟然成了这样子，真的让人扼腕蹙眉。我们盖商品楼、商业大厦舍得花钱，就舍不得花钱修一下萧长华故居，给那些爱好京剧的和爱好老北京文化的人一个心存念想的地方吗？

想一想，十多年前，西草厂街周围还没有那么多的高楼大厦，十多年后，高楼大厦平地而起。只是，十多年后，萧长华故居比十多年前还要破败不堪，像被遗弃的孤寡老人一样，让它孤零零地垂立在商厦和商品楼的包围之中。不知别人是什么感觉，走出故居大门，我的心里一阵酸楚。

忍不住回头又望望，想起来了，院子里那株老枣树，十多年前就在，十多年后还顽强地立在那里。那是萧长华先生亲手种的枣树，居然有着这样强烈的生命力。它和荀慧生故居里荀先生亲手种的那株老枣树一起，给我一些慰藉，让我心存一些希望。或许，它们就是荀慧生和萧长华的影子，或者是他们的游魂，至今依然飘荡在西草厂街和山西街的上空。

戏内戏外《锁麟囊》

谨以此文纪念程砚秋先生诞辰 110 周年

　　　　　　　　　　　　——题　记

　　《荒山泪》《春闺梦》《锁麟囊》,都是程砚秋的拿手戏,但在我看来,《锁麟囊》最好。恐怕在程砚秋的心里,这出戏的分量也是最重。否则,他不会在病床垂危时,上级领导来看他时,还是执着地提出希望这出戏能够解禁。这出戏自新中国成立以后就被扣上了"阶级调和论"的帽子,一直没有演出,这成了他的心病。

　　如今,看不到程砚秋当年演出《锁麟囊》的影像资料。这成了千古的遗憾。20 世纪 60 年代为保留名家演出剧目,拍过一些电影,程砚秋拍的是《荒山泪》。唯一能够听到的是他在《锁麟囊》中的演唱录音,这是 1946 年的录音,正是他最好的年华。现在,亡羊补牢已晚,只好用他的录音配今日演员的表演,叫作音配像,勉强燃起人们对昔日的一些残破不全的记忆和想象。

　　戏罢不觉人换世,如今,《锁麟囊》成为久演不衰的一出戏,《荒山泪》和《春闺梦》很少再演。世人和时间双重的淘洗,让好戏如好人一样不会被埋没而能够经久流传。这便叫作时序有心，苍天有眼，人心有秤。只可惜程砚秋已经不在。今天，看这出戏，张火丁的最为火爆，只是票价上千元，有些贵，我选择的是看迟小秋的。论扮相，迟不如张，迟的身材稍显矮些，不如张在舞台上那样袅袅婷婷。不过迟的表演和唱功不错，她师从王吟秋先生且正当年，演绎薛湘灵的人生沧桑和内心浮沉时骨肉相随，不致流于表面。

《锁麟囊》这样一出近人写的戏，能够成为经典，不容易。之所以能够成功，除了程砚秋的唱腔和表演出色之外，更在于剧本写得好。这得归功于翁偶虹先生。首先，这个题材选得好，是一种艺术的选择，而非出于对时令的躬逢，或对权势的讨好。他将富家女薛湘灵和贫寒女赵守贞在世事沧桑和命运跌宕的变化中位置颠倒、贫富互换，然后揭示她们各自的心灵与人性，触摸到人性柔软美好的那一面，让人体味并向往人生值得珍存的一种中和蕴藉的东西，这东西才价值连城，让人有活下去的依靠，让人生有得以延续下去的根基。

记得美国作家奥茨在论述长篇小说创作时曾经说过，一定要把人物放在一个长一点时间段里，因为有时间的变化才有命运的变化，才最能揭示人心和人性，以及性格。这是经验之谈，没有时间的跨度，便没有人性的深度。《锁麟囊》所达到的人性深度，起码其他近人所编的戏难以匹敌。近日读中国戏曲学院傅瑾教授所言："如果说梅兰芳走的是古典化的道路，程砚秋则走的是人性化的道路。这两条道路构成了京剧旦行最为独特的方面。"他总结得很对。可以这样认为：程砚秋在 20 世纪 40 年代京戏变革中所展现的姿态和所取得的成绩，多少要超过四大名旦其他几位一些。其中，无疑《锁麟囊》为程砚秋立下汗马之功。

　　《锁麟囊》剧本写得好，还在于它写得像戏，遵循的是京戏的规律，而不是如现在我们有的新派京剧借助声光电现代科技的舞台背景的炫目，想当然的编造，天马行空的挥洒。这样的戏，只见戏的大致框架，不见细微感人的细节。看《锁麟囊》，开头"春秋亭"一折，赠囊的戏不是草草地把囊送出去完事，匆匆赶路一般将戏的情节频频交代。而是写得一波三折：先是送钱，后是送物，都被拒绝，最后将囊中的珍宝拿出，只送囊，权且留个纪念。层层剥笋，层次递进，最后剥离了物的存在的囊，便成了比物更珍贵的情意与人性的明喻。写得真的是细致入微，将两位人物的心理性格活脱脱地写出来。富者实在是出于真心的同情，贫者却守住贫而不贱的底线，一个囊的道具运用得淋漓尽致，并成为命运的一种象征物和戏的一种悬念，留存在下面的戏中呼应和发展。

　　薛湘灵和赵守贞的劫后重逢，与春秋亭中第一次雨中相遇，大不相同。如此重逢，该如何去写？想起当年我考中央戏剧学院时写作题目便是《重逢》，重逢，从来都是写戏的袒节儿之处，能衡量一个人会不会写戏。《锁麟囊》中将第一次相遇和后来的重逢，分别放在大雨和洪水劫后的背景中，让大雨和洪水不仅成为剧情发展必备的情节因素，更成为人性中天然命定的一种隐喻。如果不是大雨，她们不会相遇；如果不是洪水，她们不会重逢；但如果一切都不存在，也就没有了丰富复杂的人生。人生所有的困惑和哲理，都存在于偶然之中，命运的大手偶然挥舞的一拐弯儿，大让历史、小让个人的命运，都会发生天翻地覆的变迁。

　　再看"三让椅"一折，用的方法和赠囊一样，也是一波三折，表现的手法却有了变化，不再是赠囊那样从情出发的深沉，而是改用以趣为主,让人忍俊不禁,其创作手法的多样性,令人击节。

当然,唱词的妙处也是其中要义之一。最初听到"春秋亭"那一段:"耳听得风声断、雨声喧、雷声乱、乐声阑珊、人声呐喊,都道是大雨倾天。"觉得真的是好,紧促的短句,一连五个"声",如五叠瀑一样,一路跌落而下,溅得水花四射,让水流迤逦而来,好不流畅。再听薛赵重逢时薛的另一唱段:"这也是老天爷一番教训,他教我收余恨、免娇嗔、且自新、改性情、休恋逝水、苦海余生、早悟兰因。可怜我平地里遭此贫困,我的儿呀,把麟儿误作了自己的宁馨。"依然是一连串紧促的短句,大珠小珠落玉盘,清越深沉,很是打动人。前后句式的呼应,形成了衔接和对比,让戏的情节在唱腔中回环曲折、婉转流淌,实在是这出戏的妙处所在。据说,这两段叫作"垛句"的唱段出于程砚秋的要求,他对艺术自觉的追求和灵性的感悟为这出戏锦上添花。这出戏这两处唱段,在我看来最为精彩。再加上最后戏中薛湘灵飘逸灵动的水袖,构成了戏的表演的华彩乐章,让戏中的人物和情节,不仅是叙事策略的一种书写,而且成为艺术内在的因素和血肉,让内容和形式、人物和演唱,互为表里,融为一体。这才是真正的京戏,为演员提供了充分表演的空间。在这方面,迟小秋的演出很精彩。

记得看完《锁麟囊》之后的第二天,还是到长安戏院看戏,看到了卸妆后穿着便装的迟小秋。忽然发现,她和在舞台上光彩照人的薛湘灵完全不一样。心想,看戏,看戏,看的是戏台上的人物。他们和现实拉开了距离,却显得比现实更真实而感人。那时心里暗想,如果是程砚秋先生脱下戏装,从台上走下来,走到眼前,会是什么样子?

想起了叶盛章

　　那天，一位80多岁的热心老太太踩着小脚，像踩着轻松的鼓点儿，领我一直快步走到棉花胡同东口，指着路北的7号院告诉我：这就是叶盛兰的家。又对我说，后来把人家打成右派，"文化大革命"批斗人家，死得早，挺惨的。听说叶家的后人搬到龙潭湖去了。

　　院门很古朴，红漆斑驳脱落，但门簪、门墩都还在，高台阶和房檐下的垂花木棍也都还在。我走进院子，典型的北京四合院，虽东厢房前盖出新的小房，院子的基本面貌未变。我走出来问老太太进门的地方原来是不是有个影壁，她说她记不清了，她还是原来查卫生的时候到他们院子里来过，这一眨眼都是好几十年前的事了。

　　想起放翁的诗："看尽人间兴废事，不曾富贵不曾穷。"叶盛兰活着的话，今年90多了。由叶盛兰，又想起了他的三哥叶盛章（叶盛兰行四，他下面还有一个弟弟叶盛长，是著名的老生）。叶盛章原先住海柏胡同，离叶盛兰家不远，后来也搬到龙潭湖去了。想起叶盛章，不由得想起当年在老北京的天乐园发生的一件事情，便立刻到大栅栏对面鲜鱼口的街上找到天乐园。这是一座清嘉庆年间的老戏园子，朝代更迭，几经易主，1920 年，天乐园更名为华乐戏院。开头由王又宸、周瑞安，后加入高庆奎、程砚秋演出，再后来是富连城加盟，都是一时的名角，让这个颓败的老戏园子重新红火起来。当时加盟富连城的叶盛章，也在这里唱戏。叶盛章是有名的武生兼武丑，武功好，唱功念白也好，可以说是文武兼备。他的经典"三岔口""打瓜园"，都让他在戏迷中赢得了名声。

1947 年，天乐园发生这样一件事情，和叶盛章紧紧联系在一起。那一年，国大代表张道藩来京，北平市政府为拍张的马屁，指示梨园行会要为张组织一场义务演出，各路名角都得悉数登场。演出地点就选择在天乐园。

当时，张道藩还是国民党的作家协会主席，一脚跨官场文场两个场子。不过，他确实也会写文章，而且写得还不错，并不只是上面派下来的挂个虚名的作家协会的主席，要不然徐悲鸿当年的夫人蒋碧微也不会要死要活地爱上他。张道藩是个风流人士，想来北京的梨园界风雅风雅，抖抖威风，听听京戏，再和梨园名角们会会面、握握手，谈谈对国粹的振兴，然后把相关的报道和照片，刊登在报纸上面，也算不虚此行，是可以理解的。

只是张道藩没有料到，梨园行会当时刚刚换届，新任会长是叶盛章。叶盛章脾气耿直，那一年才 35 岁，属于年轻气盛，听说张道藩凭借官衔跑到北京耀武扬威，来听"蹭戏"，带头不愿意。他若只是如一些文人一样心里不乐意，嘴上骂骂，也就没有以后的事情了。偏偏他的耿直的脾气上来了，他新当选的梨园行会会长的头衔,其实不过是唱戏里的帽翅儿一般的官而已,却让他当真了,觉得不能够只图个浪声虚名,自己应当干点儿事才对得起这个名分。于是,他便以会长的名义出面,召开梨园行会全体理事会,把给不给张道藩演戏的事情交给大家讨论。他以为大家会和他一样义愤填膺,继而拒绝为张道藩演戏,谁知道讨论的结果并不像他想象的那样。虽然好多人心里都认为不给钱就是不伺候,但又怕拒演既得罪了张道藩,又得罪了政府,给梨园界以后带来麻烦。讨论到最后,大家勉强同意还是演出吧,没想到这么一耽误,耽误了开演的时间。这一下,惹恼了台下的大兵,跑到台上闹事,愣是把叶盛章绑到台上示众,一通棍棒乱打,茶壶茶碗汽水瓶扔得他满身都是,如果不是叶盛章会武功,能够抵挡一下,奋力挣扎,非死在台上不可。最后,叶盛章被警察从台上生生拽下台,逮捕进了局里,和电影《秋海棠》中的大兵把秋海棠抓走的场面一样。

　　叶盛章的这段往事,现在知道的人已经不多,差不多已经像一张旧戏票,被我们随手扔在了遗忘的风中。当我知道了这样的事情后,我对叶盛章刮目相看,面对国民党大兵,他在舞台上表现出来的血性和他在舞台上演出过的那些过去朝代里的英雄一样,让人肃然起敬。我忍不住想起叶盛章在"文革"中屡次遭到红卫兵抓走去批斗的经历,一样的被毒打,只不过时间已经从 1947 年转换到了 1966 年,国民党大兵变成了红卫兵。其实,不过过去了才十九年的光景。只能够用当时曾经流行的词语,说是"历史何其相似乃尔"!

　　准确地说,应该不完全是"相似乃尔"。首先,1966 年,叶盛章遭受的毒打并不止一次。那时候,叶盛章和夫人、唯一的儿子一家三口住在崇文门外龙潭湖的楼房里,便把在宣武门外海柏胡同里的老宅给卖了。"文革"中遭受的第一次毒打便是因此而致。有人打了他的小报告,说他出卖私房挤占劳动人民的住房,说他人口少住房多,只是这样一条便能够置他于死地。虽然他老老实实地把卖房子所得的存折上的钱交给了组织,也难逃厄运。他被限令"24 小时之内滚出红湖"(当时龙潭湖被改名为红湖)。在滚出红湖之前,他挨了批斗,遭受了第一次毒打,然后,只被允许带着一张床、一只皮箱、一个橱柜、三副碗筷离开红湖,最后他反复央求,才被破例允许再带一个收音机,好听伟大领袖的"最高指示",他一家三口住进了一间小平房里。

　　如果厄运到此为止,我猜想,叶盛章也许会忍下去,我们好多人不都是这样忍下去的吗? 但是,红卫兵并没有放过他,依然找到偏僻的平房里,把他揪出来批斗。没有人出面制止,大家都自身难保,大家也都忘记了他是京戏里的武生名角,他曾经带给我们那么多艺术的愉悦与享受。

　　这一天上午,他去上班,他的夫人还特意往塑料袋子里装了几个干油饼,让他带到班上吃。谁想到,就在这一天,他的夫人被抓走批斗,被剃了阴阳头,夫人难忍屈辱,投龙潭湖自尽,被人救出。当叶盛章看到夫人是这副狼狈样子的时候,执手相看泪眼,我想是他最无法忍受的了。谁想到,就在这一天夜里,红卫兵还是没有放过他,居然大半夜里杀上门来,将他再次打得遍体鳞伤。第二天,他横尸在护城河上。

　　如果和 1947 年那场毒打相比,一点也不"相似乃尔"的,是在面对红卫兵的一次次毒打中,他竟然没有任何的还手。其实,他是身怀武功绝技,而且那一年他才54岁,正是年富力强。凭他从小练就的童子功,对付几个毛头红卫兵,是不在话下的。可是,他没有还手,任凭他们把自己毒打得遍体鳞伤。

我不明白,他为什么能够做到这样。我也弄不清,那时候,他是怎么想的。我只是猜想,和1947年在天乐园舞台上面对那乱棒飞舞相比,他的性格变化太大了。我弄不清到底是什么原因,把一个那样一腔热血的汉子的性格改造成了这个样子。

最近,因为要写天乐园,我多次到鲜鱼口去看天乐园,周围一些地方已经拆得一片凋零,它的前面也是一片瓦砾,但是它二层的戏楼还在,老态龙钟,毕竟还立在那里,历史的物证一样,给今天一点看得见摸得着的对比和关照。每一次到这里,我总会想起1947年35岁的叶盛章和1966年54岁的叶盛章。我特别想知道那些在"文革"中曾经打小报告告发叶盛章的人和那些曾经毒打过叶盛章的人现在怎么样了,会不会在偶尔之间会想起往事?

由叶盛兰想起的是关于叶盛章的这段往事。我相信,会有好多人如我一样想起了他。其实,想起了他,就是想起了我们自己,在那一段历史中的我们自己。

早春二月

　　十八年前的夏天，我如约到北京的北长街前宅胡同上海驻京办事处，孙道临先生已经早在胡同口等候着我了。记忆是那样的清晰，一切恍如昨天：他穿着一条短裤，远远地向我招着手，好像我们早就认识。我的心里打起一个热浪头。第一面，很重要。

　　要说我也见过一些大小艺术家，但像他这样的艺术家，我还是第一次见到。他的儒雅和平易近人，也许很多人可以做到，但他的真诚，一直到老的那种通体透明的真诚，却并非是所有人能够达到的境界。

　　那天，我们在上海办事处吃的午饭，除了吃饭，我们谈的一个话题就是母亲。他说他在年初的一个晚上看新的一期《文汇月刊》，那上面有我写的《母亲》，他感动地流出了眼泪，当时就萌生了一定要把它拍成一部电影（其实那只是一篇两万多字的散文）的想法。经过了半年多的努力，他终于说服了上海电影制片厂，决定投拍，让我来完成剧本的改编工作。他对我说，读完我的《母亲》，他想起小时候在北京西什库皇城根度过的童年，想起了自己的母亲。他也想起了在"文化大革命"残酷的岁月里，他所感受到的如母亲一样的普通人给予他的难忘的真情。

那天，他主要是听我讲述我母亲的故事和我对母亲无可挽回的愧疚。他听着，竟然情不自禁地落下了眼泪，我不敢看他的眼睛，因为我从来没有见过70岁的眼睛居然没有浑浊，还是那样清澈，清澈得泪花都如露珠一般澄清透明。他忽然站起来对我说："我为什么非要拍这部电影？我不只是想拍拍母爱，而是要还一笔人情债，要让现在的人们感到真情对于这个世界是多么的重要！"

我们一老一少泪眼相对，映着北京8月的阳光的时候，我感受到艺术家的一颗良心在物欲横流中难得的真情和对这个喧嚣尘世的诘问。那天回家，对着母亲的遗像，我悄悄地对母亲说："一个北大哲学系毕业、蜚声海外的艺术家拍摄一个没有文化、平凡一生的母亲，并不是每一个母亲都能够享受得到的。妈妈，您的在天之灵可以得到莫大的安慰了。"

剧本断断续续写到了一年多以后。那天，为再一次修改剧本，我从北京飞抵上海。是个傍晚，正好赶上孙道临去安徽赈灾义演，他在电话里抱歉地说没有能够接我，却特地嘱咐别人早早买下了整整一盒面包送给我，怕我下飞机误了晚饭。打开那一盒只有上海人做得出来的精巧的小面包，心里感到很暖，那一盒面包我足足吃到了他从安徽回来。

剧本定稿的时候，他请我到淮海中路他的家中做客。我见到了他的夫人王文娟，他们两口子特意做了冰激凌给我吃，还把那个季节里难以找到的新鲜草莓，一只只洗得清新透亮，精致地插在冰激凌里。我和他说起了电影《早春二月》。我说起第一次读柔石的小说时，我在读高二。那时，我们到北京南口果园挖坑种树，劳动之余，同学之间在偷偷传递着一本书页被揉得皱巴巴像牛嘴里嚼过一样的《二月》。书传到我的手里，是半夜时分，我必须明天一早交给另一位守候的同学。老师还要在熄灯之后严加检查，我只好钻进被子里，打开手电筒，看了整整一夜。

他静静地听我说完，告诉我当时拍摄和后来批判《早春二月》时的许多事情。我问他萧涧秋是不是他自己觉得扮演的最重要也是最好的角色。他对我这样说：新中国成立以后，一直都在努力改变以往在屏幕上的形象，希望塑造工农兵的新形象，便拍摄了《渡江侦察记》和《永不消逝的电波》。但是在这之后，他一直渴望有新的突破，在塑造了工农兵的形象之外，能够塑造更吻合他自己本色与气质的知识分子的角色。终于等来这样一部《早春二月》，他非常兴奋，也非常看重。他说不仅他自己看重，就连夏衍先生也非常看重，特别在他的剧本中详细地批注和提示。没有料到，这样一部电影，付出了他极大的心血，却让他吃了不少苦头。那天的交谈，让他涌出许多回忆和感喟，颇有"别来沧海事，语罢暮天钟"的沧桑之感。

对于我们这样的一代人，随历史浮沉跌宕之后，有些普通的词，便不再那么普通，而披戴上岁月的铠甲，比如老三届、红海洋、黑五类……早春二月，便是其中一个意味寻常的词。这个词不仅有我们的青春作背景，也有孙道临先生的演绎作依托。因此，我一直认为，萧涧秋是他扮演的最重要也是最好的角色，他不仅成为新中国电影史的一部分，也是中国知识分子心路历程的一部分。从某种程度而言，孙道临和萧涧秋互为镜像，有着内心深处的重叠。

我和孙道临先生往来不多，却有过通信，作为晚辈，我常常得到他对我的关怀和鼓励，偶尔也透露着他的隐隐心曲。

1994年2月，他寄给我两张照片留念，都是在1993年拍的，一张是9月在海南，一张是5月在新疆，72岁高龄的他骑在骆驼上跋涉戈壁滩。他在信中说："影事难题太多，1993年，我不务正业，东奔西跑，倒也增加不少阅历，只是'心为物役'的感受越来越强了，也好，总要设法摆脱，让想象好好驰骋一番吧！"

1995年2月，我寄他两本我的新书，里面有那篇《母亲》。他写信对我说："再次读了你写的关于《母亲》的文章，仍然止不住流泪。也许是年纪大了些，反而'脆弱'了吧。总记得十七八岁时是要理智得多，竟不知哪个时候的自己是好些的。"

我之所以选出这样两节，是想说过去常讲的老骥伏枥壮心不已，其实对于中国知识分子而言，老骥之时更需要的是对于自己和历史清醒一点的检点和反思。孙道临先生对于我们的可贵，正在于他一直保持着一个艺术家对于自己和过去的历史与现世的时代的反思和诘问，他的真诚才不止于一般的旨在澄心，而是持有那种赤子之心。这一点，我以为是和《早春二月》里的萧涧秋一脉相承的，或者说其中的矛盾、彷徨、自省与天问一般追寻，是有良知又有思想的艺术家的本质和天性。

我想，这是孙道临先生给予我们最宝贵的启示，一切有志于艺术的人，都应该如他一样把这样的真诚放在首位。

十万春花如梦里

·

《焦菊隐戏剧论文集》由曹禺先生作序，1979年由上海文艺出版社出版。版权页上写着"1979年10月"，我买到书的时候，是1980年初了。那时候，我正在中央戏剧学院读书。清楚地记得，出我们学院棉花胡同西口不远，在地安门大街有一家新华书店，这本书是在那里买到的，才一元六角，便宜得在今天难以置信。如果回忆20世纪80年代的读书情景，《东风第一枝》——这应该是那个难忘年代里我读的第一本书。而那个时候，焦先生已经离开我们整整五年了，他是活活被"四人帮"迫害致死的。

严格讲，这不是一本学术意义上的论文集，其中包括大量的笔记和讲话，有相互的重复和驳杂。焦先生去世得太早，如果天假以年，他留给我们的遗产会更多。但这本书的内容已经很丰富了，因为既有舞台实践，又有理论功底，焦先生的文章不枯不涩，很有嚼头，是迄今为止我读到话剧导演所写的最出色、也是最有学问的一本书。想起当年读这本书的感觉，觉得老北京广德楼戏台前的一幅抱柱联最是符合，也最能概括这本书的丰富多彩："大千秋色在眉头，看遍玉影珠光，重游瞻部；十万春花如梦里，记得丁歌甲舞,曾醉昆仑。”

　　之所以想起这幅和京剧相关的抱柱联,当然有对焦先生不幸的怅然怀旧之情,更主要的是因为最初读这本书的时候,给我感受最深的是,没有一位话剧导演能够像焦先生一样,对京剧艺术有这样深入肌理、富于真知灼见和功力不凡的研究,并有意识地将包括京剧艺术在内的中国戏曲的营养渗透且滋润于他的话剧导演艺术之中。

　　或许,这和焦先生曾经办过中华戏曲学校有关。在这所戏曲学校里,有过四位京剧大师,其中两位是他的“业师”曹心泉和冯慧麟,另两位是他自己称之为“亦师亦友”的王瑶卿和陈墨香。他正经向他们拜师学过艺,在这本书中,他写过这样一桩往事:“内廷供奉”同光十三绝之一徐小香的弟子曹心泉有一绝活,出台亮相的时候,扇子一摇,九龙口一站,黑绸褶长衫的下摆正好压在白靴底鞋尖那一点白上,“嗖”的一声,黑绸褶飘飞起来。这一招,焦先生也学过,却就是飘飞不起来。他对中国传统戏曲艺术的由衷之爱,由此可见。

　　对于中国的话剧和戏曲,他做过认真的比较,尽管各有所长,他依然客观而尖锐地指出我国话剧“继承旧世纪末叶以来西洋话剧的东西较多,而继承戏曲的东西较少。”“终于不如戏曲那么洗练,那么干净利落,动作的语言也不那么响亮,生活节奏也不那么鲜明。”

　　对于戏曲的程式化、虚拟化、节奏化,他做过认真的研究。对于程式化,他打过一个有趣的比喻,说是“像咱们中药铺里有很多味药一样”,搭配得好,就会效果极佳。如《打渔杀家》桂英在草堂里牵挂父亲,一边唱自己的不安,后台传来萧恩在公堂上被杖打的声音,如此情景交相辉映的安排,再如《放裴》表现裴生的惊慌,用另一个演员打扮成鹤裴生一模一样,在后面亦步亦趋,来展示其失魂落魄,那种充满想象力……对于《长坂坡》的并叙环境,《走新野》的群众过场,《三岔口》的虚拟设置,《甘露寺》的明场处理,《失街亭》的强调动作,《四进士》的人物形象和性格的塑造,他都做过和话剧相关联的仔细对比和探求。他由衷地说:"我国戏曲演员所掌握的表演手段,比起话剧来,无疑更为丰富。"

因此,他特别强调话剧要向戏曲学习,他说:"作为话剧工作者,不仅应该刻苦钻研斯氏体系,并且更重要的是,要从戏曲表演体系里吸收更多的经验,来丰富和发展我们的话剧。"

焦先生将学习到的这些宝贵的经验,运用到自己话剧导演的实践中。在《茶馆》"卖子"的一场戏里,要卖女儿,而且是卖给太监,从乡下人手里接过那十两银子时,如何表达内心复杂悲凉的感情?焦先生让舞台出现长时间的停顿,然后,后台传来两种声音:一是唱京戏的声音,一是叫卖高庄柿子的声音,那低沉凄凉又哀婉的声音,画外音一样,成为乡下人此时此刻内心的写照。焦先生巧妙地借用了戏曲的声音和形式,将看不见的心情,生动形象地呈现在舞台上。

在《虎符》里,焦先生用了戏曲里最常见的锣鼓经。如姬盗走虎符之后,和信陵君在坟地见面,魏王跟踪而来,一下子分别抓住他们两人的手,说道:"你们两个人的事情我都知道。"一声"冷锤",如姬和信陵君的心里都一激灵,以为盗虎符的事情魏王知道了。魏王接着说:"知道了你们两人感情的事情。"一阵"五击头",

信陵君和如姬如释重负。显然,戏曲中常用的"冷锤"和"五击头"音响,在这里起到了意想不到的作用,既凸现了心情的起伏,又烘托了气氛的紧张。

焦先生还有意识地学习戏曲里的过场戏的处理方法,借鉴在《关汉卿》中。第一场关汉卿看到朱小兰被冤杀,不闭幕,全场暗转,只有四道追光照在关汉卿的脸上,从黑暗中,从关汉卿的主观视角里,隐隐出现市集上的卖艺身影、纤夫的呻吟、行刑队伍的号角和朱小兰微弱的呼冤声。这时候,天幕上恍惚出现朱小兰苍白的幻影。关汉卿站定,声音和幻影消失,关汉卿道:"我难道就是一个只能治人家伤风咳嗽的医生。"然后,转下一场关汉卿开始走向写戏的生涯。

这样的实例,在这本书中有很多,打通西洋话剧和中国戏曲两脉,焦先生做出了富有开创意义的实践工作,这些实践,成为经典,迄今无人可以企及。而焦先生对中国戏曲那种发自身心的热爱和虚怀若谷的学习精神,更是至今让我感动。在谈到戏曲里以少胜多的艺术胜境时,他以京剧《拾玉镯》为例。一个少年在一个少女家门前丢了一个玉镯,少女偷偷拾起,如此简单的情节,却足足演了半个小时。这半个小时的演绎,将少女复杂的心情细致微妙地表现出来。焦先生说"比生活显得更真实"。他同时说:"戏曲抓住了某些有典型意义的生活现象,突出其中的矛盾,突出本质,尽量反复渲染强调,这就和生活有距离。这种距离,恰恰是观众需要的,而我们的话剧,有时既缺少从生活中提炼的东西,又不是抓到一个东西狠狠地强调。这些地方,就需要向戏曲学习。"

如今,我们实在缺少如焦先生这样既懂中国戏曲又懂西洋话剧、同时又能清醒地指陈话剧现实的导演了。面对今天有些乱花迷眼的话剧舞台,注重外来形式、高科技灯光、奢华背景的越来越多,但像焦先生那样真正沉潜下心来,让戏曲和话剧彼此营养,最终让话剧受益的努力和实践,仍然是我们学习的榜样。这本《焦菊隐戏剧论文集》,虽然出版了已经三十余年,仍然值得我们重读并深思。

于是之和一个时代

于是之踏雪驾鹤而去，与他共生、影响他并也受到他影响的话剧艺术的一个时代——特别是北京人艺的一个时代，已经彻底结束了。

作为演员，他创造的一个个鲜活且接地气的角色，特别是《茶馆》中的王掌柜，不仅迄今无人匹敌，更重要的是，他是富于北京味和平民气质的人艺风格的开创者和奠基者。正因为有这样的艺术品质，他才能点石成金，让老舍最难演的被老舍自己称为"最大的冒险"的《龙须沟》获得成功，他用程疯子重返舞台的心理线与行动线去淡化修沟时勉为其难的外部戏剧动作，努力而真诚地向艺术靠近。如今，我们提到人艺，会想到很多这样出色的老演员，无疑排在第一位的是于是之。在表演艺术方面，他堪称中国的斯坦尼和丹钦科。

但是，我要说，于是之对于北京人艺乃至中国话剧艺术更大的贡献，不仅仅在于表演，而在于他对于年轻一代艺术家富于远见的鼎力支持。在 20 世纪 80 年代历史转折期，北京人艺是中国话剧复兴的重地，当之无愧成为那个除旧布新时代中国话剧的风向标。那时候于是之和人艺主要的领导人曹禺、赵起扬等有识之士起到了关键的作用。无论是话剧艺术新探索开山的先锋之作《绝对信号》(1982年)，还是触及现实的《小井胡同》(1983年)和《狗儿爷涅槃》(1986年)，抑或对《茶馆》形似并神似的拟仿最成功的《天下第一楼》(1988年)，乃至再后面90年代初出现的《鸟人》，没有一部没有浸透过于是之真诚的支持。

我的同学、已故剧作家李龙云，是《小井胡同》的作者，在该剧上演前后的沉浮磨砺之中，陪伴他绞尽脑汁地应付变幻风云与莫测人心，一次次的改写和补写剧本，一起患难与共的是于是之。而那时，于是之被诬为"幕后黑手"，顶着压力艰难而为。《小井胡同》之后，建议并鼓励李龙云将老舍的《正红旗下》改编成剧本的，依然是于是之。为此，于是之不仅用毛笔给李龙云写下一封封长信，还为李龙云借相关的剧本《临川梦》，并渴望出演剧中的老舍。即使病倒，依然如此，躺在病床上，手里还拿着《正红旗下》的剧本。

这是于是之的心力、能力和定力，也是他的魅力，同时更体现了他的影响力。所以，在他病卧在床的二十年中，即使无法再走上舞台，他的影子仍然如浓郁的绿荫，倾洒在人艺的舞台和观众的心中，并覆盖在很多年轻的导演与剧作家的身上。如果说北京人艺是于是之的人艺，可能有些过，但说于是之是人艺的一根重要的台柱，应该是恰如其分的。是他和老一辈艺术家支撑起人艺的艺术大厦，并为这大厦镌刻下了最美最有分量的老匾额。

我和于是之从未谋面，20世纪80年代末，北京有关方面曾经找我写于是之传，当时我手头正忙，也想来日方长，谁想没过多久，于是之病倒，我和他失之交臂。我只是在舞台上看过他出演的角色，距离更加产生魅力之美。在舞台上，他更显得风清水秀，摆脱尘世之扰，融入艺术之境，他和艺术彼此成就。他为舞台而奉献，舞台为他而救赎。想想二十一年前他突然病倒便一病不起，该有多少未竟的遗憾和对世俗难言的无奈。只有在舞台上，他才焕发一新，成为想成为的人，心地澄净透明，没有任何杂质，就像当年朱自清所说的那种"没有层叠的历史所造成的单纯"。在如今的艺术中，这样的心地和品质该是多么的难得，多么的令人向往。

　　于是之曾经抄录过这样的一句诗："山中除夕无别事，插了梅花便过年。"我非常喜欢，这句诗是于是之单纯透明的注脚。只是，这种无论做人还是从艺的境界，已为我们如今的艺术所稀缺。由历史和现实交织而成的层叠的挤压，雾霾一样遮蔽着越来越世俗的我们。蛇年的春节就要到了，就让于是之去天堂插一枝梅花清清静静地过年吧。

我们为什么纪念曹禺

那天,到国家大剧院看曹禺的话剧《原野》,恍若隔世。剧场外的天安门广场上国庆的花坛还没有撤,依然灿烂着,而这里的舞台上却荒草萋萋。导演陈薪伊,演员胡军、吕中、徐帆和濮存昕精彩的演绎,让一出老戏依然意味盎然。一个复仇的母题,却让曹禺翻出新意,父债子还,仇虎痛快淋漓地杀了仇人之后,自己带着心爱的女人,却走不出萋萋原野。选择撞向火车而死是全剧的结尾,也是仇虎和曹禺共同的选择。

年轻的曹禺是多么厉害,他将人性的复杂、残酷与无奈写得如此一波三叠、荡气回肠,将他自己的话剧创作和中国的话剧艺术一起推到如此的高度。对比《雷雨》,他不满足于经典的"三一律",奥尼尔的影响和点化,让他在《原野》中更加挥洒自如,浓墨重彩成一幅墨渍水晕淋漓的泼墨大写意。如果照这样的速度和高度前行,他将会给我们带来什么样的惊喜?

今年是曹禺诞辰一百周年,重演他的剧目,无疑是对他最好的纪念。只是,这几个经典剧目都是曹禺年轻时的创作。

《原野》之后,他并没有继续前行,新中国成立之后的几部勉为其难的剧作让他在原野中迷茫而迷途。粉碎"四人帮"之际,他重新编选自己的剧作选集时没有选《原野》,他坦诚地直陈自己的迷茫。年老时他对自己更是充满感慨和无奈。作为一名剧作家,他的艺术生命只活在自己的前半生甚至仅仅是青春期,可以想象他的痛苦该是何等的彻骨。

纪念曹禺百年诞辰的日子里,最让人易于慨叹曹禺,为什么纪念曹禺,其实是一个沉重的话题。

我想起在中央戏剧学院当学生时,见过他一面,那是刚刚粉碎"四人帮"不久,我们的院长金山先生请他来和我们见面谈话。听他那时的讲话,看他那时的样子,还有朝气,起码气并不衰,却已经是时不我待了。舞台上演出的仍然是他年轻时的几出老剧,成为他身后经年不变的背景。其实,这样的背景一直延续至今,并未曾改变,这对于他不知是悲剧还是喜剧?

为什么纪念曹禺?如果剖析他的文艺思想是极其复杂的,其探索和追求、变异和改造、外因和内因充满痛苦。他自己曾经说过"一个剧作家应该是一个思想家",而其自身的"独立见解"更是至关重要。可惜,在他的后半生并没有创作的载体为其思想证明,历史无情地将他自己的思想和才华磨圆磨平,便再也无法写出《原野》这样棱角突出的剧作。这不是他一个人而几乎是一代人的命运,他和他笔下的仇虎一样,迷失在本属于自己的原野之中,这几乎成为他命定般宿命的象征,为他晚年的命运打下伏笔。

为什么纪念曹禺?这样的问号,更应该叩问如今的话剧。在当下的舞台上,难再看到《原野》这样似执意触及和挖掘人性深度的剧目。如今的话剧舞台,表面的浮华和热闹却掩盖不住内在深刻的危机。在我看来，如今的话剧舞台，虽然不乏好的作品灵光一闪，却被几种这样的话剧所占据：一是生活浅表层的即时性或应景性描摹的现兑现买；一是生活浅薄的搞笑和廉价的形式主义的爆炒；一是经典旧作的不断翻炒；一是借助于经典小说的改编、配之以明星阵容的双味热炒。特别是后两种，我们不以为是对于现实生活的缺位，是我们原创力的匮乏，而以为是如今话剧舞台的一种繁荣。

　　在商业和政治的双重魅惑下，趋俗或媚上，以及票房和获奖的利益驱动，成为一驾四轮马车，载我们和年轻时的曹禺渐行渐远，我们更缺乏晚年曹禺的痛苦和反刍的自省，甚至不以为然地遗忘，将思想的原野装点成了邀宠媚时的花坛，让我们轻车熟路地使得仇虎、周朴园、陈白露的个性与人性和后来的曹禺一样磨圆磨平。于是，我们只能更卖力而出色地表演年轻时曹禺的剧目，在舞台的舞美等形式上长袖善舞变幻翻新，重新阐释年轻时候的曹禺，却无法借助曹禺年轻时有力的肩膀和晚年痛苦的心灵，而形成我们自己的双飞翼，去超越曹禺。相反，我们习惯成自然，以为只有这样才是对曹禺的纪念。

如何纪念老舍先生

　　纪念老舍先生诞辰 110 周年的日子里，他的作品一下子流行了起来，热闹了起来。舞台上，今年年初，北京人艺将老舍先生的《骆驼祥子》《龙须沟》《茶馆》三部剧作重新搬上舞台；电视屏幕里，新版《四世同堂》刚播完，紧接着《龙须沟》又粉墨登场。无疑这都是对老舍先生最好的纪念。在称赞的同时，需要对几部作品作一番比较，看看其成败得失，更看看我们应该如何纪念老舍先生才是。

　　看这三部话剧，我不禁对人艺艺术家精彩的演出感到由衷的敬佩，看得出他们不满足于以往曾经深深刻印下的前车之辙，而希望以自己全新的演绎努力接近并还原一个真实的老舍先生。

　　看完这三部话剧之后，还有一个由衷的感慨，那就是老舍先生真的是厉害。孙犁先生曾论说作家生死两态：人生舞台，曲不终，而人已不见；或曲已终，而仍见人。显然，老舍先生属于令人尊敬的后者。无论作为小说家，还是作为剧作家，在中国的文学史上，还真的很少有人能够与之匹敌。一个作家，在他逝世四十余年之后，还能有如此之多如此之富于生命力的作品活跃在今天的舞台上，和我们呼吸与共，心息相通，老舍先生是不朽的。

无疑，在这三部剧作中，《茶馆》是老舍先生的扛鼎之作，也是人艺拿捏得最为炉火纯青的精品。其高度概括的艺术力、气势宏大的叙述力，浓缩人生、人性和历史、时代；其丰富生动的语言、新颖别致的形式开创话剧舞台创新之风。它是老舍先生内心深处艺术风光旖旎的一块风水宝地。新一代人艺的演出者是踩在老舍如此辉煌的剧本之上和于是之等前辈艺术家的肩膀之上，他们的理解、创造和发挥得益于此。最接近老舍先生也最能够还原老舍先生的是这部《茶馆》。看完《茶馆》，仿佛看见大幕之上远远站着的老舍先生。

演出结束之后，走在散场人群中，我听到一位观众朋友的话：温总理刚刚讲完让咱们老百姓活得有尊严，这出戏可是让咱们看到了什么叫作活得没尊严。

他的话令我心头一震。是因为有总理的话在先，《茶馆》这出戏便也打上了尊严的烙印？或者是王掌柜重新挂上了一块新的招牌？我看，无论王掌柜，还是演员和导演，倒未必如这位观众一样，真的是为了呼应这一点。但是，这位观众的话应该引起我们的深思。以往，我们谈及人艺的风格，都愿意说是北京味儿。没错，地道的北京味儿，已经成为人艺醒目的特色。只是我以为北京味儿似乎还概括不了人艺的风格，或者说人艺的风格不应该止步于此。就像北京王致和的臭豆腐，其独特的臭味并不能完全概括其风格，还得是从豆腐本身才能体味到更为丰富的滋味和内容。

在我看来，半个多世纪人艺上演的剧目，凡优秀的能传下来的剧目，莫不是这位观众所说的表达了人的尊严的主题，除《茶馆》外,再如老舍先生的《骆驼祥子》,再如后来何冀平的《天下第一楼》等。只是,基本上都是表达了在特定的历史时期,人的尊严的沦落和丧失,它们把底层小人物的命运的悲哀抒发得淋漓尽致。应该说,这一点上,谁也没有人艺演出得更出色。

　　记得最开始演出《茶馆》的时候,曾经有人建议加强人物的革命性,即让人的尊严更为主动地争取和发扬光大,老舍先生曾经明确地表达了自己的意见:"有人认为此剧的故事性不强,并且建议用康顺子的遭遇和康大力的革命为主去发展剧情,可能比我写的更像戏剧。我感谢这种建议,可是不能采用,因为那么一来,我的葬送三个时代的目的就难达到了。"

　　老舍先生说的三个时代,即剧中三幕分别写到的清末戊戌变法、军阀混战和日本侵占北平这样横跨五十年历史的时代。三个时代的葬送,是以小人物尊严的沦丧为昂贵代价的。看三个老头蹒跚在台上撒纸钱,祭奠自己和那些被埋葬的时代,同时真的是道出了那个时代小人物尊严的被践踏和无处藏身的悲凉。所以。老舍先生说《茶馆》最出戏就是"用这些小人物怎么活着和怎么死的,来说明那些时代的啼笑皆非的形形色色"。这些小人物怎么活着和怎么死的? 一句话,是没有尊严地活着和没尊严地死的。

　　当年《茶馆》曾经一度引起演出风波,周总理出面才又复演的。周总理说:这样的戏应该演,应该叫新社会的青年知道,旧社会是多么的可怕。

　　这正是今天复排《茶馆》的现实意义。它从艺术的一个侧面告诉我们,对于中国老百姓,尊严的话题曾经实在是太沉重,老舍的《茶馆》经过了三个时代半个世纪的颠簸,尊严还是谈不上;新中国六十年历史，如今总理谈及尊严，说明我们的尊严的问题仍然没有完全得到解决，依然是我们全民族的愿景之一。

从这一点意义而言，回顾和展望或探讨人艺风格的形成和发展，我们可以看到，人艺凭借老舍先生剧目的带领，确实非常好地而且是独领风骚地演绎了中国老百姓丧失尊严的过程以及历史成因，让我们看到了生动的形象、深切的命运而触摸历史、触动心灵。但是，也应该看到，人艺并没有很好地或者有意识地完成人们为实现自身尊严而艰辛奋斗的历程，为我们塑造区别于老舍先生《茶馆》的新的人物形象。尽管人艺曾经付出极大的努力，比如新排的《窝头会馆》，以及几次复排的《鸟人》，还有以前曾经演出过的《狗爷儿涅槃》等剧目。比如，他们在《窝头会馆》里加进了在《茶馆》里老舍先生坚持不用的进步学生（这是当年张光年先生的建议），在《鸟人》里增添了新笔墨，以荒诞的色调写鸟人三爷，触及到了争取尊严这一主题。但是，无论从戏剧形式，还是人物塑造、语言模式，基本上没有完全跳出老舍先生的《茶馆》而走得更远。

也就是说，人艺风格真正的形成和发展还有更远的路要走。老本可以继续吃，尊严丧失的小人物的悲剧还可以接着演，但是，需要有新的剧目，特别是续上《茶馆》的香火，描写人们在新时代里的经济与政治的路途和塑造现实生活中努力争取尊严的新的人物形象，让这些出现在我们的舞台上。特别是艺术地实现总理所说的这个尊严所包含的政治与经济的含义：第一，每个公民在宪法和法律规定的范围内，都享有宪法和法律赋予的自由和权利；第二，国家的发展，最终目的是为了满足人民群众日益增长的物质文化需求；第三，整个社会的全面发展，必须以每个人的发展为前提。这实在是个大主题、大剧目、大制作。但如此意义观看，今日复排《茶馆》不仅是一次怀旧，而且成为人艺开创新局面的一个先驱。

《骆驼祥子》是人艺对于老舍先生小说的改编，体现了一个时代对于艺术与人性的理解和规范。删繁就简的改写，特别是删去了祥子和虎妞婚后的矛盾和冲突，以及对虎妞和祥子形象的改造，祥子最后的堕落，小福子的自杀，人物干净了、单纯了，却缺少了原著的复杂，缺少了老舍先生人性的高度和心理的深度，和作为小说家的老舍笔下的冷酷和不可遏止地对人物的解剖和对艺术的追求。老舍先生认为《骆驼祥子》是他的重头戏，好比谭叫天唱的《定军山》。现在来看人艺新一版《骆驼祥子》，虽然舞台全新的调度、演员青春的演绎令人耳目一新，却似乎并没有与50年代和粉碎"四人帮"后的演出走出多远，依然轻车熟路地延续着旧有的惯性思维与方式，多少让我有些不满足。

当然，这样的删削是一代艺术和艺术家的局限和无奈。1955年新版《骆驼祥子》里，老舍先生自己也删削了小说最后的一章半，并获得当时文艺界的好评。日本汉学家、老舍研究者杉本达夫说过老舍有阴阳两面，阳的一面是保持自己原型不变的老舍，阴的一面是自觉不自觉脱离了自己原型的老舍。他还说一个老百姓的老舍和一个知识分子的老舍，一个谁来订货就拿货给谁的写家和一个灵魂深处呼唤主题的作家，一直矛盾着冲突着。今天，在演出的老舍先生的这三个剧中，我以为人艺艺术家最能施展艺术天地的是《骆驼祥子》。因此，我特别期待着人艺对于《骆驼祥子》有大刀阔斧地改编的新的演出版本的出现，更为自觉努力地还原一个真实而伟大的老舍先生。

导演心里很明白最难演的是《龙须沟》，我看戏的那晚顾威先生一直站在剧场的最后，多少有些紧张地看观众的反应。尽管他一再强调这部戏定位于重寻人的尊严，让程疯子重返舞台的心理线与行动线去淡化修沟的外部戏剧动作，努力向老舍先生当年的真诚、真实与艺术靠近，或者说努力想还原一个真实与艺术的老舍。但是，老舍先生自己清醒得很，他早在写剧本之时就清楚：一、缺乏故事性；二、缺乏人物在日常生活中的描写。所以，他说："在我的二十多年的写作经验中，写《龙须沟》是最大的冒险。"显然，近六十年后的重新冒险，让我们看到的是老舍先生和人艺艺术家内心不可为之而为之的另一侧面，是政治与艺术的热情探索、交融、试水与博弈。尽管演程疯子的杨立新尽力尽心，演出后不止一位观众感慨地说他的戏份太少，勉为其难。

再说电视剧《龙须沟》。前面已经提过老舍先生自己说过的话："在我的二十多年的写作经验中，写《龙须沟》是最大的冒险。"同时，老舍先生自己又特别指出《龙须沟》："须是本短剧，至多三幕，因为越长越难写。"如今，李成儒执导并主演的电视剧《龙须沟》铺排成了 30 集，肯定是对老舍先生怀有感情，并且是知难而上。

只是，李成儒执着并标榜的北京味儿，并不能支撑起这样庞大的铺排；更重要的是所谓地道的北京味儿并非老舍先生的唯一和精髓。

在创作《龙须沟》的时候，对其中的人物，老舍先生曾经明确地说过:"刘巡长大致就是《我这一辈子》中的人物。"丁四就是《骆驼祥子》里的祥子,"丁四可比祥子复杂,他可好可坏,一阵明白,一阵糊涂……事不顺心就往下坡溜。"老舍先生没有说程疯子来源于谁,但应该是他在1948年至1949年创作的长篇小说《鼓书艺人》里的方宝庆,如今电视剧里的程疯子也叫宝庆,看来也是顺着那一脉繁衍而下的。

问题是,电视剧里的这几位重要人物都与老舍先生的作品相去甚远,恣意的编排远离了老舍先生对时代的认知和对艺术的把握。以程疯子为例,如果说他的前史确实来自方宝庆,如今却已经找不到一点儿《鼓书艺人》里的方宝庆的影子了。电视剧《龙须沟》和电视剧《四世同堂》一样,过多地加重了人物的抗争和革命的色彩,这当然没什么不好,却有些置老舍先生的文本于不顾,说不客气点儿,有些把老舍先生当成一件光鲜的衣裳披在自己自以为是的身上,但这已经不是老舍先生本人了。

小说里写到的方宝庆,其性格老舍先生说是"世故圆滑,爱奉承人,抽不冷子还耍耍手腕。"当然,这是社会使然,为生存所迫,他是属于被侮辱被损害的人。他也抗争,也和革命者孟良接触并受其影响,但写得都很有分寸,没有离开作为艺人说书生涯和作为父亲和养女秀莲关系的范畴,他最大的愿望是建书场、办艺校,就是卖艺不卖身,"'你不自轻自贱,人家就不能看轻你。'这句话可以编进大鼓词儿里去。"他的抗争和革命便和他与秀莲的残酷命运、自己的愿望的无情破灭这样两条线息息相关,体现了老舍先生现实主义的非凡笔力。

如果电视剧能沿着这样的脉络和根系铺排发展和改编,进而一步步把这样一个艺人逼疯，再让他在新社会重新焕发艺术的青春，实现了他苦求的愿望，也可能会是一部不错的作品。可惜，电视剧里的程疯子基本上偏离了这两条线，再加上为抓写报道的进步学生孙新而将程疯子抓进牢房，程疯子为找地下党而给丁四下跪等情节，和走得更远的丁四袭击美国大兵、偷拉孙新出城等情节一样，背离了人物的性格，而且，使得对立面黑旋风等反派人物完全脸谱化、漫画化，将蕴含着深刻而丰富的社会和人性内涵的老舍先生的作品简化和矮化了。

至于增添的周旅长的太太和京剧演员杨喜奎的戏份，走的则是张恨水先生《啼笑因缘》的路子，更是和老舍先生大相径庭。

这就牵扯到对于老舍先生的理解，老舍先生的作品延续着他一以贯之地对下层百姓的世事人情的真实描摹中，揭示世道与人心的两方面：既有对于不合理的世道的抗争和未来新生活的企盼，同时也有对人心即国民精神自身的批判和期待。无论程疯子和方宝庆、丁四和祥子，并非完全同属一人，前后所处的时代也不完全一样，但他们的性格是前后一致的，老舍先生对他们的认知是一致的，可以编排演绎出新的情节和主题变化来，但不该太离谱去随心所欲，或为迎合今日的需求而李代桃僵。

对老舍先生的尊重，首先应该是对其作品的尊重，改编其作品尤其要体现这种尊重。老舍先生不是一块肥肉，可以任我们由着性子为我所需地随意切割，然后猛添加辅料和佐料，烹炒出我们自己口味的一道杂合菜，还非得报出菜名说是老舍先生的。

蔡立坚祭

谨以此文献给知青上山下乡五十周年
——题记

一

明年是蔡立坚逝世二十年，也是知青上山下乡五十周年。不知道还有多少和她同时代的老知青记得她？又有多少新时代的超女猛男听说过她？十年前，蔡立坚因车祸在山西不幸身亡。车祸发生当时，她还没有丧生，她还在忙着帮助抢救别人，她是被送到医院抢救无效才去世的。这样的人，这样的死，让我感慨，也让我难忘。

我曾经在她家里和她有过一次长谈。在这之前，我没有见过蔡立坚，但她声名曾一度大震，在全国知青中几乎尽人皆晓，她所扎根的农村杜家山成了那时的一种象征。那次在她那挂着观世音、孔子画像的新居里的长谈，留下很愉快的印象。粉碎"四人帮"后，蔡立坚落实政策平反，1984 年在省委党校毕业后留在党校担任班主任，才算是工作和生活都稳定了下来。

这位当年扎根农村的知青模范,曾经有过旁人难以想象的艰辛岁月,也曾经有过旁人羡慕敬仰的辉煌。她当过山西革委会的常委,事迹上过《人民日报》,题为《杜家山上的新社员》的长篇文章,占了整整一大版,还出席过国庆观礼,登上过天安门和毛主席老人家握过手。但她在刚刚粉碎"四人帮"后曾被打成反党反社会主义反大寨的典型,是山西的"小四人帮",当时还当政的陈永贵曾经整过她……在她的身上黑白反差太大,人生的跌宕起伏,历史的沉浮兴衰,我们那一代人特殊的政治、历史的色彩,那种理想与空想、激情与煽情、献身与狂热、真诚与欺骗、信仰与空白、追求与失落、极端与平庸、躁动与盲目、笑与泪、血与水……集于这样一个年轻人的身上。

二

1996年底,蔡立坚和另外三个同学徒步到延安串联的途中经过了杜家山这个小山村,而使得名不见经传的杜家山闻名。人生与历史常常是在不经意间偶然发生并拐了一个弯儿。

她永远不会忘记那天晚上的狗叫,那天晚上出现在夜色中的马灯的灯光,还有那些乡亲浑浊却绝对是在城里见不到的真诚的眼睛……他们已经饿了整整一天,在那样荒凉的夜色中,在那样纯朴的乡情里,当然,更是在那样将血液燃烧起火焰的激情革命年代里,这个叫作杜家山的小山村一下子在她的眼睛里膨胀。那里的狗叫声和马灯光才显得亲切无比,那个当时只有5户16人的小小村落是那样贫穷落后,记账都是用记有符号的红绿纸条代替,却让她有了一种家的感觉。

　　他们在杜家山住了一夜,第二天清早离开杜家山时,老乡一直把他们送到村口,还舍不得回去。他们爬到村旁大罗山要到太谷县去,站在山上回头一望,她看见村里的老人担着水桶一步步艰难挪步,佝偻的影子在阳光下皮影一样慢慢地移动着,一种苍凉而凄苦的旋律似乎在山坳里弥漫。在那一瞬间,蔡立坚的心里怦然一动,她涌出那个时代常会膨胀出的以天下为己任的情感,她决心串联之后要回到杜家山来插队落户。

　　那天,在她的家里,她这样对我说:"我觉得这是我的责任。心里拴了一根绳,那一头在杜家山的老乡手里抻着,每走一步都被老乡抻着。"

　　奇迹,只有在年轻的时候产生;而激情的膨胀,也只有在年轻的时候才飞入云端。离开杜家山,他们走了100多里,来到文水县刘胡兰的墓前。这是她从小就向往的地方,从小就崇拜的英雄,放眼望去,寒风瑟瑟,荒草萋萋,站在英雄之地,一股英雄之气在胸中油然升腾,她禁不住伏在因很少有人来而长满蒿草的坟头,在心里默默地对刘胡兰说:"当时你是那样壮烈牺牲的,我要用不同的形式完成你未竟的事业。我一定还要回杜家山!"

　　过了汾阳县城了,那里离杜家山已经有280多里地了,但杜家山因为刘胡兰的缘故,如同照片在显影后经过定影液一样,已经清晰而强化在她的心头而难以摆脱。走着走着,走到一棵杨树下,蔡立坚突然停了下来,站在那儿半天愣愣的不说一句话。

　　伙伴们奇怪地问她:"你怎么了?"

　　她冒出来的是这样一句话:"我要回杜家山去!"

　　那个男同学走到她的身边问她:"你真的要回去?"

　　她点点头："我要回去,在杜家山插队落户。"

　　她就是这样在蓦然之间完成了这个并不容易下得了的决心,毅然决然地决定了自己一生命运的走向。三个红卫兵都清楚她的脾气,知道谁也劝不住她,只有在这里和她分手告别了,女同学拿出一双鞋,男同学拿出一面绣有"红卫兵不怕远征难"字样的小锦旗,一下子有了种"分手脱相赠,平生一片心"的壮别的悲凉感情。然后,三个人面面相觑,都哭了。

　　"我也哭了。"蔡立坚对我说完这句话的时候,她自己又哭了。

　　我看见她的眼泪在有些苍老的脸上情不自禁地滚落。那一幕的情景,我清楚地记得。

　　那天,她抹抹脸上的眼泪,告诉我:那个给他小锦旗的男同学姓杨,是他们这个命名叫作"二七铁军红卫兵长征队"的队长,她悄悄地爱着他,他对她也有着朦朦胧胧的感情。

　　她确实挺佩服他的,因为他读过许多马列主义的书,连空想社会主义者欧文、傅立叶的书都看过。"文化大革命"刚开始时他的家被抄,他被打成了脑震荡,送到医院去,迷迷糊糊之中还说着傅立叶在书中曾经讲过的话呢。

　　在整个中学阶段,她是属于那种学习成绩一般但对政治要求极高极敏感的人。她在初一时就早早地入了团。因此,所有有关政治与革命的激情都可以煽动起她飞翔的翅膀,都可以点燃起她心中的火种。可以这样说,正是基于她自己心里的这一点原因,杨才格外地吸引她,她才跟着杨来到这里进行串联。

　　现在,她就要独自一人到杜家山去了,她当然很希望杨能同自己一起去。可是,她知道,这是不可能的。因为她知道,这时候另一个女同学已经占领了他的心。

那天,她还对我说起她自己这个"蔡立坚"名字的来历,和这个杨有关系。那时"文化大革命"的风暴刚刚刮起来,灭资兴无,改名字是那时许多年轻人的革命行动。

她的原名叫蔡玉琴,比如今那位台湾有名的歌手蔡琴多了一个字。她觉得这个名字没有一点儿革命的色彩。有一天,她找到杨对他说:"我想改名字,找你商量商量,你帮我出出主意!"

杨说:"我也改,咱俩的名字排在一起!"杨想了想说:"我叫杨志坚,你就叫蔡志红!"

她对他说:"我不喜欢这个红字,你叫杨志坚,我就叫蔡立坚吧!咱俩的名字还是排在一起。"

现在,回想往事,谁能触摸到在她这个曾经风云一时的"蔡立坚"的名字里面,有着这样微妙的感情涟漪呢?那场裹挟走整整一代人青春的"大革命"的激荡漩涡里面,有着这样对生命和爱情的渴望与真诚,谁又能将它们像剥橘子一样把橘子皮和瓣剥开得那样清爽呢?

那天,她还对我说了这样一件事:她说以后她在杜家山结婚的那些日子里,常常夜里做梦梦见杨。她说完这话后久久未讲话,我看得出她的内心并不平静,虽然事情已经过去了二十多年。

我想起那天她还曾对我谈起她的另一次也是最后一次的恋爱。1968年10月,她作为学大寨的特邀代表到大寨参观访问,那时,她已经有了名气。在大寨,她结识了英雄谢臣班的班长。谢臣是当时和王杰、刘英俊一样的解放军英雄,在抗洪救灾中为救一个孩子而牺牲。这位班长就是谢臣从洪水中救上来的孩子,为了感谢谢臣,他到了入伍年龄就到谢臣班当了一名战士,成了这个英雄班的班长。

她和他一见如故。那天,他从书包里掏出家里寄给他的一个农村姑娘的照片,大胆对她说:"这个我看不上,我就看上你了!"

她心里挺高兴的,嘴上说:"我太小。"

他说:"再过几年,你就不小了,我也复员了,我就到杜家山去找你!"

这话说得让她的心怦然而动。

如果说,她和杨算作初恋的话,那初恋却像是冰封的小河,将所有的话都藏在了冰层下面涌动着;而这一次他和她的胆子要大多了,内心的潜流已经破冰而出喷涌起了浪花。在这种爱的浪花的冲击之下,他们做出了更令她永远难忘的举动:她用嘴咬破自己的手指,他用玻璃片割破自己的手指,血流在一起,他们用这鲜红的鲜血写下了血书:心连在一起,血流在一起,永远忠于党,永远忠于人民。然后,将血书一式两份,各自珍藏起来。

虽然,她一直把血书贴在自己的门上激励着自己,这场恋爱依然是无花果,班长来了信,他还是和照片上的农村姑娘结了婚。但是,时间会冲淡一切,抹平一切。后来,不知把血书放在哪儿了,最后让老鼠给啃了。但是,她付出了那个年代里难得的真诚,她并不像有些铁姑娘或典型模范一样,将自己的感情始终压抑着,而显示出自己一副特别革命的样子。她始终不掩饰自己对爱情的渴望同对革命的追求一样,大胆地追求着爱情。

那天,她谈起和谢臣班班长这桩往事时,这样对我说:"我一直把这段感情封存在我的记忆里,那已经是过去了的历史的浪花了。"时间就这样过去了,岁月就这样静静地流逝着,将一代人的青春和生命流逝。

三

还说那天,她独自一人走了 280 多里路,又走回了杜家山。这一路上,她告诉我她的心情是又高兴又难过,高兴的是自己终于下了回杜家山插队落户的决心,难过的是离开了大家,尤其是离开了杨。

她把当时的心情说得是多么准确又真实。她同时对我说:她不同意说知识青年上山下乡是"文化大革命"的产物,她说 1962 年就有董家耕和邢燕子到农村插队,我们学校那时就有到北大荒去的学生。她说走与工农兵相结合的道路,到现在她也不后悔。她同时告诉我,走这样的道路是她一直的愿望。在"文化大革命"前她初中毕业的时候就写过到农村去插队的申请,只是那时妈妈不同意而没有走成。她选择这样的道路并不是心血来潮,而是由来已久的。她说人生的道路应该有多种多样,像她这样的道路应该是其中的一种选择,而不应该在事过境迁之后受到嘲笑。

我静静地听着她说。不管她说的是否准确和偏激,她说的确实充满真诚,有一种到了她这种年龄已经难有的激情。

当她回到杜家山时,那里的老乡不大相信她会长期住在那里,只是半信半疑地给她腾出一间窑洞,担着挑子给她买回一套锅碗瓢勺,然后给了她一袋山药蛋和玉茭面。但她一住二十多天,天天和老乡一起担水做饭,上山打柴干活,一直住到公社的干部有一天跑来,对她说:你这样不是一回事呀,你要真的来插队,得回北京把户口迁过来。她只好回北京迁户口，老乡心想她不会再来了，送了她好多干豆角、野杏干、海棠干……满满一大包，她知道这就是乡下最好的东西了。她看出老乡的心思，她把自己的行李和所有的书本都留下来，对老乡说："我要是不回来，你们就指着这些东西骂我！"

临回北京那天早晨，天下起了一尺多厚的大雪，两位老乡用木锨推雪，推了整整七里的山路，把她从山上送到山坡下。

她说她到什么时候都很难忘记那情景，以后她再也见不到这样动人的情景了。两位乡亲默默地走在前面，洁白的雪无声地翻卷到两边，中间露出黑乎乎的山路来，那情景定格在她的心里，是一幅永远不会褪色的画。她说她怎么能不回去呢？即使有千难万难，她说什么也要回杜家山。

回到北京，迎接她的是母亲病倒在床上。母亲的病是生妹妹时还出去抬沙子干活落下来的，再加上她这二十多天不回家急的。好容易盼她回家了，一说起她还要走，要到那么远那么荒的杜家山，母亲就落泪了。为了母亲的病，她找了许多家医院、许多乡间的郎中给母亲看病，母亲对她说："你别给我瞎跑了，只要你说不去杜家山，我的病就好一大半了！"

但是，她对杜家山的乡亲们都发过誓言的呀！她对我说我不能说话不算数吧！她的这句极其简单的话，当时我听后非常感动。也许，后代人会觉得她这样为了一句话而重走艰难，实在是傻得可怜，但大概只有这一代人是如此重视自己的诺言和誓言，为了一句说出口的话可以付出青春和生命来，是只有我们古代的壮士才拥有的行为，那种一言九鼎的精神和行为，已经遥远得让我们叹气让我们羞愧了。想想现在许多人将诺言和誓言当成戏言，可以轻而易举地背叛自己亲口说过的诺言和誓言，不会感到羞耻，相反很是冠冕堂皇，我便越发对她这句简单的话充满敬意。

最后，她想自古忠孝难以两全，只好求助于当过铁路局劳动模范、外号叫作"老黄忠"的父亲。父亲支持了她，当然也可以说是害了她。如果知道自己的女儿是这样坚决地去杜家山，以后却要遭受不公正的审查，差点成了反革命，"老黄忠"会不会后悔当初的支持呢？

临离开北京的那一天，学校许多同学到火车站为她送行，杨也去了。前两天，杨到她家来看过她，并为了给母亲买药跑遍了北京。他也邀请她到他家去，他的日记本在桌子上摊开着，他忽然说有事要出去一趟，她明白是专门留出时间让自己看他的日记的，她看见了他在日记中写着自己的名字，他把自己当成了他的妹妹。她明白了他的一颗心……

不管怎么说，青春时的狂热也好、幼稚也好、爱情也好、梦想也好，该她吸收的她都吸收了，该她割舍的她都割舍了。得到也罢，失去也罢，荣辱沉浮，她在杜家山那里一住住了十二年，度过了她整个的青春期。在现在人看来这实在有些像是天方夜谭，还会有人像她这样傻，离开大城市到如此偏远、贫穷、落后的小山村去一待十二年吗？无论历史对那场知识青年上山下乡运动作如何评价；无论我们是多么心知肚明，彻悟在时代行进过程中宜大不宜小、宜粗不宜细，历史轻轻翻过一页是要以许多人作为牺牲的，这种牺牲在厚重的历史面前如草芥一样微不足道；但我们没有理由以一种马后炮的态度嘲笑这种真诚的信仰与献身的精神

（难道历史错了，年轻人的这种献身这种真诚也是一无是处被弃之如履吗？）我们没有理由以一种看破红尘的世故嘲笑这种只有年轻才会拥有的真挚而单纯的眼泪。列宁说过："单纯得就像真理一样。"因为我们拥有了历史给予我们的经验之后，我们拥有了许多以前岁月里难以想象的和从不曾想象过的东西，但我们也无可奈何地失去了许多东西，其中就包括了这种如真理如眼泪一样透明的单纯和真诚；包括了这种可圈可点的信仰和同样可反思的献身精神；但毕竟那是这一代人曾经以自己的青春和生命作为代价所拥有的一切。我们怎么可以忍心在批判历史的时候无情而痛快淋漓地将这一切像跳脱衣舞一样把衣服尽将剥去，随手抛却在遗忘的风中，将这一代人的价值和命运断送得一无所有？

四

　　蔡立坚有两个孩子，老大是个闺女，1972 年 7 月出生在榆次的婆婆家，生下来才 34 天，她就抱着孩子回到杜家山干活。她把孩子锁在屋里，锁在炕上，从房梁上吊下来自己用红纸剪的纸花，好让孩子醒来时不至于寂寞。干活中间回来一次给孩子喂奶，没到家门老远就听见孩子的哭声，赶紧跑进屋抱起孩子，看见孩子泪花里绽开的笑容，即使再苦也是甜的。

　　老二是个儿子，1976 年 11 月出生在北京，那是她最苦的时候。因为孩子才出生 42 天，县里就派人追到北京，说她和"四人帮"有牵连，要她立即回去讲清问题。正是冬天，火车上冷得要命，又没有座位，她只好把孩子放在车里的小桌板上，心里受到的刺激是一生中最大的一次。回到县里，七个人组成的专案组，已经等着整她一个人的材料。七个人轮番对她拍桌子瞪眼睛,她开始哭,他们说你的眼泪吓唬得了谁?后来她笑,笑得连自己都控制不住,都觉得离奇,他们说你这态度怎么这么狡猾,根本不把我们放在眼里。总之,没有她的好果子吃,想想以前县里所有人对自己那种热烘烘的态度,反差太大,让她觉得人格受到了侮辱。

那天,她对我说:"县团委书记以前专门采访过我,写过我先进事迹的材料,后来整我材料的人也是他,而且厉声说要我老实交代!"说到这时,她的脸上闪过一丝苦笑和无可奈何的云翳。

她还对我说:"离开北京到杜家山时同学为我一针一线绣的那块红绸子,上面绣着'好女儿志在四方'。在我出名之后,我把它送到省博物馆,那时珍贵得很,现在让他们早给弄丢了。"

对于前一点,我安慰她说:"这都是很自然的,时代的动荡,改造着不同的人,总会使得一些跳蚤变成龙种。"她说是,关键我自己没有变成跳蚤。我说你毕竟一度成为过龙种。

对于后一点,我说这也很自然,时代在变迁,价值观念就要发生变化,有些以前很值钱的,现在一文不值;有些以前一文不值的,现在可能会突然价值连城,让我们莫衷一是。她说你说得对,关键是有些价值不是可以随风倒的,还是有永恒的标准的。我问她你指的是什么?她说比如良心,比如真诚。

那天最后,她还对我说了这样的话:"有时我这个人挺患得患失的,因为好长一个时期,我总想以前的事,总拿以前的和现在做对比。不管怎么看,在杜家山十二年,我是尽了自己最大努力了。历史看清一个人,不在乎一天两天。"

她说的这话没错,无论一个人还是一个民族,都只有在历史漫长的演进中才可能得到陶冶和鉴定。与漫长的历史相比,一个人总是渺小的,但一个人又一个人所走的路汇集在一起,就凝聚成了历史。

五

十年过去了。想起蔡立坚,还是为她感动。不是为她十二年坚守杜家山的行动,而是为她之后一直秉持的真诚。在迅速苍老的时代,真诚已经成了无用的别名,或一抹遮掩自己蒙骗他人的腮红。

算一算,她的那两个孩子,老大如今快 45 岁,老二 41 岁。不知道他们现在是在北京,还是在山西? 又都在做着什么工作? 关于这两个孩子,我总也忘不了,蔡立坚曾经对我讲过,生下老大 34 天后,她就回了杜家山,下了汽车要走一段路,实在没力气走了,就把行李放在路旁的草丛里,抱着老大走回了杜家山。生下老二后 42 天,她就从北京被揪回太原,一直深陷于交代和批斗的漩涡之中。孩子啊,你们就是这样长大的呀,劳动、政治,历史的影子,从你们母亲的身上落在你们的身上,是特殊的胎记,拂拭不去。在远离你们母亲的日子里,在远离那段历史的现实中,你们会不会偶尔记起那些如烟的往事?

我常常想起。

我真的非常想知道这两个孩子的近况,那天,我终于和蔡立坚的妹妹联系上,通了一个很长的电话,十年的岁月一下子浓缩了。我迫不及待地问起了蔡立坚的那两个孩子,她告诉我,两个孩子倒还都不错,只是都没有正式工作,女儿是老大,早就回北京了,嫁给一个出租汽车司机,自己在丰台云岗一个小区物业的监控室工作,工资不高,工作也不稳定;老二是个男孩,一直在蔡立坚两口子身边长大,蔡立坚去世之后半年,丈夫再娶,但对两个孩子一直都非常好。老二个性很强,又正处于青春期,逆反心理强,蔡立坚妹妹弟弟一家人怕他和后母闹不到一块儿,两年之后,帮助他办回北京,学了美容美发,毕业之后,自己独闯天下,家人凑了点儿钱,在通县租了一间门脸房,开了一家美容美发店。也许是遗传的基因,他和他妈妈一样的拧脾气,只想凭自己的实干,而不想周旋于外部的世界。别人劝他送点儿礼,疏通关系,他不送,结果被人赶出店,借口这店要急着改作他用,其实他前脚走,后脚就有人进来,开的还是美容美发店。

　　谁也不再知道这两个孩子是蔡立坚的后代。知道了,又能怎么样呢?能够给两个孩子一点儿额外的照顾吗?起码给老大一个正式安定的工作,给老二一间开店的门脸房。但是,我们怎么能够这样要求呢?在一个越发讲究利益和实用的商业时代,知青即使是一枚过去的勋章,也只有历史博物馆里陈列的作用,而不具有实用的哪怕是废物利用的价值。不要说迅速成长的年轻一代,就是知青自身,在蔡立坚去世的这二十年中,经历了共和国在向现代化进程中深化改革而充满矛盾、动荡、艰苦的成长日子,在这样的成长中,势利而健忘的现实摧毁了这一代人曾经拥有的、相信的许多东西,这些东西中有不少是他们曾经赖以生活并值得骄傲的。我想起美国学者马歇尔·伯曼为他论述现代化体验的书起名叫作《一切坚固的东西都烟消云散了》。书名出自我们这一代人曾经最坚信并崇拜的马克思。

伯曼进一步解释道："马克思在时间的层面上运动,努力使人们注意到一种正在继续的历史戏剧和精神创伤。他是说,神圣的氛围突然消失了,除非我们正视不在场的东西,否则就无法理解当前的自我。这句话中最后一个子句——'人们终于不得不直面……'不仅描述了人们要面对一种令人困惑的现实,而且突出了这种面对。"伯曼这段话说给这一代人也恰到好处,马克思所描述的这种令人困惑的现实正是这一代人必须直面相对的。这一代人经历并消化了一切,什么也没有糟践,痛苦地直面相对之后,这一代人老了,后一代人长大了,但愿他们比我们活得健康幸福。我这样劝着蔡立坚的妹妹,也这样劝着自己。

日子过得飞快,转眼知青上山下乡就是五十年,我们都老了。不管如何争论,也不管如何评价,一代知青的历史已经走到了尾声。如今,蔡立坚的骨灰安放在太原陵园里。记得二十年前安葬的那天,去了好多人,人多得据说是空前绝后,有许多是和她素不相识的陌生人。那么多人都还记得她。不知道如今有没有人会专门买一束鲜花去陵园祭祀她,或者哪怕只是看一看她?